별이 빛나는 그날 밤 나는 가장 위대한 우주의 서사시,

신의 시를 보았던 것이다.

침묵조차 모양으로 만들어 내는 것, 이것이야말로 시의 매력이다.

너를 기다리는 동안 나도 너에게 가고 있다는 것, 그것이 기다림이다.

우리는 그렇게 만난다. 아무리 오래 걸려도, 아무리 먼 데 있어도,

이런 세상에서 그래도 우리가 택해야 할 길은 사랑뿐이다.

기다림과 그리움으로 우리는 드디어 만나게 된다.

그저 자신에게 스스로 희망이 되는 사람이면 충분하다.

시를 잊은 그대에게

시를 잊은 그대에게

정재찬 지음

ㅐ

영화 〈죽은 시인의 사회〉에서 키팅 선생은 말합니다. 의술, 법률, 사업, 기술, 이 모두 고귀한 일이고 생을 유지하는 데 필요한 것이지만, 시, 아름다움, 낭만, 사랑, 이런 것이야말로 우리가 살아가는 목적이라고. 듣기엔 꽤 멋진 말이었지만, 아등바등 살아도 모자란 판에 말이 그렇다는 거지 하면서 잊고 지냈을 겁니다. 그땐 다들 청춘이었으니까요. 허나 한 세월 살다 보면, 제법 잘 살아왔다고 여겼던 오만도, 남들처럼 그저 그렇게 살아왔다는 겸손도 문득 힘없이 무너져 내리고 마는 그런 날이 오게 마련입니다. 채울 틈조차 없이 살았던 내 삶의 헛헛한 빈틈들이 마냥 단단한 줄만 알았던 내 삶의 성벽들을 간단히 무너트리는 그런 날, 그때가 되면 누구나 허우룩하게 묻곤 합니다. 사는 게 뭐 이러냐고. 그래요, 잊어서는 안 되는 거였습니다. 잊을 수 없는 것은 어차피 잊히지가 않는 법, 잊은 줄 알았다가도 잊혔다 믿었다가도, 그렁그렁 고여 온 그리움들이 여민 가슴 틈새로 툭 터져 나오고, 그러면 그제야 비로소 인정하게 되는 겁니다. 시와 아름다움과 낭만과 사랑이 우리가 살아가는 이유여야 한다는 것을.

　깨닫는 것만으로는 충분하지 않습니다. 나이 들어 깨치는 것이 순리라지만, 그러기엔 우리 삶이, 특히 우리 청춘이 너무 짧고 또 아깝습니다. 해서, 한동안 저는 젊은 제자들을 위해 시와 아름다움과 낭만과 사랑에 대한 글을 쓰고 그들과 함께 그 글들을 나눠 왔습니다. 그들은 의학, 법학, 경영학, 공학 등을 전공하는, 대부분 이미 시를 잊은 젊은이, 아니 시를 사랑하는 법을 아예 배워 보지도 못한 젊은이, 그리하여 시를 읽고 즐길 권리마저 빼앗긴 젊은이들이었습니다. 그들을 바라보는 게 안타까워 시작한 일이건만, 고백건대 시에 대해 강고한 장벽을 치고 살아온 그들의 틈을 뚫는 일이 생각만큼 쉽지는 않았습니다. 인스턴트에 길들여진 그들에게 시의 깊은 맛을 전하기 위해서는 새로운 레시피가 필요했습니다. 가요와 가곡, 그림과 사진, 영화와 광고 등 다양한 재료와 스토리에 시를 버무린 일종의 퓨전 음식이라 할까. 그것을 어떤 날은 살짝 추억에 담갔다가 또 어느 날은 역사와 철학에 곁들여 음미해 보도록 하는 거였습니다. 그러다 보니 말입니다, 시를 잊은 그들 사이에 즐거움과 감동을 느끼는 눈빛들이 퍼져 나가기 시작했습니다. 울고 웃고 박수치는 사이, 시가 그들에게 찾아오고, 다시 시를 찾아가는 젊은이들이 늘어 가는 것이었습니다. 아름다움과 낭만과 사랑을 즐기기 힘든 세대라고들 하지만 우리 청춘들은 역시 건강했습니다. 시를 바탕으로 한 자신만의 문화적 레시피를 글로 써 내라는 절망적인 기말 과제마저 그들은 희망으로 바꿔 버렸답니다. 그들의 글을 읽는 내내, 내가 복되고 내가 은혜로웠으니, 정녕코 스승은 내가 아니라 그들이었던 겁니다.

그 기쁨과 기대가 그들과 함께한 글들을 추리고 모으게 했습

시를 잊은 그대에게

니다. 그리고 이제 감히, 대학 입시 때문에 지금도 억지로 시를 공부하고 있는 학생이든, 시를 향유하는 자리에서 소외된 노동하는 청년이든, 심야 라디오에 귀 기울이며 시를 읊곤 하던 한때의 문학소녀든, 시라면 짐짓 모르쇠요 겉으로는 내 나이가 어떠냐 하면서도 속으로는 눈물 훔치는 중년의 어버이든, 아니 시라고는 당최 가까이 해 본 적 없는 그 누구든, 시를 잊은 이 땅의 모든 그대와 함께 나누고파 이렇게 책으로 펴냅니다. 부디 편한 마음으로 즐겨 주시기 바랄 뿐입니다.

한편으로는 뿌듯하고 설레면서도, 여기 담긴 글들을 강의실 너머 세상 속으로 떠나보내는 일이, 실은 여전히 떨리고 망설여집니다. 인문학의 대중화라는 아름다운 명분이 있긴 하지만, 시 읽기의 즐거움이 시를 온전히 시답게 전하는 일보다 중요할 수는 없기 때문에 그렇습니다. 하지만 아무리 생각해 봐도 그보다 훨씬 더 중요한 것은 벌써 몇 번째인지 모를 이 서문을 또 써야 하는 곤욕에서 지금 당장 벗어나는 겁니다. 그래도 행복하게 지칠 수 있게 해 주어 참으로 감사하다는 말씀, 이 땅의 시인과 나의 제자들, 그리고 휴머니스트 출판 관계자 여러분에게 전하며 그럼 이만, 그간 못 다한 아름다움과 낭만과 사랑을 찾아 떠나렵니다.

2015년 6월 한양에서
정 재 찬

차례

가난한 갈대의 사랑노래

가난한 갈대의 사랑노래는

지상에서는 결코 들을 수 없는

천상의 노래인가?

어떻게 사랑이 변하니?

내 어릴 적, 아버지가 거나하게 취해 집으로 돌아오시면 즐겨 부르신 대중가요 가운데 가수 박일남이 부른 〈갈대의 순정〉이란 노래가 있었다. 그때만 해도 몰랐다. 내가 어른이 되어 이 노래를 부르게 될 줄은.

사나이 우는 마음을 그 누가 아랴
바람에 흔들리는 갈대의 순정
사랑에 약한 것이 사나이 마음
울지를 마라
아— 갈대의 순정

말 없이 보낸 여인이 눈물을 아랴

가슴을 파고드는 갈대의 순정

못 잊어 우는 것은 사나이 마음

울지를 마라

아— 갈대의 순정

— 박일남 작사·오민우 작곡, 〈갈대의 순정〉

하지만 이 노랫말의 의미는 여전히 알다가도 모르겠다. 남자가 갈대라는 건지, 자기가 떠나보낸 여인이 갈대라는 건지 여전히 모호하고 아리송한 것이다. 화자가 '사나이'인 만큼 그의 마음이 갈대의 순정이라고 읽는 게 자연스럽지만, 여자의 마음을 갈대라고 하는 것이 관습의 편에서 보자면 더 익숙하기 때문이다. 베르디의 오페라 〈리골레토Rigoletto〉 제3막에 나오는 저 유명한 아리아 〈여자의 마음La Donna è Mobile〉을 들어 보라. 호색한 만토바 공작이 의기양양하게 부르기를, 여자la donna의 마음은 바람에 날리는 갈대와 같이 항상 변한다mobile 하지 않았던가. 이 점만은 현대에 들어서도 변하지 않나 보다. 모바일 광고에서 사랑은 움직이는 거라고 소리친 이 역시 차태현이 아니라 김민희였지 않은가. 영화 속에 등장하는 다음 대사도 마찬가지다.

"어떻게 사랑이 변하니?"

영화 〈봄날은 간다〉에서 상우유지태가 은수이영애에게 한 말이다. 남자는 남고 여자는 떠나가는 그런 영화, 헌데 이 영화는 봄날처럼 묘하기만 하다. 영화의 마지막 장면, 홀로 남게 된 상우는 강

진의 보리밭을 찾아간다. 뒤로는 바다 풍경이 펼쳐지고 낮게 깔린 보리는 바람에 흔들려 넘실대는데, 그는 그 한가운데 서서 명상하듯 눈을 감은 채 헤드폰을 쓰고 소리를 담는다. 이윽고 그의 입가에는 미소가 번진다. 과연 그는 무슨 소리를 들은 걸까? 바람에 흔들리는 보리 소리, 보리를 서걱대게 하는 바람 소리, 그것을 통해 그가 들은 것은 무엇이었기에 그토록 진지하던 그를 그토록 미소 짓게 만든 것일까?

영화가 끝나고 자막이 오를 때까지, 아니 영화를 보고 돌아와서도 한참 동안을 영화 속 보리밭을 갈대밭으로 나는 기억하며 지냈다. 왜 그랬을까? 왜 나는 그것이 갈대라고, 갈대여야 한다고 생각했을까?

다음 시를 조용히 소리 내어 읽어 보라.

언제부턴가 갈대는 속으로
조용히 울고 있었다.
그런 어느 밤이었을 것이다. 갈대는
그의 온몸이 흔들리고 있는 것을 알았다.

바람도 달빛도 아닌 것.
갈대는 저를 흔드는 것이 제 조용한 울음인 것을
까맣게 몰랐다.
―산다는 것은 속으로 이렇게
조용히 울고 있는 것이란 것을

그는 몰랐다.

— 신경림, 〈갈대〉

갈대가 운다. 그것도 소리 내서가 아니라 나직이 흐느껴 운다. 흐느껴 울어 본 사람은 누구나 다 알겠지만, 흐느껴 울다 보면 정말이지 자신의 의지와 무관하게 몸이 흔들린다. 차라리 통곡을 하면 당장은 몹시 흔들려도 곧 평온이 찾아오련만, 흐느낌은 그런 종류와는 거리가 멀다.

갈대의 울음은 어느 날 갑자기 찾아오는 폭풍 같은 통곡이 아니라 벌판에 나부끼는 바람처럼 흐느낌의 형태로 지속된다. 이때 '조용한 울음'은 남이 알아차리지 못할 만큼 조용한 정도가 아니라, 때로는 너무 조용해서 자기 자신도 자기가 울고 있다는 사실을 눈치채지 못할 정도로 조용한 울음이다. 실제로 우리는 삶이 비애라는 사실을 자주 잊고 산다. 그러나 '어느 밤'이 찾아오면, 비로소 고요한 침잠과 성찰의 시간이 오면, 그때야 깨닫게 된다. 산다는 것은 슬픈 것이다. 힘든 것이다. 허무한 것이다.

시인의 통찰은 여기서 한 걸음 더 나아간다. 곧 인간의 유약함과 비애는 저 '바람'과 같은 시련 때문도 아니고, '달빛'처럼 하늘 높이 밝은 그 무엇을 지향하다가 얻게 되는 것도 아니라고. '바람'에 따라 흔들리는 것도, '달빛'을 좇아 흔들리는 것도 아니요, 외적인 것과는 무관하게 오로지 내면의 슬픔으로 인해 온몸이 흔들릴 따름이라고 시인은 말하고 있는 것이다. 이쯤 되면 제 울음에 겨워 제가 다시 우는 꼴이니 그것은 숙명적이고 너무나 근원

적인 것이어서 우리는 도무지 슬픔으로부터 벗어날 길이 없는 셈이 된다.

물론 이것은 허무주의에 가깝다. 그러나 역설적으로 여기에 인간의 위대함이 있다. 자신을 성찰할 줄 모른다면 비애도 없다. 인간 존재의 모순과 그에 따른 불안, 자신이 인간이라는 이유로 흔들리는 존재일 수밖에 없다는 것을 인정하게 될 때, 인간은 더욱 성숙해질 수 있다. 이 시가 허무와 비애로만 끝나는 것 같지 않은 이유, 이 시를 읽고 나서 잠시만 눈을 감고 음미하노라면 은근히 고개가 끄덕여지며 미소가 번지는 이유가 거기에 있다. "그는 몰랐다"라는 표현은 결국 '이제는 안다'란 뜻이 되기 때문이다. 허무를 모르는 것도 제대로 된 인생은 아니지만 허무에 일방적으로 패배하는 것 역시 아직은 성숙에 도달한 인생이라고 보기 어렵다.

그러나 그 무엇보다도 내가 이 시에 경탄해 마지않는 것은 이 시가 거둔 미학적 성취에 있다. 정말 이 시는 조용하다. 그 조용하게 노래하는 품이야말로 조용히 우는 갈대를 닮았다. 이 시를 읽고 나서 왠지 모르게 가슴을 파고드는 느낌이 있다면 그것을 나직이 흐느낄 때 가슴팍에서 느껴지는 그것과 비교해 보라. 그렇게 본다면 진정 시인이 주목하고 있는 것은 갈대의 흔들림, 그 외양에 있는 것이 아니라, 그 흐느끼는 듯한 소리와 느낌에 있는 것이 아닐까? 사위가 적막할 때 우리는 비로소 소리를 듣는다. 그 '어느 밤'처럼 깊은 밤중에 홀로 갈대밭에 서 보라. 흐느껴 우는 듯한 피리 소리가 들려오지 않을까?

아닌 게 아니라, 그리스 신화를 보면 요정 시링크스Syrinx가 자신을 사랑한 목신牧神, 그러나 흉측한 모습의 반인반수 신인 판Pan에 쫓기다 갈대로 변신하는 장면이 나온다. 결국 판은 이 갈대를 꺾어 피리를 만들어 불며 시링크스를 그리워하지 않았던가. 오늘날의 팬플루트panflute란 악기의 이름이 거기서 연원하거니와, 이 시를 낭송할 적엔 나지막이 울려 퍼지는 팬플루트 연주곡을 배경음악으로 삼아 보는 것도 썩 괜찮은 선택이리라.

이제 다시 〈봄날은 간다〉로 돌아가 보자. 어쩌면 상우는 판이었는지 모른다. 사랑이 어떻게 변할 수 있느냐는 상우의 믿음은, 이 시대 우리의 눈에는 순진하다 못해 어수룩해 보인다. 그것은 유아적이다. 그런 생각은 사랑의 이상理想이 아니라 신화에 가깝다. 마지막 장면의 보리밭, 아니 갈대밭에서, 어쩌면 그래서 상우의 귀에는 옛날 그 신화시대, 변하지 않는 영원한 사랑이야말로 상식이자 당위로 통했던 그 시대, 바로 자신이 불었던 갈대 피리 소리가 들려왔을지 모른다. 아니면 갈대로 변해 버린 시링크스의 소리를 들으며 거기서 자신의 녹음기에 담아 둔 은수의 목소리를 떠올렸을지도 모른다. 그러기에 바람이 전해 오는 갈대 소리를 들으며 그는 몰입하듯 눈을 감아야 하지 않았을까?

하지만 어느 면에서 판의 사랑은 사랑이 아니라 집착이요, 맹목이었다. 상우는 더 이상 판일 수가 없다. 더는 어린이로만 남을 수 없고, 지금은 신화시대가 아니기 때문이다. 낭만적이고 행복하기만 했던 사랑의 소용돌이는 지나가고, 그에게 드디어 자신을, 사랑을, 인생을 되돌아볼 '어느 밤'이 찾아온 것이다.

그러자 다가오는 새로운 바람 소리. 이번에는 신경림申庚林, 1936~의 〈갈대〉가 노래처럼 들려온다. 삶이란 그런 거라고 인생이 원래 그런 거 아니었냐고 그의 귓가에 나지막이 속삭인다. 계절도 변하고 자연도 변하고 이 우주 만물이 다 변하는데, 사랑이라고, 아니 사랑 따위가 안 변하겠냐고 말이다. 아무리 발버둥 쳐도, 그래도 봄날은 간다. 그래도 지구는 돌듯, 아무리 열병 같은 사랑이라 하더라도, 그래도 사랑 역시 떠난다. 모든 것이 변하는 거라면, 변하는 사랑인 은수가 문제가 아니라, 변하지 않는 사랑인 상우 자신이야말로 문제다. 그러나 그전에는 까맣게 몰랐던 것. 그런 점에서 이 영화는 상우의 성장 영화로 읽어도 무방하다.

상우를 흔드는 것은 은수나 은수 같은 여자도, 아니 여자의 갈대 같은 마음도 아닐뿐더러, 재력이나 권력도 가정환경도 시대 배경도 아니었다. 그 자신이었다. 인생과 운명의 법칙이었다. 잔인할 정도로 엄정한 이 자연의 법칙, 그 이치를 체화하고 깨닫는 것은 비록 처절하고 허무하지만, 그것을 승인하고 나서야 비로소 성숙과 관용이 찾아온다. 슬픔을 알아야 슬픔을 받아들일 수 있다. 이별의 순리를 알아야 이별을 받아들일 수 있다. 이 경우 은수와의 만남만이 아니라 그녀의 떠남조차 감사할 수 있게 된다. 그것은 상우가 치매에 걸린 할머니를 통해 배운 것이기도 하다. 그것을 이제 갈대와 바람 소리에서 듣는다. 그러자 상우에게 미소가 찾아온다.

그러고 보면 '갈대의 순정'을 놓고 갈대가 여자냐 남자냐 따위를 따지는 일이란 대저 부질없는 짓이 되고 만다. 자연과 운명의 법칙에 남녀가 따로 있을 리 없기 때문이다. 그에 따르면 갈대처럼 흔들리는 것이 갈대에게는 순정이 된다. 바람에 흔들리는 것이 갈대의 운명이라면 바람에 저항하지 않는 것, 다시 말해 흐르는 바람 따라 이리 변하고 저리 변하는 것이야말로 변절이 아니라 순정이 아닐런가. 떠나는 여인 말없이 떠나보내는 것은 사랑이 변질되어서가 아니라 그것이 순정이기 때문이라는 것, 이 역설이 '갈대의 순정'이라는 모순 어법을 낳은 것이 아닐까.

인간은 모순적인 존재다. 남녀노소 가릴 것 없이 인간은 도대체가 나약하기 짝이 없는 갈대지만, 그와 동시에 생각하는 갈대인 탓이다. 그래서 인간은 위대하고 동시에 비참하며, 그 역도 참이다. 그런 의미에서 보면, 신경림의 〈갈대〉를 읽고 가슴 한편이 쾡해지는 것도 인간적인 진실이요, 그 비애를 넉넉히 받아들이며 관조하게 되는 것 역시 인간다운 모습일 것이다. 이 중에 어느 하나만 받아들이는 것은 이 시를 충분히 감상한 것이라고 보기 힘들다. 뒤집어 말해 그중 어느 하나만이 이 시의 주제라면 이 시는 그다지 명시의 반열에 들어설 수 없었을 것이다. 그랬더라면 이 시는 인생은 슬픔의 연속이라는 식의 감상적인 시가 되었거나, 시련을 극복하고 슬픔을 승화하라는 투의 교훈적인 시가 되어 버리고 말았을 것이기 때문이다. 이 시를 살린 것은 여러 번 읽을수록 느껴지는 그 모순 사이의 미묘한 울림과 여운이라 해도 지나치지 않다.

가난과 사랑은 숨길 수 없다

〈갈대〉는 그래도 지나치게 운명 순응적이지 않느냐는 비판으로
부터 자유롭기 힘들다. 인간의 슬픔이나 불행, 아픔 따위가 '바람'
과 '달빛', 곧 환경과 무관하다는 것은 지나치게 인간을 실존적으
로만 바라보는 것이기 때문이다.

그래서일까? 신경림은 이 〈갈대〉라는 시로 등단한 이후 10여
년을 절필하고 살았다. 그 오랜 침묵 끝, 그는 처녀 시집《농무》
1973를 발표하면서 농민과 민중의 애환, 가난하고 억압받는 자의
삶을 사실적이면서도 서정적으로 그려 내는 독자적인 시 세계를
지속적으로 펼치게 된다. 다음 시를 보라.

　　가난하다고 해서 외로움을 모르겠는가

　　너와 헤어져 돌아오는

　　눈 쌓인 골목길에 새파랗게 달빛이 쏟아지는데.

　　가난하다고 해서 두려움이 없겠는가

　　두 점을 치는 소리

　　방범대원의 호각소리 메밀묵 사려 소리에

　　눈을 뜨면 멀리 육중한 기계 굴러가는 소리.

　　가난하다고 해서 그리움을 버렸겠는가

　　어머님 보고 싶소 수없이 뇌어보지만

　　집 뒤 감나무에 까치밥으로 하나 남았을

　　새빨간 감 바람소리도 그려보지만.

가난하다고 해서 사랑을 모르겠는가

내 볼에 와 닿던 네 입술의 뜨거움

사랑한다고 사랑한다고 속삭이던 네 숨결

돌아서는 내 등뒤에 터지던 네 울음.

가난하다고 해서 왜 모르겠는가

가난하기 때문에 이것들을

이 모든 것들을 버려야 한다는 것을.

— 신경림, 〈가난한 사랑노래 — 이웃의 한 젊은이를 위하여〉

이 시는 이념성에만 과도하게 기우는 경향이 있던 당대의 민
중시와는 확연히 차별되는 시였다. 목소리만 높다고 힘 있는 시
가 아니다. 이 시는 현실에 대응할 때 서정성이 어떻게 힘을 발휘
할 수 있는지 여실히 보여 준 명시로 손꼽혀 왔다. 그러기에 1970
~1980년대의 민중시는 물론 1960년대 김수영 같은 시인의 참
여시조차도 교과서에 소개될 수 없던 그 시절, 보란 듯이 이 시가
중학교 국정 교과서에 실리게 되었을 때—중학생이 읽기에 무리
가 아닐까 하는 염려는 있었지만—나로서는 적잖은 감격과 흥분
을 느낄 수밖에 없었다.

그러나 정작 이 시가 실린 교과서의 교사용 지도서를 볼 때, 그
리고 거기 실린 해설이 지금까지도 이 시를 다루는 거의 모든 참
고서의 주류를 지배하고 있음을 목도하게 될 때마다 나는 얼굴이
화끈거린다. 그에 따르면 이 시의 주제는 '따뜻한 인간애' 혹은
'인간적 진실의 따뜻함과 아름다움'이라는 것이다.

정말 이 시의 주제가 노동자의 따뜻한 마음, 인간다운 삶은 포기하지만 마음만은 그렇지 않다는 걸 노래한 것일까? 그럴 양이면 신경림은 왜 〈갈대〉 이후 침묵하고 고뇌해야 했는가? 노동자의 눈물과 슬픔이 갈대의 그것과 다를 바 없이 그저 인간이면 누구나 실존적으로 겪는 그런 것이라면, 노동자도 갈대처럼 '바람'을 원망하거나 '달빛'을 탓하지 말고 그저 자신이 처한 운명을 받아들이면 될 터인데 시인은 도대체 무엇하러 10년 세월을 절필해야 했는가 말이다.

이뿐 아니라 진실로 이 시의 주제가 따뜻한 인간애라면 이 시는 사뭇 부드럽고 따스한 어조로 낭송을 해야 할 터, 나는 도저히 이 시를 그렇게 읽을 방도가 없다. 특히 점층적 고조에 이른 마지막 부분, "가난하다고 해서 왜 모르겠는가"라는 대목은 울부짖듯이 읽지 않으면 안 된다고 생각한다. 그래서 강의 시간에 실제로 이 시 구절 뒤에 욕설 하나를 슬쩍 붙여서 읽어 보이기도 한다. 아무리 보아도 이 시의 초점은 가난한 노동자의 따스한 마음에 가 닿는 것이 아니라 그로 하여금 단지 가난하다는 이유로 모든 것을 포기하게 만든 이 현실을 향한 것으로 보아야 옳기 때문이다. 즉 이 시의 주제는 가난한 이 혹은 노동자로 하여금 인간적인 삶을 포기하게 만드는, 우리 현실에 대한 분노와 자조라고 말하는 편이 에누리 없는 진실이라 할 것이다.

그런 면에서 이 시는 〈갈대〉의 세계와는 사뭇 다르다. 다소 거칠게 구분해 말하자면, 〈갈대〉의 경우 가난의 책임은 가난한 이 그 자신에게로 돌아가게 된다. 불평등도 하나의 운명일 따름이다. 그에 반해 〈가난한 사랑노래〉는 우리에게 그 불평등의 기원이 결코 당연하거나 자연적인 것만은 아님을, 그것은 사회적 기원을 지니고 있는, 다시 말해 우리 사회가 노력하면 바로잡을 수도 있는 그런 것임을 절절하게 들려주는 셈이다.

물론 가난하지만 사랑하는 부부의 행복을 읊은 김소운의 수필 〈가난한 날의 행복〉이라든가 "가난이야 한낱 남루에 지나지 않는다"라고 노래한 서정주의 시 〈무등을 보며〉가 지니는 위로의 힘을 부정하지 않는다. 그러나 과연 이 시의 화자에게 〈갈대〉와 〈가난한 날의 행복〉과 〈무등을 보며〉가 위로를 줄까 생각해 보라.

이 시에서도 〈봄날은 간다〉에서처럼 한 남녀가 헤어진다. 그들이 왜 헤어지는지 자세한 내막은 알 길이 없지만, 이 한 편의 시 속에 담긴 그 스토리를 짐작할 수 있다. 그토록 뜨거운 입술과 그렇게 사랑한다고 속삭이던 그 숨결의 소유자가 어찌하여 등 뒤에서 울음을 터뜨리게 되었는지에 대해서 말이다.

사랑이 변해서 헤어지는 것이 아니다. 사랑은 여전하다. 여전한 정도가 아니라 서로를 위해 헤어질 만큼 그들은 사랑한다. 헤어져야 할 만큼 가난하기 때문이다. 가난하기에 모든 것을 버려야 하는 것이다.

하지만 주의하라. 이 시에서 먼저 이별을 고한 이는 여인이 아니라 청년이다. 가난한 그가, 가난하다고 사랑을 모를 리 없는 그가, 먼저 그녀에게 헤어지자 하는 것이다. 그녀도 가난한지 아닌지는 큰 상관이 없다. 어느 쪽이든 우리에겐 미래가 없노라고, 이 사랑의 결말은 처음부터 이렇게 정해져 있었노라고, 그동안 버티고 버텨 왔지만 이제 때가 왔노라고, 가난한 자기가 먼저 이를 악 다물고 이별의 말을 건넨 것이다. 그러자 그녀는 뜨거운 입술로, 가쁜 숨결로, 사랑한다고 사랑한다고 애절하게 그를 막아 본다. 그러나 끝내 그는 돌아서야만 했다. 등 뒤에서 터지던 그녀의 울음을 짐짓 모른 척하며 무거운 발걸음을 애써 재게 옮겼을 것이다. 이 시는 그렇게 헤어져 돌아온 길, 새파랗게 달빛이 쏟아지는 눈 쌓인 골목길에서 시작한 것이다.

떠난 건 청년이었고 떠나보내야 했던 것은 여인이었지만, 어차 피 떠날, 떠나야 할 사람은 그녀였음을, 그들도 그리고 우리도 안 다. 그러나 그 여인에게 여자는 왜 갈대와 같냐고 어떻게 사랑이 변하냐고 묻거나 따지는 것은 어울리지 않는 일이다. 그런 것은 세상 물정 모르는 이의 사치와 투정에 지나지 않는다.

이 시의 화자가 낭만을 모른다고 생각하지 말라. 그 역시 외로 움, 그리움, 두려움 그리고 사랑 등등 알 것 다 아는 자다. 하지만 가난은 사람을 일찍 철들게 한다. 그는 상우처럼 갈대밭에 갈 여 유도 없거니와 그럴 필요도 없었다. 그는 이미 안다. 가난하기 때 문에 이 모든 것을 체념하고 포기해야 한다는 것을. 그것은 초연 이나 초월, 초탈과는 거리가 멀다. 다만 익숙할 뿐이다. 삶은 그에 게 집착은 상처만 남긴다는 것을 일찌감치 알게 해 주었기 때문 이다. 하지만 안다고 슬프지 않다는 것은 아니다. 알기에 더 슬플 수도 있다. 슬픔을 알아도 슬퍼할 겨를이나 여유가 그에게는 없 을 따름이다.

영화 〈시월애時越愛〉에서 은주전지현는 이렇게 말한다. 사람에겐 숨길 수 없는 게 세 가지가 있는데, 바로 기침과 가난과 사랑이라고. 그럴 듯한 말이다. 정말이지 '기침'은 참을수록 더 크게 들통이 나는 법이니까. 하지만 원래의 속담은 '가난과 사랑은 숨길 수 없다'라는 것이다. 생각해 보라. '사랑'을 숨기지 못한다는 것은 얼마나 순수하고 또 애틋한 일인가. 아무리 감추려 해도 사랑은 표가 난다. 들키지 않는 짝사랑은 아무나 수행할 수 없는 고도의 경지다. 하지만 '가난'에 주목해 보았는가? 가난은 못 숨긴다는 말, 그것은 얼마나 절망적인가. 어쩌다 큰돈을 써서 새 옷을 사입어도 가난은 드러난다니, 이 얼마나 잔인한 말인가.

그렇다면 '가난'한 '사랑'의 운명은 어찌될 것인가. 가난도 못 숨기고 사랑도 못 숨긴다. 가난도 못 참고 사랑도 못 참는다. 그런데 가난을 못 숨기기 때문에 사랑을 참아야 한다. 사랑을 못 숨기기 때문에 가난 따위야 참을 수 있을 것 같은데 그것을 숨길 수 없기 때문에 결국 사랑마저 버려야 한다는 것을, 그는 알고 있는 것이다. 아무래도 이건 너무 분하고 슬프다.

〈갈대〉는 슬프지만 그 관조와 성찰이 우리에게 미소를 준다고 했다. 반면 〈가난한 사랑노래〉는 그 성찰과 체념이 우리를 슬프게 한다. 무엇이 진실이고 무엇이 위안을 주는가? 사랑과 용서와 화해와 긍정과 초월의 덕목과, 정의와 진리와 갈등과 비판과 투쟁의 가치 사이에서 우리는 무엇을 얻어야 하는가? 가난한 갈대의 사랑 노래는 지상에서는 결코 들을 수 없는 천상의 노래인가?

어둠이 와야 어둠조차 가릴 수 없던

참 빛이 드러나리니,

별이 빛나는 그날 밤 나는 가장 위대한 우주의 서사시,

신의 시를 보았던 것이다.

순수의 시대

교환교수로 미국에 머무르는 동안 말로만 듣던 그랜드캐니언
Grand Canyon에 갔다. 도착했을 때는 살짝 비가 지나가는가 싶었다.
그러더니 문득 무지개까지 걸치면서 보란 듯이 모습을 드러낸 대
협곡의 위용. 실없이 거닐던 발이 지상에 그만 덜컥 달라붙었다.
어디를 더 여행한들 이제 더 이상의 경이는 기대하지 않아도 좋
으리라 싶었다. 애리조나를 떠나 유타로 넘어오는 동안 끝없이
펼쳐진 초원 위의 그 불타는 석양을 보면서도 수시로 밀려드는
감상感傷을 그나마 제어할 수 있었던 것은 그 때문이다.

　차는 어느덧 깜깜한 어둠 속을 질주하고 있었다. '신의 정원'이
라 불리는 자이언캐니언Zion Canyon에 도착했건만 어둠은 그 모습
이 드러나는 걸 조금도 허용치 않았다. 어차피 하루 자고 이튿날

아침 볼 요량이었지만 아쉬운 마음에 그저 허튼수작 삼아 오랜 운전으로 피곤한 허리를 펴 무심히 하늘을 올려다보았다. 그 순간이었다.

오! 신이시여! 내 평생 그토록 많은 별은 본 적이 없다. 사막 위의 맑은 하늘 탓일까. 말 그대로 별이 쏟아진다. 별빛은 쉴 없이 내 눈 속으로 달려들고 이내 눈이 시려진다. 이러다 무릎이 꺾일라. 그랜드캐니언의 감동도 이내 그 지위를 내주고 말았다. 그 어떠한 지상의 장관도 이런 경이는 없다. 그뿐이랴. 무지개와 노을조차 고작 대기권을 벗어나지 못한 헛것, 빛의 산란에 불과한 것. 헌데 저 하늘 너머 저 많은 실체가 지금 이렇게 수억 년의 시간과 무한한 공간을 사이에 두고 나와 교접하고 있지 아니한가.

어둠이 밝음을 가리는 것이 아니라 때론 밝음이 어둠을 가리는 것이란 생각을, 그때 나는 처음 하고 있었다. 밝음이 가시고서야, 무지개와 노을 어울린 하늘 저 대기권 장막 너머로 비로소 진실이 드러나는 것이었다. 어둠이 와야 어둠조차 가릴 수 없던 참 빛이 드러나리니, 별이 빛나는 그날 밤 나는 가장 위대한 우주의 서사시, 신의 시를 보았던 것이다.

별이 빛나는 창공을 보고, 갈 수가 있고 또 가야만 하는 길의 지도를 읽을 수 있던 시대는 얼마나 행복했던가? 그리고 별빛이 그 길을 훤히 밝혀 주던 시대는 얼마나 행복했던가? 이런 시대에 있어서 모든 것은 새로우면서도 친숙하며, 또 모험으로 가득 차 있으면서도 결국은 자신의 소유로 되는 것이다. 그리고 세계는 무한히 광대하지만 마

시를 잊은 그대에게

치 자기 집에 있는 것처럼 아늑한데, 왜냐하면 영혼 속에서 타오르는 불꽃은 별들이 발하고 있는 빛과 본질적으로 동일하기 때문이다.

—루카치, 《소설의 이론》 중에서

헝가리 출신의 철학자 죄르지 루카치György Lukács, 1885~1971의 말이다. 신이 함께한 시대, 그때 우주와 '나'는 분리되지 않았다. 우주는, 곧 세계는 나와 한편이었다. 그러니까 그땐, 우주가 제 아무리 커도 그 무한대의 지경을 바라보며 인생의 허무나 왜소함 따위는 느끼지 않았을 것이다. 우주가 집이라면, 우주 그러니까 내 사는 집이 그렇게 크다 하면, 신이 나면 신이 났지 허무할 이유가 없기 때문이다. 그때 저 광대한 우주는 집처럼 아늑하고 또한 가슴 벅찬 모험의 대상일 뿐, 세계는 새롭지만 낯설지 않고 오히려 자신을 탐험해 보라고 우리를 불러들였을 것이다. 내 영혼의 불꽃이나 저 우주의 별빛이나 신이 낳은 한배 자식인 것, 그러니 그 탐험은 얼마나 신나는 여행이었을까.

그러나 신이 떠나간 시대, 이제 우리에게 저 커다란 우주 저 알 수 없는 세계는 공포와 불안의 대상이다. 더 이상 신은 우리와 함께하지 않는다. 인간 홀로 세계와 맞서야 한다. 하지만 세계는 너무 크다. 세계는 더 이상 아늑하지 않으며 무한한 우주는 우리 왜소한 인간들에게 허무를 안길 뿐이다.

저 인류의 유년 시절처럼 우리 인생에서도 별과 우주가 나와 동행하던 시절이 있었을 것이다. 기억을 못 할 뿐, 유년 시절 저 하늘의 별과 우주를 마주할 때, 그때 이미 우리는 신의 그림과 시를 보았을지 모른다. 신화를 듣고 노래를 부르며 신의 소리를 들었을지도 모른다. 걸음마를 시작할 때부터 매일매일 새롭게 접하는 세상은 두렵기보다 신나는 모험의 대상이었고 무한한 우주는 무한하게 큰 집을 소유한 기쁨을 주었을 것이다. 그때 확실히 우린 행복했다. 그때 우린 무슨 노래를 불렀던가?

어릴 적 내 기억 속, 별에 관한 노래는 두 가지다. 하나는 〈반짝반짝 작은 별〉. 그 곡이 〈Twinkle, twinkle, little star〉라는 영어 노래의 번역이라든가, 'ABCDEFG'로 시작하는 알파벳송과 멜로디가 같다든가 하는 걸 알게 된 건 나중 일이다. 원곡이 모차르트의 변주곡임을 알게 된 건 더 나중의 일이며, 그 원곡의 멜로디가 프랑스 지방의 민요라는 사실을 알게 된 건 한참 더 뒤의 일이요, 원제가 '아, 어머니께 말씀드릴게요Ah, vous dirai-je, Maman'라는 사실은 몰라도 좋을 일이었다. 그게 뭐 중요하랴. 어릴 적엔 그저 '반짝반짝' 할 때는 손과 손목을 뒤틀고, '동쪽 하늘', '서쪽 하늘' 할 때는 한 손은 허리에 한 손은 삿대질하듯 왼쪽 오른쪽으로 찔러대며 몸동작을 하는 것이 중요할 따름이었다. 이 곡에 맞춰 누나가 가르쳐 주는 대로 손을 맞잡고 발을 까딱대며 포크댄스를 추었던 기억이 여전히 선명하다. 시, 노래, 무용이 함께한 이 사태를 두고 뭐라 말하랴. 고대 제천 행사 때의 원시 종합 예술, 곧 발라드댄스Ballad Dance가 이런 것 아니었을까? 하늘의 별을 바라보며 노래하고 춤춘 그 시절, 그러니 어린 시절 내 영혼의 불꽃은 별빛이었으리라.

하지만 별이 꼭 밝기만 한 건 아님을 가르쳐 준 것 또한 어릴 적의 노래였다. 창작 동요의 효시로 알려졌는가 하면 최근에는 일본 동시의 번역 작품이라는 주장도 제기된 바 있는 방정환方定煥. 1899~1931 선생의 〈형제별〉. 그것은 아마도 '애상'이란 정조를 느끼게 해 준 최초의 작품이 아니었나 싶다.

날 저무는 하늘에

별이 삼형제

반짝반짝 정답게

지내이더니

웬일인지 별 하나

보이지 않고

남은 별이 둘이서

눈물 흘린다.

— 방정환, 〈형제별〉

기본적으로 이 시의 발상은 별자리 신화와 다를 바 없다. 다만 그 사연이 서사적으로 잘 드러나지 않은 채 분위기만 함축되어 있을 뿐이다. 물론 형제자리라는 별자리는 들어 본 바가 없다. 하지만 꼭 별자리를 정해진 대로만 볼 필요도 없다. 그리스 신화는 물론 견우와 직녀를 비롯해 별과 관련된 모든 이야기는 어차피 임의의 별 사이에 인간이 억지로 관계를 구성한 것일 뿐이니까. 카시오페이아 자리라고 불리는 W자 모양의 다섯 개 별 중 알파는 228광년, 베타는 54광년, 감마는 613광년, 델타는 99광년, 입실론은 442광년씩 지구에서 떨어져 있다고 한다. 말하자면 별자리는 입체를 평면으로 바라본 상상의 소산일 뿐 서로 아무런 관계를 찾아볼 수가 없는 것이다. 아마도 이 시의 화자 역시 날 저무는 하늘을 바라보다 나란히 붙어 반짝거리는 초저녁별 세 개를 보고 형제별이라 이름하였을 것이다.

시인은 별을 인격화하되 어린 형제들로 의인화했다. 그러니 어린 시절 이 노래를 듣다 보면, 별과 우리 형제들이 내게는 자연스레 동일시될 수밖에 없었다. 이제 별은 우러러보기보다 오히려 감싸 줘야 할 친근하고 여린 존재가 되어 버린 것이다. 헌데 반짝반짝 정답게 지내던 이 어린별 중 하나가 그만 사라지고 만다. 별이 죽다니. 세상에, 어린별이 죽다니. 반짝거리던 별빛은 그만 글썽거리는 눈물 빛이 되고 만다. 아마도 1절과 2절 사이의 그런 반전을 감당하기가 어린 내겐 힘들었을 게다. 어머니가 이 노래를 불러 줄 때면 난 곧잘 눈가에 눈물이 배곤 했다. 형한테 잘해 줘야겠다는 결심마저 할 정도였으니. 다만 지금 다시 생각해 보니 어릴 적 난 단 한 번도 내가 먼저 사라지는 별 신세가 되리라고는 상상하지 않았던 듯하다. 그건 지금도 형한테 미안하다.

이처럼 별은 밝고 기쁘기도 하며 슬프고 가슴 아프기도 하다. 왜일까? 별은 멀기 때문이다. 그런데 그렇게 먼 데서 또 빛이 나기 때문이다. 그리하여 그 절대적 거리가 때로는 소망과 환희를 낳기도 하며 또 그만큼 절망과 허무를 낳기도 하는 것이다. 별이 멀지 않거나, 멀더라도 빛이 없었으면 이런 일이 없을 터, 별에 관한 모든 몽상은 이러한 별의 아이러니한 속성에서 벗어나지 않는다.

문자를 배운 다음 우리가 만난 별에는 또 어떤 것이 있었나. 《어린 왕자》의 소행성 B-612도 있고, 황순원의 〈별〉도 있고, 모르긴 몰라도 별별 별을 다 만나 보았을 것이다. 이병기의 시조에 이수인이 곡을 붙인 〈별〉도 꽤 많이 불렀을 것이다. 하지만 그중에서도 우리가 잊지 못하는 별 중 하나는 오랫동안 중·고등학교 교과서에 실리기도 했던, 바로 알퐁스 도데Alphonse Daudet, 1840~1897의 〈별〉이 아닐까 싶다. 다들 알고 있겠지만, 원작의 맛을 살려 요약해 보면 줄거리는 다음과 같다.

나는 깊은 산속에서 홀로 외로이 양을 치는 목동. 내 나이 스무 살, 나는 주인집 따님 스테파네트를 흠모한다. 어느 날 뜻밖에도 그녀가 일꾼들을 대신해 목동의 양식을 갖고 산으로 찾아온다. 오, 귀여운 모습! 신기한 듯이 주위를 둘러보다가 스커트 자락을 살짝 걷어 올리며, 깜찍한 것이 일부러 얄궂은 질문을 던지고는, 내가 쩔쩔매는 꼴을 보며 머리를 뒤로 젖히고 웃는다. 마침내 아가씨는 빈 바구니만 들고 떠난다. 헌데 저녁 무렵, 아가씨가 그만 흠뻑 물에 젖어 다시 돌아온다. 돌아갈 길 없게 된 그녀, 이제 우리 둘만이 이 깊은 산중에 함께 있게 된 것. 기어이 밤이 오고야 말았다. 나는 아가씨를 위해 울안에 새 짚과 모피를 깔아 주고 나왔다. 이때까지 밤하늘이 그렇게도 유난히 깊고, 별들이 그렇게도 찬란하게 보인 적은 없었다. 그때 잠을 이룰 수 없었던 그녀가 밖으로 나온다. 나는 염소 모피를 벗어 아가씨 어깨 위에 걸쳐 주고, 모닥불을 피워 놓고, 그리고 우리 둘이는 아무 말 없이 나란히 앉았다. 무슨 바스락 소리만 들려도 그녀는 바싹 내게로 다가들었다. 바로 그 찰나에, 아름다운 유성이 한 줄기 우리들 머리 위를 스쳐 갔다. 그녀에게 나는 밤하늘의 별 이야기를 들려주었다. 문득 내 어깨에 그녀의 머리가 느껴졌다. 리본과 레이스와 곱슬곱슬한 머리카락을 앙증스럽게 비비대며 잠든 그녀의 얼굴을 지켜보며 나는 꼬빡 밤을 새웠다. 가슴이 설레는 것을 어쩔 수 없었지만, 그래도 내 마음은, 오직 아름다운 것만을 생각하게 해 주는 그 맑은 밤하늘의 비호를 받아, 어디까지나 성스럽고 순결함을 잃지 않았다. 이따금 이런 생각이 스치곤 했다. 저 숱한 별들 중에 가장 가냘프고 가장 빛나는 별님 하나가 그만 길을 잃고 내 어깨에 내려앉아 고이 잠들어 있노라고.

순수하고 아름다운 소설이다. 하지만 냉정하게 다시 읽어 보자. 도무지 이 소설엔 소설이라 할 만한 사건이 보이질 않는다. 산속에서 두 남녀가 별을 쳐다보다가 아무 일 없이 잠드는 일 빼곤 별 볼일이 없지 않은가? 이런 의심이 들 때 빨리 생각을 바꿔야 한다. 사건 없어 보이는 것이야말로 사건이구나 하고 말이다. 그렇다. 남녀가 아무도 없는 산속에서 밤을 지새우는데 별 사건이 없었다는 것, 그것이야말로 소설을 이루는 사건인 것이다.

알퐁스 도데가 이 소설을 쓸 무렵 프랑스 사회는 성적으로 문란했다고 한다. 아마도 이 소설을 처음 접하는 당시의 독자들은 야릇한 성적 호기심으로 이 소설의 전개 과정에 빠져들었을지 모른다. 아닌 게 아니라 그런 식으로 보니 우리 눈에도 이 소설의 등장인물과 배경이 심상치 않다.

다시 읽어 보자. 우리는 곧잘 이 목동을 매우 순진한 소년 취급하곤 하지만, 이 목동은 사실 스무 살이나 먹은, 그것도 산속에서 외로이 지내는 피 끓는 청년이다. 주제넘게도 감히 그는 주인집 따님을 사모한다. 그런데 이게 웬일인가. 바로 그 주인집 딸이 난데없이 나타나 치맛자락 걷어 올리고 얄궂은 질문이나 하고 머리를 뒤로 젖히며 소리 내어 웃질 않는가. 이쯤 되면 젊은 막일꾼과 어린 귀공녀의 야한 사랑 이야기를 기대해도 좋을 것이다. 통속소설이나 영화에서 자주 등장하는 정력 넘치는 하인과 음탕한 마님의 관계처럼 말이다. 그런 상상을 할 때쯤 싱겁게도 주인집 딸은 빈 바구니만 들고 산을 내려간다. 하지만 그게 끝이 아니었다. 강을 건너다 그만, 그녀가 온통 물에 젖은 채로 돌아와 밤을 맞이하게 되는 사건이 벌어진 것이다. 그토록 흠모하던 소녀가 물에 젖은 채로 다시 눈앞에 나타났을 때 목동의 심장은 어떠했을까. 고혹적인 모멘트란 이런 걸 두고 말하는 게 아닐런가. 여하튼 아무도 없는 산속에 젊은 두 남녀만이 남게 된 것. 그리고 '기어이' 밤이 오고 만다.

독자들의 긴장이 고조된다. 이제 조금만 더 읽으면, 조금만 더 읽으면, 드디어 고대하고 고대하던 에로틱한 이야기가 나오리라. 보라! 모닥불이 피워지고 둘이 나란히 앉질 않는가! 아무도 없는 깊은 산속, 오직 양들만이 지켜볼 뿐. 들어나 봤나, 양들의 침묵이라고? 아, 목동의 마음을 아는지 모르는지 그녀는 자꾸 바싹 다가늘고, 게다가 머리카락을 비비대며 머리를 어깨에 기댄다! 드디어, 드디어!

그런데 웬걸? 이 절정의 순간, 별똥별이 머리 위를 스쳐 지나간다. 가슴이 설렜지만 오직 아름다운 것만을 생각하게 해 주는 밤하늘의 비호를 받아 목동은 성스러움과 순결함을 잃지 않는다. 그녀는 가장 가냘프고 빛나는 별이었던 것이다. 별이 빛나는 그날 밤, 목동은 그녀를 지켜 가장 순수한 사랑을 완성했다. 그에게는 이것이 평생에 가장 아름답고 빛나고 소중한 추억이자 자랑으로 남게 될 것이다.

이 대목에서 독자는 각성한다. 당시의 독자 편에서 보면 이것은 반전이고, 따라서 소설이 되고도 남는 사건이다. 아, 이런 사랑, 이렇게 순수한 사랑이 있었구나. 이것이야말로 진정한 사랑이구나. 이제 독자들은 감동을 안고 돌아선다. 자신도 조금 순수해진 기분을 느끼면서 말이다. 그런 점에서 별은 역시 순수와 순결의 화신이다.

어디서 무엇이 되어

저렇게 많은 중에서
별 하나가 나를 내려다본다
이렇게 많은 사람 중에서
그 별 하나를 쳐다본다

김환기, 〈어디서 무엇이 되어 다시 만나랴〉, 1970년

밤이 깊을수록

별은 밝음 속에 사라지고

나는 어둠 속에 사라진다

이렇게 정다운

너 하나 나 하나는

어디서 무엇이 되어

다시 만나랴

— 김광섭, 〈저녁에〉

어디서 많이 보거나 들은 듯한 시, 그러나 의외로 이 시의 제목을 제대로 아는 이는 그리 많지 않다. '어디서 무엇이 되어 다시 만나리' 혹은 '어디서 무엇이 되어 다시 만나랴' 정도로 아는 경우가 대부분이다. 그도 그럴 것이 이 시의 종결부, '어디서 무엇이 되어 다시 만나랴'는 시가 발표된 이듬해인 1970년 한국일보 제정 '한국미술대상전' 제1회 대상을 받은 수화樹話 김환기金煥基, 1913~1974 화백의 작품 제목으로, 또 1980년대에는 듀엣 가수 유심초가 부른 대중가요 제목으로도 널리 알려졌기 때문이다.

내친 김에 한마디 더 하자면, 이 시가 대중에게 널리 알려진 데는 유심초의 공이 크긴 하지만, 그들의 노래가 이 시의 정조와 분위기를 제대로 담아낸 것으로 보기는 힘들다. 더구나 엄밀히 말하면, 이 시를 가요로 만들었다기보다 이 시를 가사로 차용했다고 하는 편이 옳다. 가사 일부가 원시와 다른 점은 차치하더라도,

2절이 덧붙여지면서 전혀 새로운 가사가 이어지기 때문이다. 2절에는 난데없이 '나비'와 '꽃송이'가 등장한다. 물론, '별'과 '꽃'은 상투적이라 할 만큼 서로 연상되는 관계에 있지만, 이 '꽃'은 다시 '나비'라는 더 상투적인 존재로 이어지게 되면서 분위기가 급전한다. "어디서 무엇이 되어 다시 만나랴"로 끝나야 할 것을, "나비와 꽃송이 되어 다시 만나자"라는 상투적 연애 문구로 결론이 나니, 이렇게 되면 애초의 저 별과 나의 순수한 관계는 가볍게 내던져지고 마는 셈이다.

그나저나 왜 이 시가 그림으로, 또 노래로 옮겨지며 그토록 많은 사람에게 사랑을 받은 걸까? 무엇보다도, 이 시는 쉽다. 또한 누구나 경험해 봤음 직한 낯익고 정겨운 정경과 정조를 담고 있다. 그런데 그것은 다시 생각해 봐도 여전히 가슴 뛰고 경이롭고 순수하던 그때의 일들이다. 그때가 그립다. 정다웠던 이들이 그립다.

생각해 보라. 별과 내가 서로 마주본다는 것, 이것은 얼마나 기적 같은 일인가? 우리 은하계에는 천억 개의 별이, 그리고 우주에는 그런 은하가 또 천억 개 정도 있단다. 그런데 그중 하나가 수십억 인구 가운데 하나인 나와 서로 마주보고 있는 것이다. 그것도 억겁의 시간 가운데 지금 이 순간, 어쩌면 이미 오래전 티끌로 사라져 버렸을지도 모를 그 별과 지금 이 순간 내가 만나고 있는 것이다. 허나 그렇게 소중한 만남과 관계건만 그 또한 시간의 힘을 이길 수는 없는 법. 저녁별은 밤이 되면 사라지고 나 또한 그럴 운명이다.

여기서 시인은 인생의 교훈을 얻는다. 별과 인간의 관계가 그러하다면 이렇게 정다운 사이인 너와 나의 만남과 헤어짐은 또 어찌될 것인가 궁금하지 않을 수 없는 게다. 어린 시절 친구와의 인연을 생각해 보라. 그 만남은 얼마나 소중한 우주적 인연인가. 그러나 그중 몇이나 다시 만나게 될까? 궁금하지 않은가? 어디서 무엇이 되어 다시 만나게 될지, 벅차지 않은가? 그대의 기억 속에 지금껏 자리하고 있는 별만큼이나 많은 인연들을 되새겨 보면, 그립지 않은가? 숱하게 사라진 뭇별 같은 인연, 뭉치로 계산하지 말고 이 시인이 하듯 또박또박 따져 보라. 그 인연들 가운데 하나하나씩 떠올리며 너 하나, 나 하나, 이렇게 말이다.

너 하나, 나 하나. 이는 마치 밤하늘의 별을 바라보며 별 하나, 나 하나, 별 둘, 나 둘 하며 헤아리는 모습 같다. 예전엔 별을 쳐다보며 이러는 일이 흔했다. 그걸 노래한 것이 가수 윤형주가 부른 대중가요 〈두 개의 작은 별〉이다.

별이 지면 꿈도 지고 슬픔만 남아요
창가에 지는 별들의 미소 잊을 수가 없어요

저 별은 나의 별 저 별은 너의 별
별빛에 물들은 밤같이 까만 눈동자
저 별은 나의 별 저 별은 너의 별
아침이슬 내릴 때까지

— 윤형주 작사·번안곡, 〈두 개의 작은 별〉

시를 잊은 그대에게

이 곡은 윤형주와 송창식이 결성한 전설의 듀엣 트윈폴리오가 네덜란드 출신 소년 가수 하인체Heintje의 노래 〈두 개의 작은 별 Zwei Kleine Sterne〉을 번안해 부른 것으로, 1969년 해체한 후 솔로로 독립한 윤형주가 1972년 다시 노래해 오랫동안 많은 사람의 사랑을 받은 곡이다. 이들의 순수는 알퐁스 도데의 별보다 더 독하다. 아침 이슬 내릴 때까지 별을 세고 있으니 말이다.

윤형주는 자신이 제작한 광고 음악에서까지 별과 눈동자를 노래했다. "하늘에서 별을 따다 하늘에서 달을 따다 두 손에 담아드려요. 아름다운 날들이여 사랑스런 눈동자여!" 지금은 원로가 된 연극배우 윤석화의 앳된 목소리로 불린 노래. 이 노랫말은 아일랜드 구전 민요에 바탕을 둔 〈플라스틱 예수Plastic Jesus〉 혹은 〈오모에서 온 작은 소녀Pretty Little Girl from Omagh〉를 번안해 오준영과 이종용 등이 부른 가요 〈고엽〉, 거기서 따왔다. 세월이 흘렀어도 아직까지 이 음료수 광고를 많은 이들이 기억하는 것은 노랫말 그대로 순수하고 아름다웠던 날들에 대한 그리움 때문일 것이다. 별과 눈동자가 등장하면 음료수마저 순수해진다.

이것도 우연일까? '별' 하면 떠오르는 시인으로 누구나 첫손가락에 손꼽는 윤동주尹東柱, 1917~1945가 바로 윤형주와 육촌지간인 것은? 그 역시 '저 별은 나의 별'처럼 별 하나하나에 이렇게 이름을 붙이고 있었던 게다.

별 하나에 추억과
별 하나에 사랑과

별 하나에 쓸쓸함과

별 하나에 동경과

별 하나에 시와

별 하나에 어머니, 어머니,

어머님, 나는 별 하나에 아름다운 말 한마디씩 불러 봅니다. 소학교 때 책상을 같이했던 아이들의 이름과 패, 경, 옥, 이런 이국 소녀들의 이름과 벌써 아기 어머니 된 계집애들의 이름과, 가난한 이웃 사람들의 이름과, 비둘기, 강아지, 토끼, 노새, 노루, 프랑시스 잠, 라이너 마리아 릴케 이런 시인의 이름을 불러 봅니다.

—윤동주, 〈별 헤는 밤〉 중에서

윤동주야말로 별 하나하나를 또박또박 헤고 있다. 이름까지 붙여가며 말이다. 그런데 잘 보라. 처음엔 '추억', '사랑', '쓸쓸함', '동경' 등과 같은 정서적이지만 추상적인 어휘가 연결되더니, '시'를 거쳐 그만 '어머니'에 다다르면 어조가 바뀐다. 별 하나에 추억과 사랑과 쓸쓸함과 동경과 시를 연결할 때는 어딘가 멋과 여유마저 느껴지는 듯하더니, 어머니를 떠올리는 순간 시인은 연거푸 어머니를 되뇌며 뭔가에 걸리거나 홀린 듯이, 아니 갑자기 정신을 차린 듯이 수다를 떨기 시작하는 것이다. 말하자면 처음에는 그저 별 하나에 낭만적이고 관념적인 이름과 개념을 부여하다가, 어찌어찌하다 그 연상의 과정이 '시'로 이어지고, '시'는 급기야 '어머니'를 호출해 내기에 이르렀다. 그렇게 덜컥 '어머니'를 불러 놓고 보니, 느낌이 달라지고 시가 달라지는 게다.

그렇다. 별에 대한 연상이 추상에서 구체로, 관념에서 육체로 이행해 가면서, 시인은 어머니를 떠올린 순간부터 그리움에 몸서리를 치게 된다. 그렇게 한번 그리움의 물꼬가 터지자 그다음부터의 연상은 차라리 폭포수에 가깝다. 이제 더 이상 관념이 아니라 인격적인 존재들이 기억 저편에서 마치 저 하늘의 별처럼 쏟아져 나오기 때문이다.

이젠 거꾸로 별이 모자랄 지경이다. 아까까지는 시행 하나에 이름 하나 붙이더니, '어머니'를 떠올린 이후 호흡은 빨라지고 시행은 길어진다. 그는 마치 토해 내듯이 어머니에게 그 그리운 이름들을 하나하나 전하고자 한다. 소학교 때 친구부터 비둘기, 노루 따위를 거쳐 릴케에 이르기까지 한결같이 여리고 순수하고 선한 존재다. 잊고 있던 수많은 고맙고 그리운 이름을 하나라도 놓칠세라, 시상대에 선 수상자라도 된 듯이 윤동주는 하나하나 호명한다.

그리운 사람이 많다는 것은 얼마나 행복한가. 하지만 만날 수 없으니 또 얼마나 고통인가. 그러기에 윤동주는 그 잠시의 행복한 추억이 끝나는 순간 고통스럽게 인정한다. "이네들은 너무나 멀리 있습니다/별이 아스라이 멀 듯이"라고. 말하지 않았던가, 별은 그런 거라고. 밝게 빛나 기쁘고 멀리 있어 슬프다고. 어찌할꼬. 그리움도 추억도 그러한 것을. 그리움 덕택에 살고 그리움 때문에 못 살겠는 것을.

별이 빛나는 밤에

별은 이상과 동경과 그리움의 대상이다. 그러나 별은 결국 사람으로 이어진다. 별이 소중하다고 하지만 사람은, 사랑은, 그리움은, 추억은 또 얼마나 소중한가.

영화 〈라디오스타〉를 보라. 이 영화의 주제를 인정認定과 인정人情 사이의 갈등이라 말한다 해도 결코 말장난이 아닐 것이다. 사람은 누구나 인정認定을 받고 싶어 한다. 그래서 때로는 인정人情을 저버리기도 한다. 하지만 무엇이 성공한 인생인지 이 영화는 한물간 왕년의 스타 가수 이야기를 통해 풀어 놓고 있다. 인기라는 허깨비 같은 타인들의 인정認定을 추구할 것인지, 나를 진정으로 이해해 주는 사람 사이의 인정人情이 소중한 것인지 말이다.

타인으로부터 인정받고 싶은 욕구는 인간을 별의 지위에까지 이르게 했다. 연예계, 스포츠계는 물론, 군 장성까지 포함하여 '스타'라 불리는 이들이 바로 그런 존재다. 하늘의 별 따기가 어디 쉬우랴. 그래서인지 〈라디오스타〉에서도 '스타' 시절을 그리워하듯 하늘의 별을 바라보는 장면이 나온다. 천문대에서 망원경으로 별을 바라보며, 매니저 박민수안성기가 왕년의 가수왕 최곤박중훈에게 이렇게 말한다. "별은 말이지…… 자기 혼자 빛나는 별은 거의 없어. 다 빛을 받아서 반사하는 거야"라고. 그 대사를 들으며 어떤 이들은 일상적 의미의 별과 과학에서 말하는 별의 차이를 모르고 하는 소리라 지적했을지도 모르겠지만, 직업 탓인지 나는 다음의 시를 떠올렸다.

나도 별과 같은 사람이

될 수 있을까.

외로워 쳐다보면

눈 마주쳐 마음 비쳐주는

그런 사람이 될 수 있을까.

나도 꽃이 될 수 있을까.

세상일이 괴로워 쓸쓸히 밖으로 나서는 날에

가슴에 화안히 안기어

눈물짓듯 웃어주는

하얀 들꽃이 될 수 있을까.

가슴에 사랑하는 별 하나를 갖고 싶다.

외로울 때 부르면 다가오는

별 하나를 갖고 싶다.

마음 어두운 밤 깊을수록

우러러 쳐다보면

반짝이는 그 맑은 눈빛으로 나를 씻어

길을 비추어주는

그런 사람 하나 갖고 싶다.

— 이성선, 〈사랑하는 별 하나〉

시를 잊은 그대에게

여기서도 별은 꽃과 더불어 출현한다. 별은 하늘에 심은 꽃이고, 꽃은 땅에서 빛나는 별이기 때문이다. 그래서 별은 불꽃이다. 그 정도로 둘은 닮았다.

그런가 하면 이 시는 김춘수의 〈꽃〉도 닮았다. 우리는 누군가의 꽃이 되고, 눈짓이 되고, 의미가 되고 싶어 한다. 누군가가 나의 꽃이 되고 눈짓이 되는 것처럼.

마찬가지로 이 시인도 소망한다. 외로울 때 부르면 다가오는 별 하나, 마음 어두운 밤 반짝이는 눈빛으로 나를 씻어 길을 비추어 주는 그런 사람 하나 갖기를. 둘도 아니다. 하나 갖기를. 그러나 그 이전에 내가 과연 누군가에게 그런 사람이 될 수 있을까 시인은 먼저 생각해 보는 것이다. 별이 되고 싶으면 그 별을 비추어 주는 사람이 있어야 하고, 별을 갖고 싶으면 자신이 먼저 그 별을 비추어 주는 존재가 되어야 하기 때문이다. 따라서 늘 별만 바라보며 별한테 하소연하고 투덜대는 이라면, 자신은 과연 누군가에게 그런 별이 되어 준 적 있냐고 마땅히 물어볼 일이다.

스타가 스타인 것은 많은 이가 우러러 보아서가 아니다. 저 한 몸으로 많은 이를 비춰 주기 때문에 스타인 것이다. 이를 착각하면 스타가 되고 나서도 불행해진다. 그런 의미에서 부모는 자식들의 스타가 되어야 하고, 선생님은 학생들의 스타가 되어야 하며, 의사는 환자들의 스타가 되어야 한다. 〈라디오스타〉가 주고자 한 것도 바로 그것. 우리 역시 만인의 스타가 될 수는 없지만, 부모의, 자식의, 친구의, 연인의 스타는 될 수 있다. 가까이에서 서로를 비춰 주는 그런 존재, 우린 그것 하나를 갖고 싶은 것이다.

인정人情 어린 이들의 인정認定을 얻는 것이야말로 참행복이 아니겠는가.

그런데도 왜 하늘의 별을 바라보는 걸까. 외롭기 때문이다. 외로운 자들은 하늘을 본다. 거기서 그들은 별을 만나고 대화를 하며 위로를 구한다. 가장 순수하고 고결하며 아름다운 우주적 존재와 홀로 만나게 되는 것이다. 알퐁스 도데의 목동도, 윤동주도 하나같이 외로운 사람들이다. 외롭지 않다면 굳이 밤하늘 별을 헤아릴 이유가 없다.

그러기에 지상의 외딴 방에서 그 누구보다 외로웠던 빈센트 반 고흐Vincent van Gogh, 1853~1890, 그는 스스로 목숨을 끊기 2년 전, 북두칠성이 뚜렷이 보이는 〈론 강의 별이 빛나는 밤〉을 그린다. 이듬해 그는 정신병원에 입원하여 또다시 〈별이 빛나는 밤〉을 그린다. 이번에는 별들이 소용돌이친다. 그리고 동생 테오에게 이렇게 묻는다. "별이 반짝이는 밤하늘은 늘 나를 꿈꾸게 한다. 그럴 땐 묻곤 하지. 프랑스 지도상의 점에 가듯 왜 창공에서 빛나는 저 별에게는 갈 수가 없는 것일까?"

아마도 고흐는 우리가 앞서 루카치의 글에서 보았던 것처럼 신이 함께한 시대를 여전히 그리워하고 있었는지 모른다. 실제로 그의 영혼 속에 타오르는 불꽃은 별들의 빛과 다름없었을 터, 그는 하늘의 별을 그린 것이 아니라 제 속에서 타오르는 영혼의 불꽃을 그리고 있었는지도 모른다. 하지만 신이 떠난 시대에 살아야만 했던 운명, 그의 비극은 여기에 놓인다.

이쯤 해서 그를 위해 바친 돈 매클레인Don McLean의 명곡 〈빈센

빈센트 반 고흐, 〈별이 빛나는 밤〉, 1889년

트Vincent)를, 가사를 음미하며 들어 보는 것도 좋을 듯하다.

별이 별이 빛나는 밤

눈부시게 빛나는 저 이글거리는 불꽃들과

보랏빛 안개 속에 소용돌이치는 구름이

빈센트의 청잣빛 푸른 눈망울에 어른거려요.

......

이제 난 알아요.

당신이 무슨 말을 하려 했는지

얼마나 정신적으로 힘들었는지

얼마나 애써 사람들을 해방시키려 했는지.

사람들은 들으려 하지 않았죠.

어떻게 들어야 하는 건지도 몰랐죠.

아마 그들도 지금은 듣고 있을 거예요.

Starry starry night

Flaming flowers that brightly blaze

Swirling clouds in violet haze

Reflect in Vincent's eyes of China blue

......

Now I understand

What you tried to say to me

And how you suffered for your sanity

And how you tried to set them free

They would not listen

They did not know how

Perhaps they listen now

—돈 매클레인 작사·작곡, 〈빈센트〉 중에서

그대, 듣고 있는가? 그리하여 과연 별이 별이 빛나는 밤에, 저 하늘의 별을 맑은 정신으로 바라본 적이 있는가? 혹시 우리는 외롭지 않아서가 아니라 외로움도 느끼지 못할 정도로 외롭게 살아, 그만 하늘의 별조차 잊은 것은 아닐까? 신이 떠나간 것이 아니라 우리가 신을 떠나보낸 것은 아닐까?

그런 생각이 들 때면 고흐를 보라. 그 처절한 고독이 저토록 빛나는 별을 밤하늘에서 화폭 속으로 옮겨 놓을 수 있었으니까. 자신을 태워 우리를 비춘 그야말로 저 하늘의 별인 것을, 이제 우리는 안다. 분명히 그는 신의 메시지를 해독하였으리라. 별은, 밤하늘에 쓴 신의 시니까.

떠나가는 것에 대하여

해어짐은 해어짐다워야 한다.

오랜 사랑의 무게는

시간의 절약을 미덕으로 삼지 않는다.

아름다운 퇴장

1996년 1월 31일, 갑작스럽게 터져 나온 그의 은퇴 소식은 일간지의 1면을 장식할 정도로 사회적으로 충격이 컸다. 한국 대중음악의 역사를 바꾼 문화 대통령 서태지였다. 그룹 해체와 더불어 은퇴를 선언하면서, "화려할 때 미련 없이 떠난다"는 말을 남긴 채 홀연히 우리 곁에서 사라졌다. 그때 우리는 그의 은퇴를 몹시 아쉬워하면서도 기꺼이 아름다운 퇴장이라 불렀다. 하지만 그런 그가 2008년 여름, 다시 돌아온 걸 보면 역시 그의 은퇴는 너무 일렀던 게 아닐까? 물론 예전 같지는 않았다. 다시 6년 만인 2014년, 새로운 앨범을 내고 신비주의에서 벗어나 예능 프로그램에까지 등장했지만 시대는 더 이상 그의 편만은 아니었다. 그럼에도 불구하고 서태지는 그래도 서태지다. 마찬가지로 전인권을 계속 볼 수 있고, 세시봉의 부활을 지켜보는 것은 복된 일임이 틀림없다.

박수칠 때 떠나라고들 하지만, 목소리가 나올 때까지 무대에 서겠다는 노가수를 보면 그것은 또 얼마나 감동적이던가. 그러니 쉽지 않은 일이다. 남이 떠나야 할 때는 알아도 자신이 떠나야 할 때는 잘 모르는 법이다. 과연 어느 때가 떠나야 할 적기適期인지 스스로 알고 판단할 수 있다면 주가株價를 예측해 부자가 되기란 오히려 누워서 떡 먹기만큼 쉬운 일이리라. 설령 안다고 해도, 정년퇴임도 아쉬운 판에 자신이 몸담은 무대를 제 발로 떠나기란, 특별히 전성기 때 떠나기란 진짜 힘들고 또 힘든 일이다.

이럴 때면 어김없이 인용되는 시가 바로 이형기李炯基, 1933~2005의 〈낙화〉다.

가야 할 때가 언제인가를
분명히 알고 가는 이의
뒷모습은 얼마나 아름다운가.

봄 한철
격정을 인내한
나의 사랑은 지고 있다.

분분한 낙화……
결별이 이룩하는 축복에 싸여
지금은 가야 할 때

무성한 녹음과 그리고

머지않아 열매 맺는

가을을 향하여

나의 청춘은 꽃답게 죽는다.

헤어지자

섬세한 손길을 흔들며

하롱하롱 꽃잎이 지는 어느 날

나의 사랑, 나의 결별

샘터에 물 고이듯 성숙하는

내 영혼의 슬픈 눈.

— 이형기, 〈낙화〉

    봄 한철, 식물이 그 자태를 있는 대로 뽐내는 격정의 나날, 꽃은 피어나고, 그리고 진다. 덧없다 하지 말라. 피었으면 지는 것이 순리다. 그 순리를 어기면 죽음뿐이다. 꽃뿐이면 꽃은 죽는다. 낙화가 없으면 녹음도 없고, 녹음이 없으면 열매도, 씨도, 그리하여 이듬해의 꽃도 없다. 꽃이 없어도 죽고, 꽃만 있어도 죽음인 것. 그러니 사랑만이 아니라 사랑과 결별이 함께해야 생명이 있는 것이다. 그것을 가리켜 식물은 성장한다고 하고 인간은 성숙한다고 일컫는 게다.

꽃에게 이것은 너무도 쉬운 일이다. 꽃은 굳이 맹세하지 않아도, 침 튀어 가며 부르짖지 않아도, 때가 되면 피고 때가 되면 진다. 꽃이 꽃을 피우고 지게 하는 것은 꽃에겐 아주 자연스러운 일이다. 반면에 그 역시 자연인 주제에 인간만은 영 그것이 자연스럽지가 않다. 이런 일에 그는 늘 결심하며 늘 실패한다. 꽃처럼 아름답게 살기는커녕 꽃처럼 죽기도 왜 이리 힘이 드는 겐지 인간은 자꾸만 현재를 더 붙잡으려다 자꾸만 추한 꼴을 보이곤 한다. 그런가 하면 또 어떤 때는 격정을 인내하지 못한 채 제 스스로 죽음을 앞당겨 세상에 남은 이들을 아프게도 한다. 이해는 간다. 그래서 인간인 게다. 그래서 자연은 인간의 영원한 스승인 게다.

그래, 더 바라진 말자. 가야 할 때가 언제인가를 '대충이라도' 알고 가는 이의 뒷모습은 얼마나 아름다운가. 그러나 여전히 그것조차도 쉽지 않은 일이다.

시인과 소설가는 지는 꽃잎 하나, 부는 바람 한 줌도 무심히 볼 수가 없는 건가 보다. 소설 《칼의 노래》, 《남한산성》 등으로 잘 알려진 작가 김훈金薰, 1948~ 은 자전거의 속도로 남도를 달리면서 어떻게 이렇듯 핍진하게 낙화를 묘사하였단 말인가.

> 동백꽃은 해안선을 가득 메우고도 군집으로서의 현란한 힘을 이루지 않는다. 동백은 한 송이의 개별자로서 제각기 피어나고, 제각기 떨어진다. 동백은 떨어져 죽을 때 주접스런 꼴을 보이지 않는다. 절정에 도달한 그 꽃은, 마치 백제가 무너지듯이, 절정에서 문득 추락해 버린다. '눈물처럼 후드득' 떨어져버린다. ……

시를 잊은 그대에게

매화는 질 때, 꽃송이가 떨어지지 않고 꽃잎 한 개 한 개가 낱낱이 바람에 날려 산화散華한다. 매화는 바람에 불려가서 소멸하는 시간의 모습으로 꽃보라가 되어 사라진다. 가지에서 떨어져서 땅에 닿는 동안, 바람에 흩날리는 그 잠시 동안이 매화의 절정이고, 매화의 죽음은 풍장이다. 배꽃과 복사꽃과 벚꽃이 다 이와 같다.

선암산 뒷산에는 산수유가 피었다. 산수유는 다만 어른거리는 꽃의 그림자로서 피어난다. 그러나 이 그림자 속에는 빛이 가득하다. 빛은 이 그림자 속에 오글오글 모여서 들끓는다. 산수유는 존재로서의 중량감이 전혀 없다. 꽃송이는 보이지 않고, 꽃의 어렴풋한 기운만 파스텔처럼 산야에 번져 있다. 산수유가 언제 지는 것인지는 눈치채기 어렵다. 그 그림자 같은 꽃은 다른 모든 꽃들이 피어나기 전에, 노을이 스러지듯이 문득 종적을 감춘다. 그 꽃이 스러지는 모습은 나무가 지우개로 저 자신을 지우는 것과 같다. 그래서 산수유는 꽃이 아니라 나무가 꾸는 꿈처럼 보인다.

산수유가 사라지면 목련이 핀다. 목련은 등불을 켜듯이 피어난다. 꽃잎을 아직 오므리고 있을 때가 목련의 절정이다. 목련은 자의식에 가득 차 있다. 그 꽃은 존재의 중량감을 과시하면서 한사코 하늘을 향해 봉우리를 치켜올린다. 꽃이 질 때, 목련은 세상의 꽃 중에서 가장 남루하고 가장 참혹하다. 누렇게 말라 비틀어진 꽃잎은 누더기가 되어 나뭇가지에서 너덜거리다가 바람에 날려 땅바닥에 떨어진다. 목련꽃은 냉큼 죽지 않고 한꺼번에 통째로 뚝 떨어지지도 않는다. 나뭇가지에 매달린 채, 꽃잎 조각들은 저마다의 생로병사를 끝까지 치러낸다. 목련꽃의 죽음은 느리고도 무겁다. 천천히 진행되는 말기

암 환자처럼, 그 꽃은 죽음이 요구하는 모든 고통을 다 바치고 나서야 비로소 떨어진다. 펄썩, 소리를 내면서 무겁게 떨어진다. 그 무거운 소리로 목련은 살아 있는 동안의 중량감을 마감한다. 봄의 꽃들은 바람이 데려가거나 흙이 데려간다. 가벼운 꽃은 가볍게 죽고 무거운 꽃은 무겁게 죽는데, 목련이 지고 나면 봄은 다 간 것이다.

— 김훈, 《자전거 여행 1》 중에서

인용이 길었지만, 도무지 이런 글은 줄일 재간이 없다. 그의 글에는 묘사조차 경구警句처럼 들리는 신이함이 있다. 사랑스러운 대상에게조차 거리를 두며, 거리를 두면서도 그 대상이 제 속으로만 느끼고 있을, 그리하여 아무도 모르고 지나갈 속내조차 적확하게 드러내는, 오랜 숙련 끝에 얻어진 내공이 그에게는 있기 때문이다. 그는 따스하게 냉정하다.

여하튼 이 글에서 '낙화'로부터 무슨 노골적인 유추나 교훈을 끌어내는 것도 어색한 일이지만, 그렇다고 또 이 글을 '낙화'에 관한 단순한 관찰과 소묘로만 읽는 것도 부적절한 처사가 될 것이다. 모호할 정도로 교묘하게 이 글은 삶의 연장 끝에 놓인 죽음의 문제를 다루고 있다. 어떻게 살고 어떻게 죽을까 하는 것은 둘이 아니라 하나의 문제인 것이다. 인간 군상의 삶이 다양한 만큼 저마다 살다 가는 길도 제각각이겠지만, 삶이 죽음을 이미 규정하고 있는 건지도 모른다. 그래서 이렇게 피어난 꽃은 이렇게 지고, 저렇게 피어난 꽃은 저렇게 진다. 동백꽃처럼, 매화처럼, 산수유처럼, 목련처럼 살다 죽는 것, 그것을 바라보고 평가하는 것은 각자의 몫. 다 아름답고 소중해 보이긴 하지만 그중에서도 당신은 어떤 꽃의 삶과 죽음이 맘에 와 닿는가?

나이가 드는 탓일까? 갈수록 나는 목련 쪽으로 기운다. 목련의 자의식, 그 존재의 중량감이 돋보이는 터다. 목련의 낙화를 일컬어 가장 남루하고 참혹하다고 했지만, 알고 보면 그것은 한사코 하늘을 향해 봉우리를 추켜올리며 산 대가代價이기도 하다. 냉큼 죽지 않는 것도 미련을 떨어서가 아니라, 죽음이 요구하는 모든 고통을 다 바치는 생에 대한 외경畏敬과 성실 탓이다. 느린 대신 무겁다. 아니, 무겁기 때문에 느릴 뿐이다.

만일 오랜 병상의 세월을 보내는 노인이 있다면 존중하라. 그 모습을 결코 추하다 하지 마라. 그는 사랑하는 사람들을 힘겹게 만들고 있는 것이 아니라, 그들에게 사랑과 결별을 준비하는 시간을 주기 위해 힘겹게 버티고 있는 것이다. 헤어짐은 헤어짐다워야 한다. 오랜 사랑의 무게는 시간의 절약을 미덕으로 삼지 않는다. 안녕이라는 인사는 기능적이지만, 인사에 인사를 거듭하고 나서도, 적어도 동네 어구까지 나가서 떠나는 이의 꼭뒤가 보이지 않을 때까지 손 흔드는 것이야말로 인간에 대한 참된 예의다. 그것이 작별이다.

목련을 옹호하고 싶은 사람들은 다음 시를 보라.

목련꽃 지는 모습 지저분하다고 말하지 말라

순백의 눈도 녹으면 질척거리는 것을

지는 모습까지 아름답기를 바라는가

그대를 향한 사랑의 끝이

피는 꽃처럼 아름답기를 바라는가

지는 동백처럼

일순간에 져버리는 순교를 바라는가

아무래도 그렇게는 돌아서지 못 하겠다

구름에 달처럼은 가지 말라 청춘이여

돌아보라 사람아

없었으면 더욱 좋았을 기억의 비늘들이

타다 남은 편지처럼 날린대서

미친 사랑의 증거가 저리 남았대서

두려운가

사랑했으므로

사랑해버렸으므로

그대를 향해 뿜었던 분수 같은 열정이

피딱지처럼 엉켜서

상처로 기억되는 그런 사랑일지라도

낫지 않고 싶어라

이대로 한 열흘만이라도 더 앓고 싶어라

— 복효근, 〈목련 후기〉

안도현安度眩, 1961~ 이 "연탄재 발로 차지 마라／너는 누구에게
한번이라도／뜨거운 사람이었느냐"라며 〈너에게 묻는다〉에서 하
잘것없어 뵈는 연탄재를 옹호했던 것처럼, 복효근卜孝根, 1962~ 은

추해 뵈는 목련의 낙화를 변호하며 사랑과 작별의 의미를 되새기고 있다. 쿨하게 헤어지자고? 상처 따윈 남기지 말자고? 그래서 밥만 잘 먹더라고? 아니다. 이 시인은 제대로 앓기를 원한다. 금세 아무는 상처는 사랑이 아니었음을 반증할 뿐이다. 작별 앞에서 구름에 가는 달처럼 지내는 것, 그러한 초월과 달관은 인간적이지 않다고, 적어도 청춘에게는 어울리지 않는 일이라고 시인은 항변한다. 그런 의미에서 목련은 뒤끝이 지저분한 사랑이 아니라 끝난 뒤에도 그 끝까지 사랑하려는 순정함의 표상이다. 떠나는 처지에선 그것이 지저분해 뵐지 몰라도, 말은 바르게 해야 하니, 떠나는 이가 작별까지 아름답기를 바라는 것, 동백 같은 순교를 바라는 것이야말로 정말 지저분한 욕심 아닐까.

바람이 불다

무의미의 시인 김춘수金春洙, 1922~2004 평생의 반려, 사랑하는 아내를 잃고 그는 이렇게 썼다.

> 아내가 내 곁을 떠난 지 꼭 2년이 됐다. 그동안 아내는 나에게 소중한 것들을 알게 해줬다. …… 이 시집에 실린 여든아홉 편의 시들 모두에 아내의 입김이 스며 있다. 나는 그것을 여실히 느낀다. 느낌은 진실이다.
>
> ─김춘수, 《거울 속의 천사》 후기 중에서

죽은 아내의 입김을, 그것도 여실히 느낀다니 믿을 수 있는가? 나아가 그는 느낌이 진실이라고 강변한다. 느낌을 믿을 수 있는가? 평소의 지성과 상식대로라면 못 믿을 게 느낌, 육감 따위가 아니던가?

조금 전까지 거기 있었는데
어디로 갔나,
밥상은 차려놓고 어디로 갔나,
넙치지지미 맵싸한 냄새가
코를 맵싸하게 하는데
어디로 갔나,
이 사람이 갑자기 왜 말이 없나.
내 목소리는 메아리가 되어
되돌아온다.
내 목소리만 내 귀에 들린다.
이 사람이 어디 가서 잠시 누웠나.
옆구리 담괴가 다시 도졌나, 아니 아니
이번에는 그게 아닌가 보다.
한 뼘 두 뼘 어둠을 적시며 비가 온다.
혹시나 하고 나는 밖을 기웃거린다.
나는 풀이 죽는다.
빗발은 한 치 앞을 못 보게 한다.
왠지 느닷없이 그렇게 퍼붓는다.

지금은 어쩔 수 없다고.

— 김춘수, 〈강우〉

지성의 노시인 김춘수도 흐르는 눈물을 어찌할 수가 없다. 어찌 살아야 할지 한 치 앞이 보이지 않는 것은 빗발 탓이 아니다. 눈물 탓이다. 외로움과 허전함, 그 모든 착잡한 심사 앞에서 강인한 정신의 그도 풀이 죽는다. 한 치 앞이 보이지 않고 느닷없이 눈물이 터진다. 그도 지금은 어쩔 수가 없다. 시인이기 이전에 그도 노인이다. 아 노인이여. 노인을 위한 나라는 어디에도 없다.

그래도 이것은 습관이나 관성 탓이라 할 수 있다. 환각이나 환청이라 해도 좋다. 바로 엊그제까지 함께 지내던 이가 사라질 때면 누구나 그럴 수 있노라고 위무하면 그만이다. 하지만 하루 이틀이 아니라 1년이 지나도록 그 느낌이 여실하다면 이를 어찌할 것인가.

그리하여 이제 다시 또 목련이다.

자목련이 흔들린다.
바람이 왔나 보다.
바람이 왔기에
자목련이 흔들리는가 보다.
작년 이맘때만 해도 그렇지가 않았다.
자목련까지는 길이 너무 멀어
이제 막 왔나 보다.

저렇게 자목련을 흔드는 저것이

바람이구나.

왠지 자목련은

조금 울상이 된다.

비죽비죽 입술을 비죽인다.

—김춘수, 〈바람〉

누가 바람을 그릴 수 있으랴. 바람은 바람으로 그릴 수가 없다. 그래서 클로드 모네Claude Monet, 1840~1926의 그림 〈양산을 든 여인 Femme à l'ombrelle〉을 볼 때면 이 그림의 주인공이 여인일지 바람일지 은근히 궁금타. 모네가 그리고 싶었던 것은 저 여인의 치맛자락을 흔들며 그 발밑에 낮게 깔린 언덕의 풀잎들을, 심지어 저 하늘 높이 떠 있는 구름마저 왼편으로 밀어 대는, 그러면서도 정작 자신의 모습은 결코 드러내지 않는 힘, 곧 바람이 아니었을까. 바람은 힘이다. 사물을 움직이는 힘이다.

그러기에 김춘수의 이 시는 제목이 '목련'이 아니라 '바람'인 것이다. 1·2행과 3·4행은 단순한 반복처럼 보인다. 하지만 바람이 불면 자목련 꽃잎이 흔들린다는 이 자명하고 낮익고 상식적인 인과관계가 시인의 눈에 새삼 새롭게 보인다. "작년 이맘때만 해도 그렇지가 않았다"는 진술은 물론 거짓이다. 바람이 올해만 유독 불어 목련을 건드리지는 않았을 테니까. 작년에도 바람은 왔다. 다만 그때는 시인이 눈여겨보지 않았을 뿐이다. 헌데 작년에 아내가 떠난 이후 올봄 다시 피어난 목련을 보니 그 흔들림이 예

클로드 모네, 〈양산을 든 여인〉, 1875년

사롭지가 않은 게다.

그런 점에서 이 시는 김춘수 자신의 대표시 〈꽃〉을 그대로 빼닮았다.

> 내가 그의 이름을 불러 주기 전에는
>
> 그는 다만
>
> 하나의 몸짓에 지나지 않았다.
>
> 내가 그의 이름을 불러 주었을 때
>
> 그는 나에게로 와서
>
> 꽃이 되었다.
>
> ─ 김춘수, 〈꽃〉 중에서

그렇다. 그 바람은 작년, 아니 어제도 스치고 오늘도 스쳐 간 바람일 것이다. 그것은 전혀 무의미했던 것, 내겐 아예 존재조차 하지 않았던 것이었으나 오늘 그것이 갑자기 자별해졌다. 그러자 급해진다. '저, 저, 저' 하듯 지시어가 연이어 튀어나온다. "저렇게 자목련을 흔드는 저것이", 한 줄을 뗀 다음 "바람이구나"가 이어진다. 바람의 재발견이다.

그 바람은 이승을 떠난 아내의 애타는 몸짓이었다. 바람은 빠르다. 그래서 그녀는 바람이 되어 저승에서 이승까지 쉬지 않고 달려왔다. 하지만 워낙 길이 멀었다. 1년 남짓, 이제야 옛집 안뜰에 도착한 바람, 그 바람이 혼신의 힘을 기울여 간신히 자목련을 흔

들며 손짓한다. 그것은 정지용鄭芝溶, 1902~1950의 〈유리창〉에서 꽁
꽁 언 날개를 파닥거리며 간절히 아빠를 부르던 창밖 너머의 작
은 새, 곧 죽은 아이의 모습을 닮았다.

　김춘수는 바람에서 아내의 손짓을 본다. 바람 소리에서 "여보,
나 왔어요" 하는 아내의 목소리를 듣는다. 더 이상 그 느낌은 환
각도, 환청도 아니다. 느낌은 진실이다. 하지만 당사자를 제외하
고는 아무도 그것을 믿을 수가 없으니 답답한 노릇이다.

　바로 그런 안타까움을 그린 영화가 한 편 있다. 〈사랑과 영혼
Ghost〉이다. 이 영화의 내용을 애써 줄여서 이야기하면 이렇다. 새
집으로 이사 온 연인 샘과 몰리. 이사 첫날 샘은 행운을 준다는
인디언 동전을 몰리에게 건넨다. 그러던 어느 날 강도의 총에 맞
아 샘이 죽는다. 시작하자마자 주인공이 죽다니. 그러나 이제부
터가 시작이다. 죽은 것은 육체뿐, 그는 영혼으로 존재한다. 샘은
자신을 안고 우는 몰리에게 말을 건네고 그녀를 만져도 보지만,
그녀는 그를 전혀 보지도 듣지도 느끼지도 못한다. 육체가 없는
샘의 영혼은 몰리의 곁에 머물지만 그는 이제 병마개 하나도 들
어 올릴 수 없는 무력한 처지일 따름이다. 몰리와 샘은 각자의 위
치에서 서로 안타까워하고 서로를 그리워한다. 특히 눈에 보이는
그녀를 만질 수조차 없는 샘의 안타까움이란……. 그러고 보면
두 사람이 물레를 돌리며 도자기를 빚던, 배경음악으로 라이처스
브라더스Righteous Brothers의 〈언체인드 멜로디Unchained Melody〉가 흐
르며 당시로서는 상당히 에로틱한 장면이 연출됐던 것도 그저 눈
요깃감만은 아니었지 싶다. 그 육체적 느낌의 확실함. 죽음은 그

것을 박탈하는 것이다. 그런 의미에서 이 영화의 주제는 영혼이라기보다 오히려 육체 쪽이었다. 그다음의 이러저런 이야기는 살짝 넘어가자. 샘은 지하철을 떠도는 또 다른 유령에게 익힌 솜씨로 현실에 실재하는 사물을 움직일 수 있게 된다. 몰리가 위기에 처했을 때, 샘은 혼신의 힘을 기울여 악당을 퇴치한다. 그러나 몰리는 지금도 자신을 바라보고 있는 샘의 존재를 믿을 수 없다. 심령술사의 입을 빌려 시도해 보았어도 확신은 하기 힘들다. 그때 등장하는 것이 바로 앞서의 인디언 동전이다. 서서히 공중에 떠올라 몰리의 손바닥 위로 옮겨지는 동전 한 닢. 그것을 움직인 힘. 비로소 몰리는 샘의 존재를 확신하게 된다.

느낌이란 그런 것이다. 손바닥 위를 떠도는 동전이나 자목련을 흔드는 바람이나 모두 영혼의 존재를 확신하게 하는 도구였던 것. 그 느낌을 확실히 믿는 자에게 영혼은 여실히 존재한다. 그래서 느낌은 진실이다. 그래서일까, 남녀만 바뀌었을 뿐 샘과 몰리는 그대로 김춘수와 그 아내가 된다. 그러기에 시인은 이렇게 고백하지 않았을까.

아내는 내 곁을 떠나자 천사가 됐다. 아내는 지금 나에게는 낯설고 신선하다. 아내는 지금 나를 흔들어 깨우고 있다. 아내는 그런 천사다.

— 김춘수, 《거울 속의 천사》 후기 중에서

한데 왜 자목련은 울상이 되어 입술을 비죽이는 걸까? 자목련에 이는 바람을 바라보던 시인이 자목련에 동화된 것일까? 반가

우면서도 원망스러운, 웃으면서도 눈물이 나는 모습이 비죽이는 입술로 표현된 걸까? 어린아이마냥 입술을 비죽이며 울먹거리기만 할 뿐 터뜨리지도 삼키지도 못하는 노인네의 모습이 그저 안쓰럽기만 하다.

　김훈의 말대로라면 이제부터 자목련은 생로병사를 끝까지 치러내야 할 것이다. 그렇다고 바람을 탓하랴. 그것은 이미 조지훈이 남긴 또 다른 〈낙화〉에서 간파되었다. "꽃이 지기로서니 바람을 탓하랴" 그러면서도 주렴 밖에 성긴 별 사라지도록 밤을 새우는 것이 시인의 마음이다. 귀촉도가 울고 난 뒤에 새벽 동이 트면 먼 산도 눈앞에 선뜻 다가서는 품인데, 바로 그 아침 꽃이 진다. 그를 위하여 촛불을 끄는 시인. 순리를 중히 여기고 그에 따르는 걸 달관이라 하겠지만, 울지 않겠노라 굳은 다짐을 하고서도 막상 장례식장의 영정을 보면 눈물이 터져 나오는 것이 인간의 상정常情인 것처럼, "꽃이 지기로서니 바람을 탓하랴" 하던 관념과 의지는 간데없이 사라지고 종내는 시인의 고백이 토로된다. 아, 꽃이 지는 아침은 울고 싶어라.

　아, 낙화가 이럴진대, 시도 때도 없이 떨어질 저 낙엽들은 또 어찌하리. 한창 때 떠나는 낙화도 안타깝지만 주어진 시간이 다하여 떠나는 낙엽도 애잔하긴 매한가지다. 아니, 둘 다 떠날 때 떠나는 것인데 화려한 꽃이었기에 아름다운 퇴장이라 하였을 따름이다. 꽃도 결단한 것은 아니다. 낙엽처럼 바람이 불면 스러진 것뿐이다. 사실 우리가 다루어 온 목련은 하나같이 낙화보다는 낙엽 같은 것이었음에 주목해 보라.

아무래도 인간은 그다지 현명하지도 의지적이지도 않은 것 같다. 멋지게 떠나는 것까지 바랄 일이 아니다. 그러기에 멋지게 떠난 이들이 박수를 받는 것일 게다. 박수칠 때 떠나라 하지 말자. 떠나는 모든 이에게 박수를 보내자. 다만 박수칠 때 떠나는 자에게 더 큰 박수를 보내자. 그게 맞지 싶다.

남이 울면 따라 우는 것이 공명이다.

남의 고통이 갖는 진동수에

내가 가까이하면 할수록 커지는 것이 공명인 것이다.

슬퍼할 줄 알면 희망이 있다.

우동 한 그릇, 국밥 한 그릇

일본 작가 구리 료헤이栗良平, 1952~ 의 단편소설 〈우동 한 그릇〉. 한 해가 저무는 어느 섣달 그믐날, 홋카이테이北海亭라는 우동집에 허름한 차림의 부인과 두 아들이 찾아오면서 이야기가 시작된다. 세 사람은 달랑 우동 한 그릇을 시킨다. 헌데 가게 주인은 정작 그들의 자존심이 상하지 않도록 우동을 그릇에 넉넉히 담아 넌지시 내어 준다. 그다음 이야기는 생략하자. 아직 읽지 않은 이를 위하여.

이 소설은 우리나라에서도 베스트셀러, 스테디셀러가 되고 교과서에 실렸을 정도로 널리 알려진 작품이다. 하지만 많은 사람이 이 소설을 읽었어도 이 소설의 원제목이 '우동 한 그릇'이 아니라 '한 그릇의 가케소바一杯のかけそば' 곧 '메밀국수 한 그릇'임을 아는 이는 그다지 많지 않다. 우리가 설날에 떡국을 먹듯 일본인들은 일종의 세밑 풍속처럼 섣달 그믐날에 '해 넘기기 국수' 즉 도시코시소바年越し蕎를 먹는데, 그것이 바로 따뜻한 국물이 있는 메밀국수, 가케소바이다. 그렇다고 하여 '우동 한 그릇'이 잘못된 번역으로 보이지는 않는다. 오히려 훌륭한 창조적 번역에 가깝다. 사실 겨울밤에 메밀국수를 먹는 것보다 우동 한 그릇을 먹는 것이 우리 정서에는 훨씬 더 정감 있고 따스하고 실감나게 다가오기 때문이다.

예서 한 걸음 더 나아가 아예 우리 실정에 맞게 더 과감히 번안한다면 어떻게 될까? '우동 한 그릇'을 먹더라도 '우동집'보다는 '포장마차'가 배경으로 등장하는 것이 더 그럴듯할 것이다. 아니, '중국집'을 배경으로 삼아 '자장면 한 그릇'을 먹는 편이 더 그럴듯하지는 않을까? '국밥 한 그릇'은 또 어떨까? 고생하던 시절을 배경으로 한 드라마에 자주 등장하는 장면처럼, 절대 매끈하게 열리는 법이 없는 여닫이문에 찌그러진 드럼통으로 만든 식탁, 바람벽에는 달력 한 장 휑뎅그렁하게 걸려 있는 식당에 김이 모락모락 오르는 국밥 한 그릇을 사이에 놓고 모자가 함께 먹는 장면을 상상해 보라. 이미 그 모습만으로 따스하지 않은가? 식당 주인마저 따스한 인정의 소유자라면 더욱 드라마틱하리라. 그러나 이것은 결코 드라마 같은 허구가 아니다. 많은 이에게 이런 추억은 실화로 존재한다.

지난여름이었습니다 가세가 기울어 갈 곳이 없어진 어머니를 고향

이모님 댁에 모셔다 드릴 때의 일입니다 어머니는 차 시간도 있고 하
니까 요기를 하고 가자시며 고깃국을 먹으러 가자고 하셨습니다 어
머니는 한평생 중이염을 앓아 고기만 드시면 귀에서 고름이 나오곤
했습니다 그런 어머니가 나를 위해 고깃국을 먹으러 가자고 하시는
마음을 읽자 어머니 이마의 주름살이 더 깊게 보였습니다 설렁탕집
에 들어가 물수건으로 이마에 흐르는 땀을 닦았습니다

"더울 때일수록 고기를 먹어야 더위를 안 먹는다 고기를 먹어야 하
는데…… 고깃국물이라도 되게 먹어 둬라"

설렁탕에 다대기를 풀어 한 댓 숟가락 국물을 떠먹었을 때였습니다
어머니가 주인아저씨를 불렀습니다 주인아저씨는 뭐 잘못된 게 있나
싶었던지 고개를 앞으로 빼고 의아해 하며 다가왔습니다 어머니는
설렁탕에 소금을 너무 많이 풀어 짜서 그런다며 국물을 더 달라고 했
습니다 주인아저씨는 흔쾌히 국물을 더 갖다주었습니다 어머니는 주
인아저씨가 안 보고 있다 싶어지자 내 투가리에 국물을 부어 주셨습
니다 나는 당황하여 주인아저씨를 흘금거리며 국물을 더 받았습니다
주인아저씨는 넌지시 우리 모자의 행동을 보고 애써 시선을 외면해
주는 게 역력했습니다 나는 국물을 그만 따르시라고 내 투가리로 어
머니 투가리를 툭, 부딪쳤습니다 순간 투가리가 부딪히며 내는 소리
가 왜 그렇게 서럽게 들리던지 나는 울컥 치받치는 감정을 억제하려
고 설렁탕에 만 밥과 깍두기를 마구 씹어 댔습니다 그러자 주인아저
씨는 우리 모자가 미안한 마음 안 느끼게 조심, 다가와 성냥갑만 한
깍두기 한 접시를 놓고 돌아서는 거였습니다 일순, 나는 참고 있던
눈물을 찔끔 흘리고 말았습니다 나는 얼른 이마에 흐른 땀을 훔쳐 내

려 눈물을 땀인 양 만들어놓고 나서, 아주 천천히 물수건으로 눈동
자에서 난 땀을 씻어 냈습니다 그러면서 속으로 중얼거렸습니다
눈물은 왜 짠가

— 함민복, 〈눈물은 왜 짠가〉

이런 글은 아무 해설 없이 그냥 읽으면 그만이다. 마치 〈우동
한 그릇〉을 읽듯, 〈인간극장〉 같은 다큐멘터리를 보듯, 그저 찡
한 감동을 느끼면 충분하기 때문이다. 이것이 과연 시인가 묻는
일도 부질없다. 이 작품은 원래 함민복咸敏復, 1962~ 의 시집이 아
니라 산문집에 실려 있는 것이 사실이지만, 대다수의 독자들에게
는 시로 알려져 있다. 시인이 시라고 하면 시이듯 독자들이 시라
고 읽는데 굳이 그걸 아니라 할 이유도 없지 않을까.

이 글의 시다움은 마지막 한 줄에 집약되어 있다. 눈물은 왜 짠
가. 함축적이고 여운이 남는 이 한마디가 이 시를 시로 만들었다
고 해도 과언이 아니다. 괜히 눈물의 성분을 분석하지 말라.
98.55%의 물, 나트륨, 칼륨 등의 염류와 알부민, 글로불린 같은
단백질, 심지어 양파 깔 때와 달리 감정이 섞인 눈물에서만 발견
된다는 카테콜라민을 분석한다고 하여 눈물의 비밀이 밝혀질 리
없다.

우리의 정서상 사나이가 밖에서 눈물을 흘린다는 것은 부끄러
운 일이다. 이럴 때 우리는 많은 핑곗거리를 알고 있다. 연기가
눈에 들어가서, 하품하다가, 웃다가 그만……. 시 속의 사나이는
자신의 눈물을 땀으로 치장한다. 하지만 여기서 속아서는 안 된

다. 그는 그 눈물을 씻어 냈다. 그런데 눈물이 왜 짠가 중얼거리는 걸까? 그렇다. 겉으로는 아무리 속일 수 있어도 속은 못 속이는 게다. 목구멍을 넘어가는 설렁탕 국물의 짠 맛은 소금 때문도, '다대기' 때문도, 깍두기 국물 탓도 아닐 것이다. 그는 지금 눈물을 먹고 있는 것이다. 눈물을 삼키고 있는 것이다. 그래서 이 시를 읽다 보면 우리의 목구멍에서마저 울컥 짠 내가 올라온다. 나아가 만일 그 짭조름한 눈물 내음이 툭 하는 '투가리' 소리와 더불어 느껴진다면 그때 당신은 이 시를 정말 제대로 읽었다고 확신해도 좋다. 이처럼 감동은 기교가 아니라 진실에서 온다.

배고픔만큼 가난의 고통을 잘 표상하는 것도 드물다. 하지만 부끄러운 것은 가난이 아니다. 가난이 부끄러운 것만도 아니다. 때로 가난은 우리를 진실한 삶과 사랑과 만나게 해 준다. 가진 것이 없기에 그 사랑은 더 애틋하고 애절하고 참되다. 그 사랑을 의심하게 하거나 훼손할 만한 여하한 조건도 없기에 그런 사랑은 더 빛이 나는 법이다. 그럴 땐 배고파도 배고프지 않을 수 있다. 설렁탕보다 자장면이 더 좋은 사람은 이 시인의 다른 작품을 읽어 보라.

아래층에서 물 틀면 단수가 되는
좁은 계단을 올라야 하는 전세방에서
만학을 하는 나의 등록금을 위해
사글셋방으로 이사를 떠나는 형님네
달그락거리던 밥그릇들

베니어판으로 된 농짝을 리어카로 나르고

집안 형편을 적나라하게 까 보이던 이삿짐

가슴이 한참 덜컹거리고 이사가 끝났다

형은 시장 골목에서 자장면을 시켜 주고

쉽게 정리될 살림살이를 정리하러 갔다

나는 전날 친구들과 깡소주를 마신 대가로

냉수 한 대접으로 조갈증을 풀면서

자장면을 앞에 놓고

이상한 중국집 젊은 부부를 보았다

바쁜 점심시간 맞춰 잠 자 주는 아기를 고마워하며

젊은 부부는 밀가루, 그 연약한 반죽으로

튼튼한 미래를 꿈꾸듯 명랑하게 전화를 받고

서둘러 배달을 나갔다

나는 그 모습이 눈물처럼 아름다워

물배가 부른데도 자장면을 남기기 미안하여

마지막 면발까지 다 먹고 나니

더부룩하게 배가 불렀다, 살아간다는 게

그날 나는 분명 슬픔도 배불렀다

— 함민복, 〈그날 나는 슬픔도 배불렀다〉

사랑보다 소중한 슬픔

그러나 이는 가난한 시인이 눈물겹게 승인한 눈물의 아름다움임을 잊지 말자. 그저 등 따습고 배부른 이가 남의 슬픔도 배부르게 보는 것이야말로 정말 배부른 일이다. 배고픈 이에게 배고픔도 나중에 추억이 되리라는 말이야말로 물정 모르는 이의 잔인하고 무책임한 말이다.

일단 가난은 슬픔이고 슬픔은 고통이다. 그것이 가장 기초적인 진실이다. 하지만 우리는 짐짓 외면한다. 현란하게 돌아가는 자본과 상품과 정보와 일상 속에서, 바쁘다는 핑계로, 우리가 할 수 있는 일이 달리 없다는 이유로, 간단히 그들의 가난에 등을 돌린다. 그리하여 때로 우리는 그것은 피할 수 없는 거라 말하면서도, 그 피할 수 없는 게 왜 하필 그들이고 왜 당신은 아니냐는 질문에는 슬쩍 답을 피해 간다. 빈부 격차를 해소해야 한다고 하면서도 나라가 당신의 세금을 조금이라도 올리는 날이면 당장에 흥분을 한다. 자기한테 세금의 혜택이 돌아오는 것은 공평한 일이고 자기 돈이 타인의 혜택으로 돌아가면 불공평하다고 여기기 일쑤다. 더 가공할 일은 불평등을 당연시하는 시선, 곧 무관심이다. 그것은 또 다른 가난, 곧 마음의 가난이다.

그렇듯 마음이 가난한 이들에게 무엇을 선물할까?

나는 이제 너에게도 슬픔을 주겠다.
사랑보다 소중한 슬픔을 주겠다.

시를 잊은 그대에게

겨울밤 거리에서 귤 몇 개 놓고

살아온 추위와 떨고 있는 할머니에게

귤값을 깎으면서 기뻐하던 너를 위하여

나는 슬픔의 평등한 얼굴을 보여 주겠다.

내가 어둠 속에서 너를 부를 때

단 한 번도 평등하게 웃어 주질 않은

가마니에 덮인 동사자가 다시 얼어죽을 때

가마니 한 장조차 덮어 주지 않은

무관심한 너의 사랑을 위해

흘릴 줄 모르는 너의 눈물을 위해

나는 이제 너에게도 기다림을 주겠다.

이 세상에 내리던 함박눈을 멈추겠다.

보리밭에 내리던 봄눈들을 데리고

추워 떠는 사람들의 슬픔에게 다녀와서

눈 그친 눈길을 너와 함께 걷겠다.

슬픔의 힘에 대한 이야길 하며

기다림의 슬픔까지 걸어가겠다.

— 정호승, 〈슬픔이 기쁨에게〉

정호승鄭浩承, 1950~ 은 기쁨에게 슬픔을 선사하겠다고 한다. 아
니, 이 시의 화자는 정호승이 아니라 절대자나 신 같은 존재로 보
인다. 신은 귤 값을 깎으며 기뻐하는 너에게 저주하듯 선언한다.
나는 이제 너에게도 슬픔을 주겠노라고, 슬픔의 평등한 얼굴을

보여 주겠노라고 말이다. 실로 무시무시한 말이다. 다른 한편, 신은 슬픔의 힘에 대해 이야기를 하며 너와 함께 눈길을 걷겠노라는 고마운 약속으로 말을 맺는다. 과연 슬픔은 저주일까, 선물일까? 슬픔이 저주인 건 알겠는데, 슬픔이 어떻게 선물일 수 있을까? 신은 답한다. 슬픔은 '사랑보다 소중한' 것이라고. 무릇 마음의 슬픔을 모르는 자는 육신의 아픔을 모르는 자만큼이나 불행하다. 아픈 건 불행이다. 하지만 아픈 줄 모르고 아파할 줄 모르는 건 아픈 것보다 더 큰 불행이다. 이가 썩으면 통증을 느끼게 해 주는 치아의 신경 덕에 우리는 썩은 이 고칠 생각을 하게 된다. 통증을 모르면 우리는 죽는다. 심지어 죽는 줄도 모르고 죽을 것이다. 그러니 슬픔을 아는 자는 정녕 복이 있도다. 슬픔은 슬픔을 고칠 줄 알게 해 주는 힘이 있기 때문이다. 그런 공감의 능력이 사라진 사회는 죽은지도 모르고 있는 이미 죽은 사회다. 그래서 신은, 그리고 시인은 타인의 고통에 무관심한 이에게 슬픔을 선물로 주고자 하는 것이다. 고통을 모르는 이에게 고통을 느끼게 해 주고, 슬픔을 모르는 이에게 슬픔을 느끼게 해 주는 일은, 그러므로 저주가 아니라 사랑이다.

공감도 능력이다. 공감은 공명共鳴에서 온다. 공명이란 과학적으로 말하면 어떤 물체의 진동에너지가 다른 물체에 흡수되어 그 물체가 진동하는 것을 말한다. 이때 원래 진동에너지의 진동수와 진동에너지를 받는 물체의 고유 진동수가 가까우면 더 큰 공명의 효과를 얻을 수 있다고 한다. 너무 어려운가? 쉽게 말해 공명이란 한자 뜻 그대로 남과 더불어 우는 일이다. 남이 울면 따라 우

는 것이 공명이다. 남의 고통이 갖는 진동수에 내가 가까이하면
할수록 커지는 것이 공명인 것이다. 마치 현악기처럼 말이다. 그
소리가 울려 퍼져 음악을 만들듯 우리 사회에도 아름다운 공명이
울려 퍼질 수 있다면 그때 분명 우리 사회는 건강한 사회일 것이
다. 슬퍼할 줄 알면 희망이 있다.

그래도 사람만이 희망이다

올 설에도 라면만 먹는 사람이 꽤 많을 것이다. 그걸 보고 맛있겠
다고 생각하는 사람은, 아직도 라면을 맛으로만 먹는 사람은 그
아픔을 공감하지 못하는 게다. 우리 사회는 병들어 있다. 연일 매
스컴에 가난과 고통과 슬픔과 죽음에 관한 소식이 오르내려도 우
리는 무감각할 따름이다.

시인과 예술가는 그것이 바로 우리 사회가 죽음에 직면한 상
태임을 예민하게 알아차리고 우리에게 우리 자신을 고발한다. 사
진 예술가 최민식崔敏植, 1928~2013은 한국전쟁 직후부터 줄곧 가난
한 이, 소외된 이웃, 불구와 장애인, 고아, 노숙자 등 민중의 삶에
카메라 포커스를 맞추어 왔다. 우리가 일부러 눈길을 마주치길
피해 온 사람들, 내심 불안해하기도 하며 가까이하기를 저어했던
사람들한테 말이다. 그러니 이것은 함민복, 정호승보다 더 직설
적인 한 편의 시라 해도 무방하다.

최민식이 고통만을 보여 준 것은 아니다. 그는 우리에게 희망

의 징표도 내어 보인다. 그런데 그 희망의 징표 또한 고통 받는 사람들로부터 나온다. 우리가 앞서 읽어 온 시와 똑같이 말이다.

이렇게 본다면 한때 열린 그의 사진전 제목이 '사람만이 희망이다'였음은 결코 우연이 아니다. 그것은 바로 노동자 시인 박노해朴勞解, 1958~ 의 시집 제목이 아니었던가.

희망찬 사람은
그 자신이 희망이다

길 찾는 사람은
그 자신이 새 길이다

참 좋은 사람은
그 자신이 이미 좋은 세상이다

사람 속에 들어 있다
사람에서 시작된다

다시
사람만이 희망이다

— 박노해, 〈다시〉

근자에 사람들을 만나면 누구나 우리 사회가 썩었다고들 한다.

헌데 그럴 때 보면 늘 자신은 거기서 예외다. 그러니까 역설적으로, 아니 논리적으로 말한다면, 모두 한결같이 우리 사회가 썩었다고 하면서 정작 자신들은 한결같이 거기서 예외라고들 하니 우리 사회는 전혀 썩지 않았다는 결론을 얻게 되는 셈이다. 적어도 우리 사회가 썩었다는 것을 자각하는 한 우리에겐 여전히 희망이 남아 있다는 뜻이다.

그렇다. 사람을 보면 절망하게 된다고 하지만 역시 희망은 사람에게서 찾을 수밖에 없다. 사람만이 희망이다. 남을 탓하고 절망하기 전에, 자신을 바로 세우고 희망을 놓치지 않고 부여잡는 사람, 바로 그런 사람만이 희망인 것이다. 남에게서 희망을 찾고 남에게서 희망을 기다리는 사람은 절망이다. 우리 각자가 희망을 만드는 사람이 되어야 하는 것이다. 그러기에 슬픔의 시인 정호승도 우리에게 희망을 만드는 사람이 되라고 이렇듯 살뜰히 권하지 않았던가.

이 세상 사람들 모두 잠들고
어둠 속에 갇혀서 꿈조차 잠이 들 때
홀로 일어난 새벽을 두려워 말고
별을 보고 걸어가는 사람이 되라
희망을 만드는 사람이 되라.

겨울밤은 깊어서 눈만 내리어
돌아갈 길 없는 오늘 눈 오는 밤도

시를 잊은 그대에게

하루의 일을 끝낸 작업장 부근

촛불도 꺼져가는 어둔 방에서

슬픔을 사랑하는 사람이 되라

희망을 만드는 사람이 되라.

절망도 없는 이 절망의 세상

슬픔도 없는 이 슬픔의 세상

사랑하며 살아가면 봄눈이 온다.

— 정호승, 〈희망을 만드는 사람이 되라〉 중에서

시인은 희망을 찾으라고 하지 않는다. 아무리 애를 써도 희망이 보이지 않는 때가 있고, 절망도 없을 만큼 절망적인 세상이 있는 법이다. 절망도 없는 것이야말로 절망이다. 슬픔도 없는 것은 정말 큰 슬픔이다. 이렇게 희망이 보이지 않을 때, 그렇다면 자신이 희망을 만드는 사람이 되라고 시인은 말한다. 없으면, 만들면 된다는 것이 이 시인의 낙관이요, 희망이다. 이런 세상에서 그래도 우리가 택해야 할 길은 사랑뿐이다. 사람을 사랑하는 것만이 희망이다. 희망을 만드는 사람을 서로 사랑하는 것만이 희망이다. 아니, 굳이 다른 이에게 희망이 될 각오까지 할 필요도 없다. 그저 자신에게 스스로 희망이 되는 사람이 되면 충분하다. 그러다 보면 타인에게 희망이 되는 존재, 축복의 통로로 성장할 수도 있다.

오페라 가수 폴 포츠Paul Potts, 1970~ 의 인생 역전 이야기를 우리는 알고 있다. 어눌한 말투에 못생긴 외모 탓에 그는 어린 시절부터 놀림감이었다. 노래만이 그에게 위로가 되었고 가수가 되는 것만이 그에게 꿈이 되었다. 하지만 일찍이 모 방송사가 주최한 노래 경연대회에서 수상하고서도 오페라단으로부터 번번이 거절을 당했다. 이탈리아까지 가서 성악 단기 과정을 두 차례 수료하기도 했지만 종양이 발견되어 수술을 받아야 했고, 오토바이 사고로 쇄골이 부러지기도 했다.

그는 휴대폰 외판원으로 일하며 생업을 유지하면서도 가수의 꿈을 잃지 않았다. 마침내 2007년 영국 ITV 오디션 프로그램 〈브리튼즈갓탤런트Britain's Got Talent〉에서 그는 우승을 차지한다. 첫 주, 심사위원과 관객 앞에 선 그의 모습은 솔직히 별 기대를 주지 않았다. 외모에 대한 우리의 선입견이 얼마나 뿌리 깊은 것인지, 촌스럽고 어딘가 모자라 보이는 듯한 그가 텔레비전에 나와서 노래를, 그것도 오페라 〈투란도트Turandot〉의 '공주는 잠 못 이루고 Nessun Dorma'를 부르겠다고 하니 가관이었던 게다. 그러나 그의 노래가 시작되자 분위기는 급격히 반전된다. 그의 노래는 파바로티의 죽음이 끼친 안타까움을 상쇄해 주는 듯했다. 결국 그의 꿈은 이루어졌다.

경연대회 우승 이후 드디어 그는 대형 음반 제작사와 100만 파운드짜리 계약을 맺으며 가수가 되었고, 그의 음반은 출시 두 주만에 30만 장의 판매고를 올렸다고 한다. 폴 포츠의 인생 드라마가 준 감동도 결국은 세상의 편견과 장애를 꿈과 열정으로 극복할 수 있었음을 보여 준 데 따른 것이다. 아마도 우동과 설렁탕

대신 눈물 어린 샌드위치를 그도 먹었을 것이다.

남의 나라 일만은 아니다. 마찬가지로 같은 해, 우리는 가수 인순이의 〈거위의 꿈〉에 감동했다. 그녀 역시 혼혈이라는 사회적 편견을 노래로 극복한 인간 승리의 모델이다. '카니발'의 이적이 먼저 발표한 곡이지만 인순이가 부른 노래가 더 호소력 있게 다가온 것은 노랫말 속의 화자를 가수와 동일시하는 정도의 차이에 기인했을 터이다. 누구에게나 "버려지고 찢겨 남루하여도 내 가슴 깊숙이 보물과 같이 간직했던 꿈"이 있을 것이다. "혹 때론 누군가가 뜻 모를 비웃음, 내 등 뒤에 흘릴 때도" 우리는 "그날을 위해" 참아야 하고 또 참을 수 있다. "저 차갑게 서 있는 운명이란 벽 앞에 당당히 마주칠 수 있"고 "언젠가 난 그 벽을 넘고서 저 하늘을 높이 날 수 있"다고 믿는다면 말이다.

그대 지금 혹시 힘들어 하는가? 절망하고 있는가? 가난, 환경, 외모, 학업, 장애, 편견 등으로 가슴 아파하고 슬퍼하고 있는가? 누구나 폴 포츠가 되고 인순이가 될 수 있다는 환상과 신화에 동의하지는 않지만, 그래도 희망을 노래하라고 권하고 싶다. 희망이 시가 되고, 시가 노래가 된다. 그리고 노래가 다시 희망을 준다. 자기 자신을 사랑하고 이웃을 사랑할 수 있는 사람들이라면, 아름다운 꿈을 꾸는 사람들이라면, 출세하지 않아도, 돈이 많지 않아도, 병들어 늙어도, 정녕 사람이 꽃보다 아름다우리라. 안치환이 곡을 붙인 정지원1970~ 시인의 〈사람이 꽃보다 아름다워〉 원시를 감상하여 보라. 그리고 힘차게 노래해 보라. 시인의 말대로 노래가 우리를 지켜 주리라.

단 한 번일지라도

목숨과 바꿀 사랑을 배운 사람은

노래가 내밀던 손수건 한 장의

온기를 잊지 못하리

지독한 외로움에 쩔쩔매도

거기에서 비켜서지 않으며

어느 결에 반짝이는 꽃눈을 달고

우렁우렁 잎들을 키우는 사랑이야말로

짙푸른 숲이 되고 산이 되어

메아리로 남는다는 것을

강물 같은 노래를 품고 사는

사람은 알게 되리

내내 어두웠던 산들이 저녁이 되면

왜 강으로 스미어 꿈을 꾸다

밤이 길수록 말없이

서로를 쓰다듬으며 부둥켜안은 채

느긋하게 정들어가는지를

누가 뭐래도 믿고 기다려주며

마지막까지 남아

다순 화음으로 어울리는 사람은 찾으리

무수한 가락이 흐르며 만든

노래가 우리를 지켜준다는 뜻을

— 정지원, 〈사람이 꽃보다 아름다워〉

　온 세상이 캄캄해 보일 정도로 희망이 사라진 날, 정말이지 지
독히 외로운 날, 그런 날일수록 시를 찾고, 노래를 하며, 누가 뭐
래도 나를 믿어 주는 한 사람을 떠올려 보라. 빛은 실재이고 어둠
은 결국 현상에 불과한 것. 빛이 없어 어두운 것이지 어두워서 빛
이 없는 건 아니기에, 빛이 어둠을 몰아낼 수 있어도 어둠이 빛을
몰아낼 수는 없는 것이기에, 우리의 절망과 슬픔은 끝내 소망과
기쁨에 무릎을 꿇으리니.

눈을 떠도 아니 보이고

눈을 감아도 아니 보이는 것,

그대 등 뒤에 걸린 커다란 하늘은

실눈을 뜨고서야 비로소 보인다.

즐거운 편지

1987년 당대 최고의 영화감독 배창호가 메가폰을 들고 국민배우 안성기와 브라운관에서 스크린으로 처음 진출한 황신혜가 주연한 영화 〈기쁜 우리 젊은 날〉. 그로부터 10년 뒤인 1997년 멜로드라마의 부활을 이어가며 당시 한국 영화 흥행 1위를 기록할 정도로 관객의 눈물을 훔친, 이정국 감독, 박신양·최진실 주연의 영화 〈편지〉. 그리고 이듬해, 멜로드라마의 상투성 대신 여운과 절제의 미학을 취함으로써 흥행에도 성공하고 평단의 갈채를 받기도 했던 허진호 감독, 한석규·심은하 주연의 영화 〈8월의 크리스마스〉.

  이 세 영화의 공통점은? 쉽다. 여자 주인공은 모두 미녀 배우인 데 반해, 남자 주인공은 모두 인간미를 매력으로 삼는 배우들이라는 것, 눈썰미 좋은 사람이라면 거기에 남자 배우들 모두 안경을 쓰고 나왔다는 점까지 추가할 것이다. 하지만 겉으로 잘 드러나지 않는 공통점도 있는 법. 이 세 영화 속에는 모두 황동규 시인의 시 〈즐거운 편지〉가 가로놓여 있다. 영화 〈기쁜 우리 젊은 날〉과 〈편지〉에서는 그 시가 직접 낭송되었다. 특히 〈편지〉에서는 전반부와 후반부에 두 번이나 낭송되거니와, 사실 이 시가 일반 대중들에게 널리 알려지게 된 것이 이 영화 덕이라고 해도 지나치지 않다.

여기까지는 꽤 알려진 사실이다. 그런데 웬 〈8월의 크리스마스〉? 이 영화에는 황동규의 시가 등장하지 않는다. 하지만 이 영화의 제목으로 허진호 감독이 원래 작정했던 것이 바로 〈즐거운 편지〉였다. 다만 영화 〈편지〉가 앞서 나오는 바람에 그 제목을 버릴 수밖에 없던 것. 그럼에도 불구하고 시의 등장 여부보다 영화의 내용과 맥락에서 보자면 〈기쁜 우리 젊은 날〉이나 〈편지〉보다 오히려 〈8월의 크리스마스〉가 훨씬 더 〈즐거운 편지〉와 잘 어울린다.

허진호 감독에 따르면, 이 영화는 스스로 생을 마감한 가수 고故 김광석의 장례식에 참석했을 때, 정작 영정 사진 속의 고인은 마치 이날을 준비라도 한 듯 환하게 웃고 있는 모습에서 모티브를 얻었다고 한다. 영화 속 주인공이 사진사로 설정된 연유가 거기에 있다.

사진사 정원한석규은 시한부 인생의 삶을 살면서도 아무에게도 상처를 남기고 싶어 하지 않아 늘 밝고 따스하고 담담하고 넉넉

하게 웃으며 산다. 그러고는 남은 자들을 위해 사진관을 혼자 조용히 정리하면서 미소 띤 얼굴을 자신의 영정 사진으로 준비해둔다. 하지만 영화가 끝날 때까지 정작 정원의 죽음을 알지 못하는 주차 관리 요원 다림_{심은하}은 사진관에 걸린 자신의 사진을 보고 환하게 웃는다. 소통은 그렇게 오랜 기다림 끝에, 뒤늦게 이루어졌다. 이들은 서로의 사랑을 가슴 밖으로 내비친 적이 없다. 그래서 그들을 보는 우리의 가슴은 더욱 아려 오지만 다른 한편으로는 또한 촉촉하고 따스해지는 것이다. 그 일상의 진실을 있는 그대로 드러내기 위해 영화는 인공적인 조명을 배제한 채 자연광을 눈부시게 담아내고 카메라는 거의 움직이지 않는다. 신화가 더 필요했던 걸까? 고_故 김광석과 영화 속에서 요절하는 정원의 연결 고리에 더해, 촬영감독 유영길마저 이 작품을 자신의 영정마냥 유작으로 남기고 이 세상을 떠나 버린다. 그 밝음과 서늘함, 그 촉촉하고 따스함이 결국 8월의 크리스마스에 내리는 함박눈과 같은 것이 아닐까. 그런 점에서는 〈8월의 크리스마스〉란 제목이 더 제격으로 보인다.

다만 우리가 주목할 것은 정원이 남긴 이 말 한마디다. "내 기억 속에 무수한 사진들처럼 사랑도 언젠가는 추억으로 그친다는 걸 난 알고 있었습니다. 하지만 당신만은 추억이 되질 않았습니다. 사랑을 간직한 채 떠날 수 있게 해 준 당신께 고맙단 말을 남깁니다." 이 대사 하나만으로도 우리는 감독이 왜 이 영화의 제목을 〈즐거운 편지〉라 붙이려 했는지 이해할 수 있지 않을까. 이해가 가지 않는다면, 그것은 아마도 이 영화를 보지 못해서가 아

니라 이 시를 모르는 탓이리라. 그러니 이제라도 서둘러 이 시를
보자.

I

내 그대를 생각함은 항상 그대가 앉아 있는 배경에서 해가 지고 바
람이 부는 일처럼 사소한 일일 것이나 언젠가 그대가 한없이 괴로움
속을 헤매일 때에 오랫동안 전해오던 그 사소함으로 그대를 불러보
리라.

II

진실로 진실로 내가 그대를 사랑하는 까닭은 내 나의 사랑을 한없이
잇닿은 그 기다림으로 바꾸어버린 데 있었다. 밤이 들면서 골짜기엔
눈이 퍼붓기 시작했다. 내 사랑도 어디쯤에선 반드시 그칠 것을 믿
는다. 다만 그때 내 기다림의 자세를 생각하는 것뿐이다. 그 동안에
눈이 그치고 꽃이 피어나고 낙엽이 떨어지고 또 눈이 퍼붓고 할 것을
믿는다.

— 황동규, 〈즐거운 편지〉

1958년, 미당未堂 서정주徐廷柱, 1915~2000는 《현대문학》 11월호
에 신예 시인 하나를 추천한다. "지성을 서구적 기질에 의해 흉내
낼 줄밖에는 모르는 사람이 너무 많은 속에서" 귀하고 중요한 지
성의 움직임을 발견했다고 고평하면서 말이다. 놀랍게도 이 '지
성'의 주인공은 약관弱冠의 나이, 곧 스무 살 청년에 지나지 않았

다. 이이가 바로 황동규_{黃東奎, 1938~} 다.

황동규는 1938년 평안남도에서, 본인은 이렇게 불리길 좋아하지 않지만, 소설가 황순원_{黃順元, 1915~2000} 선생의 아들로 태어났다. 중·고등학생 시절 클래식 음악에 빠져 작곡가를 꿈꾸다가 청음은 뛰어나나 발성에 자신이 없다는, 성악가라면 모를까 아무튼 이해 못 할 이유로 그 꿈을 접고 그 대신 문학에 뜻을 두게 되었다고 하니 우리 문단의 편에선 운명이랄까, 그의 이 기이한 선택이 얼마나 다행인지 모른다. 사실 〈즐거운 편지〉는 고3 시절 짝사랑하던 한 살 연상의 여대생에게 바친 시로, 고등학교 졸업 때 교지에 실렸다고 한다. 그러면서도 이듬해 그는 서울대학교 문리대 문학부에 수석으로 입학한다. 물론 이런 사실이 시인을 이해하는 데 중요한 정보는 아니다. 공부 잘한다고 좋은 시인도 아니며, 저러한 이력은 아무나 흉내 낼 일도 아니다. 다만 공부 때문에 게임을, 또는 게임 때문에 공부를 포기해야 한다는 지금의 청소년들이 안타까워 굳이 밝혀 둘 따름이다.

황동규의 등단작 〈즐거운 편지〉는 이처럼 비록 열여덟 살짜리 애송이가 쓴 시이지만, 국민의 애송시가 되기에 부족함이 없을 정도로 충분히 조숙하다. 먼저 1연을 보라. 단 하나의, 제법 긴 호흡의, 아주 일상적인 어휘만으로 이루어진 문장이 시를 이룬다. 그러나 산문처럼 늘어지지 않고 시상의 전개와 호흡의 흐름이 적당한 긴장을 이루면서도 잔잔하고 부드럽게 이어진다. 능숙하다. 그냥 읽다 보면 처음엔 어려워 보이지도 않고 세세한 내용을 따져 보기도 전에 그저 뭔가 있어 보이는 그 분위기, 여기에 많은 이들

시를 잊은 그대에게

이 홀려 이 시를 자기의 연애시나 애송시로 삼았으리라.

허나 잘 읽어 보면 만만찮다. 물론 군이 이 시의 창작 배경을 몰라도 짝사랑의 시라는 것은 쉽게 알 수가 있다. 그대의 앞에 마주하고 있지 않다는 것만 보아도, 언젠가 한번 불러 보리라는 희구를 드러내는 것만 보아도 그 점은 분명해 보인다. 이처럼 이 시에서 화자는 뒤로 물러서 있지만, 은근히 그 사랑의 위력을 과시한다. 빤한 듯한데 빤하지 않은, 연애시로서 이 시의 매력은 어디에 있을까? 다시 잘 보면, 비밀은 '해가 지고 바람이 부는 일처럼 사소한 일'이라는 데 있다.

내 사랑은 해가 지고 바람이 부는 일처럼 사소하다는 것. 그러나 그것은 얼마나 위대한 선언인가. 매일같이 변함없이 일어나서 사소해 보일 뿐, 해가 지고 바람이 부는 일처럼 굉장한 일이 또 있을까? 오늘 해가 지지 않으면, 오늘 바람이 불지 않으면, 그거야말로 큰일 아닌가? 그 엄청난 일이, 그것도 매일같이 벌어진다는 것은 실로 경이驚異라고 해야 옳다. 사랑이란 그런 것이어야 하지 않을까?

그러니 화자는 지금 고백하고 있는 게다. 등 뒤에 서서 얼굴 한번 제대로 비치지 못한 처지지만 그대에게 은근히, 그러나 당당히, 이렇게 고백하고 있는 게다. 내 사소한 사랑이야말로 위대하지 않은가? 다만 늘 그대 뒤에 있기에, 해가 지고 바람이 부는 일처럼 사소하게, 늘 그대 앉은 배경에 있기에 그대가 몰라줄 뿐. 하지만 그대여, 그대가 찾는 위대한 사랑은 어디에 있을까? 당신은 굉장한 사랑을 찾고 또 기다리고 있는가? 그래, 당신은 장동

건이나 이민호를 꿈꿀 수 있다. 당신은 고소영이나 수지를 꿈꿀 수도 있다. 하지만 그대가 진정 어려운 일에 부닥쳐 한없는 괴로움에 빠질 때, 그때 그대를 도울 사람, 그대가 의지할 사람은 어디에 있는가? 당신을 구원하는 것은 극점에 빛나는 오로라도, 대양을 뒤집는 태풍도 아니다. 당신이 온전히 빛나도록 배경이 되어 주는 해 질 녘 노을, 당신의 땀을 닦아 주는 바람일 게다. 당신이 괴로움 속을 헤맬 때 그때 가서야 비로소 나는 그대의 등 뒤에서 벗어나 그대 앞에 서리라. 그리고 그대를 불러 보리라. 나는 그럴 자격이 있다. 오랫동안 전해 오던 그 사소함을 지켜 온 자이니 말이다. 그대여, 그때 가거들랑 나를 인정하고 내게 의지하라. 나처럼 당신을 오랫동안 조용히 그대가 앉아 있는 배경에서 기다린 자가 있던가. 지금 사소해 보이는 내 존재가 과연 그때도 사소할 것이냐. 나는 해가 지고 바람이 부는 그런 사람, 당신을 지키는 그대 등 뒤의 사람인 것이다.

이 시를 이렇게 읽으면, 아닌 게 아니라 〈편지〉의 '환유'가 아내 '정인'에게 이 시를 읽어 준 것도 이해할 수 있을지 모른다. 무릇 신기한 것과 신비한 것은 다르다. 몸통이 잘리고 사람이 사라지는 마술은 신기하지만 신비하지는 않다. 그런다고 사람의 상처하나 고친 적이, 마술은 없다. 반면에 자연, 우주, 생명 같은 것은 신비한 일이지 신기하다 할 일이 아니다. 그것은 영원한 경이일 뿐만 아니라 우리를 살린다. 그럼에도 우리는 신기에 홀려 신비를 잊는다. 마치 마술에 홀려 현실을 잊는 것처럼, 우리를 둘러싼 모든 가짜 가치에 홀려 우리는 진짜를 잊고 산다. 말하자면 신비

시를 잊은 그대에게

하지만 사소해서 그 가치를 몰라주는 일이 너무도 많은 게다. 그런 의미에서 박신양 같은 남편도 최진실 같은 아내에게 이 시를 빌려 자신의 가치, 자신의 사랑이 갖는 가치를 은근히 과시하고 맹세할 수도 있는 일이다.

하지만 그 전제는 어디까지나 배경이 되어 준 자여야만 하는 법. 그렇지 아니한 자에게는 이런 사랑 노래를 부를 자격이 주어지시 아니한다는 것을 분명히 해야 한다. 그러니 아내가 그 위대하고 사소한 남편의 가치를 알아주는 것은 아름다운 일이지만, 남편이 아내더러 오랫동안 사소함으로 그대를 지켜 왔노라고 고백하는 것은 어색한 일이다. 아내를 짝사랑할 수야 없지 않은가. 물론 시를 자기 것으로 삼는 데 응원을 하면 했지 말릴 수는 없지만, 그래도 이 시는 짝사랑에 더 잘 어울리는, 수줍고 소박하고 자신 없으면서도 동시에 그렇게 비치고 싶지만은 않은, 자신의 사랑과 능력도 드러내 보이고 싶고 기회를 얻고자 눈길도 끌고 싶은, 짝사랑을 고백하는 이의 이중적인 마음에 어울리는 노래인 것이다.

그런데 자칫 통속으로 흐를 수 있는 시의 표정을 바꾸어 놓은 것이 바로 2연의 존재다. 2연의 첫머리, 시가 본래 진실을 담는 그릇일 터인데, 굳이 '진실로'란 말을 연거푸 반복하고 있다. '진실로 진실로'라니, 그것은 《요한복음서》에 등장하는 어법이 아니던가. 한데 그만큼 진실이라는 얘기는 바꿔 말하면 그만큼 믿어지지 않는 얘기란 뜻도 된다. 도대체 밝히고자 하는 진실이 무엇이기에 이러는 걸까? 그가 밝히고자 한 것은 '그대를 사랑하는 까닭'이다. 내가 왜 그대를 사랑하는 줄 아는가? 그에 대한 답은, 적어도 우리가 기대하기에, 아름답기 때문이라거나 운명 같기 때문이라거나 뭐 그런 것이어야 할 텐데 그의 답은 엉뚱하게까지 들린다. "내 나의 사랑을 한없이 잇닿은 그 기다림으로 바꾸어 버린 데 있었다"라고 말이다.

이걸 어떻게 해석해야 할까? 그대를 사랑하는 것은 그대에 대한 나의 사랑을 한없는 기다림으로 바꾸었기 때문이라니? "당신을 사랑하는 이유는 당신을 사랑하기 때문입니다." 이것은 확실히 동어반복이다. 하지만 그 이상의 이유도 없는 게 진실이다. 그런데 이 시의 화자는 한 걸음 더 나아간다. 그대를 사랑하는 까닭은 사랑하기 때문이라는 정도를 넘어 그 사랑을 아예 기다림으로 바꾸었기 때문이라고. 다시 말해 사랑과 기다림을 맞바꾸었노라고. 당신을 너무 사랑해서 사랑 대신 기다림을 택했노라고. 내가 만일 사랑을 택했다면 그 사랑이 이루어지지 못할 경우 더 이상 기다리지 않을 텐데 나는 사랑을 한없이 잇닿은 기다림으로 바꾸어 버렸으니 영원히 사랑할 수밖에 없노라고.

많은 사람들은 사랑을 택하느라 기다림을 버린다. 하지만 기다리지 못해 사랑을 버린다면 그것은 사랑이 아니다. 시인은 이렇게 말하고 있는 것이 아닐까. 적어도 그는 사랑을 기다림과 맞바꾸었지, 사랑을 맹목이나 욕정이나 소유나 조급함과 바꾸지는 않았으니까. 그런 사랑, 뜨겁다 식어지는 그런 사랑 버리고, 아니 그런 사랑과 기다림을 맞바꾸었으니 이런 사랑이 어디 있을까. 이러한 사랑의 진정성이 있기에, 그토록 오랫동안 그대의 배경처럼 그대를 따라다니고 기다려왔지만 스토커와는 거리가 멀 수 있었던 게다. 사랑을 기다림과 맞바꾸다니, 이런 지고지순한 사랑이 또 있을까?

그러나 대단히 주목해야 할 부분이 또 하나 있다. 문장의 시제를 눈여겨보라. 그토록 그대를 사랑하는 까닭은 사랑을 기다림으로 바꾸어 버린 데 "있었다"라고 분명히 되어 있다. 과거다. 그리고 현재는 눈이 퍼붓기 "시작했다." 그리고 앞으로 반드시 "그칠" 것이라고 믿는다. 그때, 그 미래의 순간에 내 기다림의 자세는 어떠할까. 화자는 그것을 생각하며 이 시를 쓰고 있는 것이다. 그는 사랑을 현재화하지만은 않는다. 그는 시간의 카테고리 속에 사랑을 위치시킨다. 그러고 바라보면 사랑인들 아니 멈출 리 없다. 그것이 올바른 인식이다.

그러나 언젠가 그칠 사랑을 고백한다니, 연애시로서는 당혹스러운 처사가 아닐 수 없다. 그렇다면 짝사랑의 상대에게 연애시를 바치면서 이런 문구를 넣는 의도는 자신의 성숙을 드러내 보이고자 함에 다름없다. 이 시의 대상이 연상의 여인이었다는 것은 그래서 흘려들을 일이 아니다. 그렇다고 이 자각이 과시용 거짓이라는 것은 결코 아니다. 시인의 회상을 빌리면 처음에는 김소월이나 한용운류의 연애시를 쓰려고 했는데, 쓰다 보니 영원한 사랑은 존재하지도 않고 바랄 수도 없다는 것을 알게 되었다고 한다. 사랑도 선택이고, 중간에 그칠 수도 있고, 멈췄다가 또다시 다르게 시작될 수도 있고, 정으로 바뀌어 지속될 수도 있다는 걸 시작詩作 과정에서 깨달았다는 것이다. 고등학생이 말이다. 그런 조숙과 자각이 없었으면 이 시는 세련된 연애시 이상의 수준을 넘기가 어려웠으리라.

열정으로 넘쳐 제어하기 힘들기 일쑤인 기쁜 우리 젊은 날, 황동규는 사랑을 순간의 감정으로 파악하지 않고 이처럼 과거·현재·미래라는 시간 속에서, 기다림이라는 연속성 속에서 파악함으로써 이 시를 사적^{私的}인 경지에서 승화시킬 수가 있었다. 그 사람에 대한 사랑은 그칠 것이다. 눈도 그치고 그러다 다시 퍼붓고 하는데 사랑이라고 다르랴. 다만 그때 그 기다림의 자세를 생각할 따름이다. 사랑이, 이토록 열렬한 사랑이 그칠 것이라는 걸 알지만, 그 기다림의 순정성만 있다면 떳떳할 수 있다. 반드시 그칠 줄 확신하는 것만큼, 지금 그대를 사랑하는 것도 분명한 일. 그래서 나는 지금 그대에게 이 사랑을 고백한다. 기다리겠노라고. 그 기다림이 사랑이라고. 그래서 이 편지는 '즐거운' 편지가 되는 것이다.

아무리 그래도, 아무리 진정한 사랑은 짝사랑이라 하더라도, 정작 짝사랑하는 이는 고통스러운 법이다. 보이지 않는 곳에서 사랑한다는 게 쉬운 일은 아닐 터이니, 이쯤 해서 '불후의 명곡' 신승훈의 〈보이지 않는 사랑〉을 들어 보는 것도 괜찮을 것이다.

사랑해선 안 될 게 너무 많아

그래서 더욱 슬퍼지는 것 같아

그중에서 가장 슬픈 건

날 사랑하지 않는 그대

내 곁에 있어 달라는 말하지 않았지

하지만 떠날 필요 없잖아

보이지 않게 사랑할 거야

너무 슬퍼 눈물 보이지만

어제는 사랑을

오늘은 이별을

미소 짓는 얼굴로 울고 있었지

하지만 나 이렇게 슬프게 우는 건

내일이면 찾아올 그리움 때문일 거야

— 신승훈 작사·작곡, 〈보이지 않는 사랑〉

'보이지 않는 사랑'은 '등 뒤의 사랑'이다. 사랑도 하지 못한 짝사랑은 아니지만, 그래도 그것은 기다림이 있기에 이별한 짝사랑의 고통보다는 크지 않을지 모른다. 그래서일까, 신승훈의 '보이지 않는 사랑'은 기다림이라기보다 집착에 가까워 보인다. 이 맹세가 해가 지고 바람이 부는 것처럼 사소하게 그의 등 뒤에서 사랑을 하리라는 황동규의 그것과 다른 이유다. 게다가 이런 그리움은 기다림보다 더 절망적이다. 같은 짝사랑이라 하지만, 그래도 그대의 등 뒤에서 하나의 배경으로 자리 잡아 그대를 지켜보는 황동규의 사랑은 그나마 여유가 느껴진다. 그러기에 미소 짓는 얼굴로 울고 있다는 표현처럼 신승훈의 이것은 즐거운 편지가 되지 못하는 게다. 슬프다는 말이 네 번이나 반복되는 것, 그리하여 끝내 신승훈은 마지막 음에서 목울음을 떨며 삼키는 기교를 보여야 하지 않았을까.

하지만 그보다 더 큰 고통의 사랑, 더 큰 사랑의 고통, 그대 등 뒤에라도 머물고 싶었지만 모진 마음 다잡아 스스로 등을 돌려야 했던 사랑도 있다. 다음을 보라. 제목부터가 '배경', 곧 등 뒤의 존재이다.

등 뒤의 수평선

제주읍에서는

어디로 가나, 등 뒤에

수평선이 걸린다.

황홀한 이 띠를 감고

때로는 토주土酒를 마시고

때로는 시를 읊고

그리고 해질녘에는

서사書肆에 들르고

먹구슬나무 나직한 돌담 문전門前에서

친구를 찾는다.

그럴 때마다 나의 등 뒤에는

수평선이

한결같이 따라온다.

아아 이 숙명을, 숙명같은 꿈을,

마리아의 눈동자를

눈물어린 신앙을

먼 종소리를

애절하게 풍성한 음악을

나는 어쩔 수 없다.

— 박목월, 〈배경〉

적어도 그 사연을 알기 전까지는 이 시를 해석할 수가 없었다. 대충은 짐작이 갔다. 제주는 섬이니까 어디서나 수평선이 있을 테고, 그 수평선을 허리띠마냥 감고 술 마시고 시를 짓고 서점을 오가는 낭만적 정경을 노래한 것으로 해석하면 그만이기 때문이다. 문제는 그다음 이어지는 부분에서 발생한다. 이 수평선이 따라온다는 게다. 의인법일까? 그럴 수 있다. 그런데 난데없이 이것이 '숙명'이요, '숙명 같은 꿈'이요, 거기서 더 나아가 '마리아', '신앙', '종소리', '음악'이 되고 만다. 목월은 이렇게 나열하길 좋아하는 시인이 아니다. 나열은 들뜨기 쉽고 자칫 수다스럽다.

더구나 마지막 구절, 어쩔 수 없다니, 그것은 운명 따위를 일컫는 말. 그렇다면 수평선에서 벗어나지 못하는 것, 신앙과 음악 같은 것에서 벗어나지 못하는 것, 그것들이 운명이란 말인가. 그렇게 보자면 시의 분위기 파악이 난감해진다. 꽤나 만족하고 정겨운 낭만적 삶의 풍경을 연출하는가 싶더니, 자신을 따라온 수평선을 발견하면서부터는 무언가로부터 벗어나야 하는데 벗어날 수 없는 애절함, 그러면서도 풍성한 아름다움이 함께 노래되고 있는 것이다. 그래서 어딘가 비약이 있는 시 정도로 치부해 두고 기억 속에 묻어 두었다. 박목월ㅏ朴木月, 1916~1978 평전 속의 그 사연을 읽기 전까지는.

이 시의 배경에는 신승훈의 노랫말처럼 '사랑해선 안 될' 사람과의 러브스토리가 담겨 있다. 전쟁 중 대구에서의 일이다. 서른 여덟 나이의 유부남 박목월 시인을 흠모하던 여대생이 있었다. 서울로 환도한 이듬해, 그녀의 구애에 목월도 호감을 갖게 되지만 자책을 느낀다. 후배 시인에게 부탁해 그녀로 하여금 단념하도록 부탁도 해 보았지만 도리어 "사람이 사람을 사랑하는 것은 죄가 아니겠지요"라는 대답만 들을 따름이다. 그녀는 포기하지 않았다. 그리고 그해 가을, 목월이 자취 없이 사라졌다. 그녀와 함께 제주도에 살고 있다는 소식이 알려진 것은 몇 달이 지나서의 일. 제주 생활 넉 달째 되던 어느 겨울날, 목월 선생의 부인 유익순 여사가 그들 앞에 나타난다. 그리고 말없이 보퉁이를 하나 내민다. 무슨 사달이라도 벌어지려는 걸까? 허나, 거기에는 그들 두 사람을 위한 한복이 한 벌씩 들어 있었다. 더불어 그녀는 생활비가 담긴 봉투도 내어놓았다. 부인 앞에서 여인은 울었다. 그녀는 목월과 헤어졌고, 목월은 서울로 올라오게 되지만 차마 집으로 바로 들어가지 못하고 효자동에서 잠시 하숙 생활을 하며 스스로를 정리한다.

이제 비로소 앞의 시 〈배경〉이 이해가 간다. 섬나라 제주도가 수평선을 벗어날 수 없듯, 운명같이 다가온 그녀를 벗어날 방법도 없는 것이다. 아니, 어쩌면 벗어나야 할 당위는 알지만 당분간이라도 그럴 의지는 없는 것처럼 보이기도 한다. '황홀한 띠'와 같다고 하였으니 말이다. 제주도에서의 삶, 그 남국의 정경과 풍광, 거기서 벌이는 애정의 도피, 토주를 마시고 시를 읊고 책방을 찾는 즐거움, 그것은 일단 황홀경이었으리라. 하지만 '띠'는 장식이자 구속이기도 한 것. '허리띠'의 은유는 늘 그런 양면성을 지닌다. 그러기에 한결같이 따라오는, 앞서지 않고 늘 등 뒤에 수평선처럼 따라다니는 그녀, 그것은 구속拘束이자 구원救援이기도 했다. 마리아와 같은 구원久遠의 여인에게서 사랑과 위안을 얻기도 했으리라. 하지만 그와 동시에 신앙과 양심의 갈등으로 인해 번민도 많았으리라. 그녀에게서 마리아의 눈동자와 눈물의 신앙을 읽는 이유가 거기에 있다. 그래서 시인은 토로한다. 어쩔 수가 없노라고.

그래서일 것이다. 가정으로 돌아가기 전 효자동에서 하숙 생활을 하던 목월은 〈효자동〉이란 시를 남기거니와 그 시에는 이른 아침에 일어나 《마태복음》 5장과 《고린도전서》 13장을 읽으며 위로를 받고 눈물이 베개를 적셨다는 구절이 나온다. 《마태복음》 5장은 "마음이 가난한 자는 복이 있나니"로 시작하는 이른바 '산상 설교'의 첫 부분이다. 이 장의 27절부터 32절까지는 간음과 혼인에 관한 설교가 들어 있다. 그런가 하면 《고린도전서》 13장은 "사랑은 오래 참고 사랑은 온유하며"로 유명한 이른바 '사랑 장'이라 불리는 부분이다. 그리하여 역시 하숙 시절에 쓴 〈뻐꾹새〉라는 시에서는 '기도가 눈물처럼'이 아니라 "눈물이 기도처럼 흐른다"라고 고백하기에 이른다.

그렇다면 등 뒤의 그녀는 어찌 되었을까? 목월의 등 뒤를 떠나 살다가, 가다가다 〈이별의 노래〉가 들려올 때마다 그걸 듣는 그녀의 마음은 어떠했을까? 30년 만에 시인이 찾아가 딱 한 번 차 한 잔 마시며 담배 한 대 피울 시간만큼 만나고 돌아섰다는 후일담이 전해지긴 하지만 그것은 다 호사가의 관심사에 속할 뿐이다. 윤리라는 문제가 걸리긴 해도, 그녀 역시 슬프고 아파할 권리가 있다. 그녀 역시 어쩔 수가 없었을 것이다. 그러나 떠남 또한 어쩔 수 없이 받아들여야 할 숙명이다. 그리하여 지난 숙명은 '숙명 같은 꿈'으로 돌리고, 새로운 숙명으로서의 현실을 받아들여야 했을 것이다.

황동규처럼 그녀도 기다렸다. 반면에 그녀는 짝사랑을 성취했다. 그러나 잠시였다. 그리고 떠나야 했다. 아마 그녀의 사랑도 어디쯤에서 그쳤을 것이다. 물론 이런 유의 전설에는 어느 정도의 각색이 가미되게 마련이다. 실제로 이들의 사연과 관련해서는 이러저러한 뒷이야기와 이설이 전해진다. 박목월 시에 김성태가 곡을 붙인, 지금도 널리 애창되는 가곡 〈이별의 노래〉가 이들의 사연을 담고 있다는 설도 그중 하나다.

기러기 울어 예는 하늘 구만 리

바람이 싸늘 불어 가을은 깊었네

아 너도 가고 나도 가야지

한낮이 끝나면 밤이 오듯이

우리의 사랑도 저물었네

아 너도 가고 나도 가야지

산촌에 눈이 쌓인 어느 날 밤에

촛불을 밝혀두고 홀로 울리라

아 너도 가고 나도 가야지

— 박목월 시 · 김성태 작곡, 〈이별의 노래〉

　헤어지는 노래에 '아!' 같은 감탄사야 항용 등장함 직하지만 너 '도' 가고 나'도' 간다는 이 보조사 '도'의 의미가 심상치 않게 들린다. 대개 이별은 그'가' 떠나고 나'는' 보내거나 그 역逆이라야 노래가 되는 법인데 이 노래는 그렇지가 않다. 무슨 특별한 사건이나 사유가 있어 헤어지는 것이 아니라 허락된 운명의 시간이 다 되었으니 이제 동시에 각자 제 갈 길로 가야 한다는 것, 그 사연이 바로 "너도 가고 나도 가야지"에 담겨 있는 게 아니겠는가. 그들 스토리의 전말을 듣고 보면 더욱 그럴 듯하게 들린다.

　하지만 이 노래는 목월의 제주행보다 앞선 시기에 만들어진 것으로 보인다. 더구나 스캔들에 관한 한, 실증에 따른 정설 확인처럼 무모하고 무익한 것도 드물다. 다만, 이들의 사랑에 관한 모든 전설은 전적으로 시인 박목월 편에서 구성되고 회자된 것이란 점만큼은 분명한 사실이다. 그리하여 우리의 인식적 습관은 종종 박목월은 미화하고 마치 그녀는 평생의 영광처럼 목월과의 추억을 간직했으리라 여기곤 하지만, 어쩌면 그녀야말로 억울했을지도 모르며 참회의 세월을 보냈을지도 모른다. 그녀야말로 하고픈 말이 많았을지 모른다. 하지만 그녀는 침묵해야 했다. 시인이 아니었으므로. 그러기에 이제 그녀에게 이 노래, 김수희의 〈애모〉를 바친다.

> 그대 가슴에 얼굴을 묻고 오늘은 울고 싶어라
>
> 세월의 강 넘어 우리 사랑은 눈물 속에 흔들리는데
>
> 얼만큼 나 더 살아야 그대를 잊을 수 있나
>
> 한마디 말이 모자라서 다가설 수 없는 사람아
>
> 그대 앞에만 서면 나는 왜 작아지는가
>
> 그대 등 뒤에 서면 내 눈은 젖어드는데
>
> 사랑 때문에 침묵해야 할 나는 당신의 여자
>
> 그리고 추억이 있는 한 당신은 나의 남자여
>
> —유영건 작사 · 작곡, 〈애모〉

아마도 그녀 역시 목월 앞에만 서면 작아졌을 것이다. 등 뒤에 수평선처럼 행복하게 따라다녔지만 한편으로는 그녀 또한 늘 눈이 젖어 들었을 것이다. 사랑 때문에 침묵해야 했던 여인, 그녀도 아마 평생 목월을 잊지는 못했으리라.

가장 큰 하늘은 언제나 그대 등 뒤에

시간을 초월한 남녀 간의 애틋한 만남을 다룬 영화 〈동감〉처럼, 황동규가 연모한 그 여대생이 바로 목월을 사랑한 여대생이었다면, 과연 어떤 시가 탄생했을까? 더구나 황동규의 아버지는 박목월의 친구 황순원! 그리하여 만일 우리의 발칙한 상상대로 영화가 만들어져 〈기쁜 우리 젊은 날〉이나 〈편지〉처럼 시를 삽입하고자 한다면, 어떤 시를 택해야 할까? 사랑을 기다림으로 맞바꾸었다고 하지만, 언젠가 반드시 사랑이 그칠 줄 알지만, 막상 그 사랑이 맺어져 행복하게 지내다가 실제로 그 사랑이 그치게 되었을 때, 과연 황동규도 〈이별의 노래〉 같은 시를 썼을까? 그보다는 아마도 다음 같은 시가 더 적격이지 않았을까?

떠나고 싶은 자
떠나게 하고
잠들고 싶은 자
잠들게 하고
그리고도 남는 시간은
침묵할 것.

또는 꽃에 대하여
또는 하늘에 대하여
또는 무덤에 대하여

서둘지 말 것

침묵할 것.

그대 살 속의

오래 전에 굳은 날개와

흐르지 않는 강물과

누워있는 누워있는 구름,

결코 잠깨지 않는 별을

쉽게 꿈꾸지 말고

쉽게 흐르지 말고

쉽게 꽃피지 말고

그러므로

실눈으로 볼 것

떠나고 싶은 자

홀로 떠나는 모습을

잠들고 싶은 자

홀로 잠드는 모습을

가장 큰 하늘은 언제나

그대 등 뒤에 있다.

— 강은교, 〈사랑법〉

떠날 사람 떠나보내고 등 뒤에서 침묵하는 자가 여기에도 있다. 물론 이 시는 연애시로만 볼 것은 아니다. 강은교姜恩喬, 1945~ 시인이 조심스레 자신의 성장 과정과 내면을 드러내 보인 글들을 보면 '가장 큰 하늘'이 등 뒤에 걸린 '그대'는 시인의 아버지인 것으로 보인다. 경기여자고등학교를 다니던 그녀도 황동규처럼 클래식 음악에 빠져든다. '르네상스' 음악실을 무상으로 출입하게 된 그녀에게 아버지는 점점 실망해 갔다. 어느 날 아버지는 회초리를 든다. 실망의 극에 달한 모습과 회초리는 그전에도 그 후에도 구경해 본 일이 없었다 하니 그녀에 대한 아버지의 사랑과 아버지에 대한 그녀의 애정을 능히 짐작할 수가 있다. 결국 그녀는 그다음 순서로 책을 아주 열심히 읽게 되었고, 그녀 역시 카뮈와 같은 멋진 글쓰기를 갈망하는 한편, 성악 콩쿠르에 나가고 싶었지만 레슨비가 너무 많이 든다는 이유로 음악을 포기하게 된다.

그녀는 또 다른 황동규가 아니었던가. 등 뒤에서 하늘을 볼 줄 아는 눈이 그들은 닮았다. 기다림과 침묵, 그 성숙이 닮았고, 사랑을 버림으로써 큰 사랑을 얻는 사랑의 역설도 닮았다. 그러면서도 그녀는 목월의 그 여대생을 닮았다. 집착하면 안 된다. 떠나고 싶은 자 떠나게 하고, 잠들고 싶은 자 잠들게 해야 한다. 하지만 그 모습을 두 눈 온전히 뜨고 봐서도 아니 되고 눈 감아서도 아니 된다. 자유로이 홀로 떠나고 홀로 잠들도록, 안 보는 척하며 끝까지 그 모습을 바라보아야 하나니, 그 눈이 바로 실눈인 것이다. 뿐이랴, 보일 듯이 보이지 않는 진정한 실체, 곧 그대 등 뒤에 걸린 커다란 하늘은 눈을 부릅떠도 아니 보이고 눈을 감아도 아니

보이나니, 가느다랗게 실눈을 뜨고 애써 들여다보아야만 비로소 보이는 법이다.

하지만 〈사랑법〉은 행복해 보이지 않는다. 소통이 느껴지지 않기 때문이다. 그것은 철저히 내면적인 목소리로만 구성되어 있다. 이런 침묵이 오래되면 미칠 수도 있을 정도로. 그러니 우리의 발칙한 상상은 여기에서 그쳐야 한다. 짝사랑 그 운명 같은 사랑에 대해, 오랜 기다림 끝에 아주 잠시 동안 허락된 사랑의 기쁨과 고통에 대해, 그 뒤에 찾아오는 고적한 삶에 대해 우리야말로 침묵해야 한다. 지독한 사랑의 노래 끝에는 침묵만이 남을 뿐이다.

이제 강은교 시인에게도 영화 속 노래를 하나 바치고자 한다. 스페인 영화계의 거장 페드로 알모도바르Pedro Almodovar, 1949~ 감독의 영화 〈그녀에게Hable Con Ella〉다. 베니그노는 발레리나 알리샤를 짝사랑한다. 물론 그녀는 모른다. 그런데 그만 알리샤가 식물인간이 되고, 그런 알리샤를 베니그노는 4년 동안 지극 정성으로 보살핀다. 옷을 입혀 주고 화장과 머리 손질을 해 주고 세상의 모든 이야기를 들려준다. 항상 마주하고 항상 곁에 있고 항상 말을 하지만, 그것은 등 뒤의 짝사랑과 조금도 다를 바 없으며, 침묵과도 다를 바가 없다. 그녀에게 말을 걸지만 그녀는 모르기 때문이다. 그리고 그것은 그녀가 한없는 괴로움 속을 헤맬 때에 오랫동안 그녀가 누워 있는 배경에서 해가 지고 바람이 부는 일처럼 사소한 일일 것이다. 가장 큰 하늘이 바로 베니그노의 등 뒤에 있음을 과연 그녀가 알게나 될까? 베니그노는 그저 기다릴 뿐이다.

"떠나고 싶은 자 떠나게 하고 잠들고 싶은 자 잠들게 하고 그리고 도 남는 시간은 침묵"한다. 병실에 꽃을 치장하고 커튼을 열어 하늘을 보여 주지만, 꽃에 대하여, 또는 하늘에 대하여, 또는 죽음 곧 무덤에 대하여 그는 서둘지 않고 침묵한다. 그저 실눈으로 그녀가 홀로 잠드는 모습을 바라볼 뿐이다.

이 영화 속의 노래, 브라질 음악가 카에타누 벨로주Caetano Veloso, 1942~의 〈쿠쿠루쿠쿠 팔로마Cucurrucucu paloma〉를 들어 보라. 왜 이 노래 하나만으로도 영화 값이 아깝지 않다고들 하는지 알게 될 게다. 안타깝게도 나의 재주로는 애절하게 풍성한 이 노래를 도저히 표현할 길이 없으니 침묵할밖에. 다만 이 노래가 〈사랑법〉의 배경 음악이 되어 주리라 믿는다. 그것이 강은교 그녀에게, 아니 지금도 누군가의 등 뒤에서 사랑하는 모든 그와 그녀에게 바치는 선물이다.

6

기다리다 죽어도, 죽어도 기다리는

소망이 있는 한,

기다린다는 것은 정녕 행복한 일이다.

기다릴 사람이 있다는 것도 행복한 일이다.

기다리다

상식을 뒤집은 것이 상식이 되어 버리는 경우도 상당하다. 생텍쥐페리Saint-Exupéry, 1900~1944의 《어린 왕자》도 바로 그런 경우. 처음 읽었을 때는 상식 밖 인물이었던 '어린 왕자'. 그도 이제는 하나의 상식이 되었다. 하지만 인지가 바뀐다고 해서 곧장 습관이나 태도가 바뀌는 것은 아니다. 여전히 우리는 코끼리를 삼킨 보아뱀을 '상식적으로' 인정하기 힘들다.

《어린 왕자》 속 '여우'의 가르침도 마찬가지다. 기다리는 이가 네 시에 온다면 세 시부터 행복해질 거라던, 그래서 행복이 얼마나 값진 것인가를 알게 될 거라던 그 여우 말이다. 그의 말에 따르면 기다린다는 것은 "어느 하루를 다른 날과 다르게 만들고, 어느 한 시간을 다른 시간들과 다르게 만드는 것"이다. 그 말을 들으며 우린 얼마나 고개를 끄덕이고 또 다짐을 했던가. 하지만 지금도 과연 그러한가? 잠시를 못 참는다. 아니, 참을 필요조차 없어졌다. 약속 시간에 늦는 이도, 기다리는 이도 휴대전화 한 통화면 쉽게 해결되기 때문이다. 휴대전화는 단순한 전화가 아니라 시간 관리까지 해 주는 우리의 매니저가 되고 말았다.

그러니 이젠, 휴대전화가 없던 시절엔 과연 어떻게 연애를 할수 있었나, 신기하고 의아할 정도다. 그 시절, 차는 밀리고 연락은 안 되고, 그러니 늦는 이는 늦는 대로 발을 동동 구르고, 기다리는 이는 기다리는 대로 처음엔 그러려니 싶다가, 그래도 안 오면 슬슬 화가 나다가 그 정도가 심해지면, 오다가 무슨 일이 생긴 건아닐까, 혹시 약속 시간이나 장소를 자신이 혼동한 것은 아닐까, 오만 불안이 엄습해 오곤 하지 않았던가. 책을 읽다가, 낙서를 하다가, 음악을 듣다가, 성냥개비를 쌓다가 하던 그 숱한 기다림의 시간들. 그것은 과연 비효율, 비합리, 시간의 낭비뿐이었을까? 짧으면 기다림이 아니다. 기다림은 기다랗다.

네가 오기로 한 그 자리에
내가 미리 가 너를 기다리는 동안
다가오는 모든 발자국은
내 가슴에 쿵쿵거린다
바스락거리는 나뭇잎 하나도 다 내게 온다
기다려본 적이 있는 사람은 안다
세상에서 기다리는 일처럼 가슴 애리는 일 있을까

네가 오기로 한 그 자리, 내가 미리 와 있는 이곳에서

문을 열고 들어오는 모든 사람이

너였다가

너였다가, 너일 것이었다가

다시 문이 닫힌다

사랑하는 이여

오지 않는 너를 기다리며

마침내 나는 너에게 간다

아주 먼 데서 나는 너에게 가고

아주 오랜 세월을 다하여 너는 지금 오고 있다

아주 먼 데서 지금도 천천히 오고 있는 너를

너를 기다리는 동안 나도 가고 있다

남들이 열고 들어오는 문을 통해

내 가슴에 쿵쿵거리는 모든 발자국 따라

너를 기다리는 동안 나는 너에게 가고 있다.

착어着語 : 기다림이 없는 사랑이 있으랴. 희망이 있는 한, 희망을 있
게 한 절망이 있는 한. 내 가파른 삶이 무엇인가를 기다리게 한다.
민주, 자유, 평화, 숨결 더운 사랑. 이 늙은 낱말들 앞에 기다리기만
하는 삶은 초조하다. 기다림은 삶을 녹슬게 한다. 두부 장사의 핑경
소리가 요즘은 없어졌다. 타이탄 트럭에 채소를 싣고 온 사람이 핸
드마이크로 아침부터 떠들어대는 소리를 나는 듣는다. 어디선가 병
원에서 또 아이가 하나 태어난 모양이다. 젖소가 제 젖꼭지로 그 아

이를 키우리라. 너도 이 녹 같은 기다림을 네 삶에 물들게 하리라.

—황지우, 〈너를 기다리는 동안〉

시인의 말대로라면, 불과 5분 만에 쓴 시라고 한다. 하지만 쓴 시간이 5분이지 기다린 시간은 족히 한 시간은 됨 직해 보인다. 기다려 본 사람은, 아니 기다려 본 사람만이 안다. 기다림이란 희망과 불안의 교차점이란 것을. 너였다가, 너였다가, 너 아닌 그 기다림. 그사이에 희망과 불안이 오가며 불안은 희망을 키우고 희망은 다시 불안을 자라게 한다. 그리하여 앉아서 기다려도 마음은 이미 문밖을 넘어 네가 오는 길목으로 마중을 나간다. 너를 기다리는 동안 나 또한 너에게 가고 있다는 말은, 그런 점에서 사실과 조금도 다르지 않다.

여기에 시인은 '착어'를 덧붙였다. 착어란 불가에서 공안公案에 붙이는 짤막한 평評을 가리킨다. 연인을 기다리는 듯한 시를 읽고 난 후, 그것을 화두 삼아 생각을 좀 해 보자는 것이렷다.

착어의 내용은 이렇다. 기다림은 사랑이다. 기다림은 희망이다. 희망 때문에 기다리고, 절망 때문에 또 희망을 기다리며 또 기다린다. 하면서도, 기다리기만 하는 것은 초조하다. 기실, 기다림은 삶을 녹슬게 한다. 기다림은 사람을 지치게 만든다.

이럴 때 필요한 것이 믿음과 의지다. 시인은 기다림이 수동적인 것만이 아님을 확실히 하고 있다. 너를 기다리고 있는 동안 나도 너에게 가고 있다는 것, 그것이 기다림이라고 시인은 강변하고 있는 게다. 그렇게 우리는 만난다. 아무리 오래 걸려도, 아무리 먼 데 있어도, 그런 기다림과 그리움으로 우리는 드디어 만나게 된다. 그 기다림의 대상은 연인일 수도 있고, 합격 통지서일 수도 있고, 분만실 태아의 울음소리일 수도 있다. 그런가 하면 오늘도 식당 주인은 손님을 기다리고, 노동자는 일자리를 기다린다. 기다림이란 애타는 것이다. 이 땅의 민주와 자유와 평화는 더욱 그렇다. 그러기에 김지하는 '타는 목마름'으로 민주주의를 기다리지 않았던가. 지칠 법도 하고 녹슬 법도 한데, 기어이 기다리고 기다려 '민주주의 만세'를 외치지 않았던가.

정말 그리운 것은 그 '녹 같은 기다림'이다. 삶이 녹슬 정도로 기다리는 그 간절함이 그리운 거다. 어느새 우리는 그런 소중한 기다림을 많이 잃어버렸는지 모른다. '두부 장수의 평경', 곧 워낭 소리는 어느 결에 '타이탄 트럭의 핸드마이크 소리'에 자리를 잃었다. 평경과 마이크, 이 둘의 차이는 간단하다. 전자가 은근히 기다려지는 그러나 효율이 낮은 종소리라면, 후자는 짜증이 나 피하고 싶은 소음이지만 사람들을 불러 모으는 데는 제격인 매체인 것이다. 세상은 비효율을 증오한다. 그리하여 모유 자리에 우유가 들어서서 '젖소'로 하여금 우리 아이에게 젖을 먹이게 한다.

기다리고 싶다. 휴대전화 없이 마냥 기다려 보고 싶다. 오랜만에 그녀를, 희망을, 민주와 평화를 진득하니 기다려 보고픈 것이다. 그럼 행복할 것 같다. 어린 왕자처럼. 그것이 다시 상식이 되는 세상을 우리는 또 기다려야 할 것 같다.

기다리다 죽어도

소망이 있는 한, 기다린다는 것은 정녕 행복한 일이다. 기다릴 사람이 있다는 것도 행복한 일이다.

아빠는 유리창으로
살며시 들여다보았다
귓머리 모습을 더듬어
아빠는 너를 금방 찾아냈다

너는 선생님을 쳐다보고
웃고 있었다

아빠는 운동장에서
종 칠 때를 기다렸다

— 피천득, 〈기다림〉

아빠는 '여우'임이 틀림없다. '왕자'를 만나기 위해 운동장에서 종 칠 때를 기다리는 동안, 이 아빠는 얼마나 행복했을까? 자식을 초등학교에 보내면 아빠들은 바보가 되는 경향이 있다. 이 아빠도 마찬가지. 혹시라도 선생님 수업하는 데 폐가 될까 봐서라도 교실까지 찾아갈 필요 없는 줄 번연히 알면서도, 가더라도 자식 놈 뒷머리밖에 못 볼 거라는 걸 훤히 알면서도 발걸음은 자꾸만 교실을 향하는 게다. 그걸 보면 뭐 한다고. 그래도 그게 아니다. 그리하여 교실 뒷문 유리창에 살그머니 붙어 그예 교실을 들여다보면, 무슨 후광이라도 달린 듯 자식 놈 뒤통수만 희한하게 밝아 오고, 마치 줌인이라도 하듯 그놈만 서서히 확대되어 제 눈 속으로 파고드는 것이다. 불과 오늘 아침 헤어진 사이인데 되게 반갑다. 대견하고 흐뭇하기만 하다. 단박에 이름이라도 불러 보고 싶었을 게다. 하지만 참는다. 그리고 조용히 물러나 운동장에서 자식을 기다린다. 종 칠 때까지. 여우처럼.

자식이 이런 마음 알까? 몰라 줘도 상관없다. 그게 사랑이니까. 몰라 주는 섭섭함이야 야속하기 짝이 없지만, 내가 좋아 사랑하는 한, 알아주는 건 그다지 중요하지 않다. 그게 사랑인 게다.

하지만 어릴 적에는 누구나 힘든 게 기다림이다. 동네 야구를 하더라도 사구四球를 기다리느니 휘두르다 삼진 먹고 죽는 편이 나았다. 혹시라도 어쩌다 엄마가 늦게라도 들어오시는 날이면 형제끼리 손을 맞잡고 정거장에 나가 기다려야 했다. 그건 기다림이 아니라 도저히 더 기다릴 수만은 없기에 취한 행동일 뿐이다. 그러니 어릴 때 이런 노래를 듣는 건 슬픈 일이었다.

엄마가 섬 그늘에 굴 따러 가면
아기가 혼자 남아 집을 보다가
바다가 불러주는 자장노래에
팔 베고 스르르르 잠이 듭니다.

— 한인현 작사 · 이흥렬 작곡, 〈섬집 아기〉 중에서

아름답지만 슬펐다. 아니 무섭기도 했다. 엄마가 없는 집도 그럴 판인데, 엄마는 굴 따러, 그것도 섬의 그늘에 가고, 어린이도 아닌 아기가 혼자 남아 집을 보다가, 그러다가 결국 혼자 잠이 든다니, 그것도 아기가 제 팔을 베고 잔다니, 이 노래를 들을 때면 쓸쓸하고 불쌍하고 왠지 불안함을 느끼기가 일쑤였다. 엄마를 기다리느라 아기는 얼마나 힘들고 지쳤을까? 아마도 지금 같으면, 이 시의 정황은 부모가 보호의 의무를 다하지 않은 정도가 아니라 아동 유기에 해당하는 죄에 속할지도 모른다. 하지만 그것은 많은 사람들이 이 노래를 1절만 알아 그 진수를 잘 모르기 때문이다. 이 노래의 압권은 2절에 있다.

아기는 잠을 곤히 자고 있지만
갈매기 울음소리 맘이 설레어
다 못 찬 굴 바구니 머리에 이고
엄마는 모랫길을 달려옵니다.

— 한인현 작사·이흥렬 작곡, 〈섬집 아기〉 중에서

자는 아이는 세상모르고 자는 법이다. 울다 잠들어도 일단 곤히 잠들면 아이는 평화롭다. 하지만 엄마 맘은 그렇지 않은 게다. 엄마는 집에 두고 온 아기 때문에 갈매기 울음소리마저 불길하고 거기서 아기의 울음소리를 환청처럼 듣는다. 일할까, 갈까, 일할까, 갈까……. 이런 설렘은 잔인하다. 일을 안 하면 먹여 살릴 수가 없고, 일만 하면 잘 키울 수가 없기 때문이다.

시를 잊은 그대에게

그 갈등과 긴장의 결과가 '다 못 찬 굴 바구니'로 표상된다. 타협은 절묘했다. 다 채워도 안 되고 텅 비어도 아니 되는 것. 아니, 다 채워야 하지만, 엄마는 게서 멈추었다. 그리고 달려오는 게다. 다 못 찬 굴 바구니를 머리에 인 채, 그것도 모랫길을, 허위허위 달려오는 게다. 그래서 2절을 들으면 왈칵 눈물이 인다. 엄마 마음이 대저 이와 같거늘.

헌데 그렇게 한달음에 집에 와 보면 정작 아기는 곤히 잘도 자고 있다. 하지만 "이럴 줄 알았으면 일이나 더할 걸, 괜히 달려왔네" 하며 후회할 엄마는 없다. 도리어 잘 자는 아기가 고맙고 반가울 따름이다. 이마에 맺힌 땀을 닦으며 엄마는 안도의 숨을 쉴 게다. 만일 그때 아기가 깬다면 더욱 다행스럽고 반가울 게다. 그렇다면 귀가를 기다리고 바란 이는 아기보다 오히려 엄마가 아니었을까?

기다림이 모두 이런 기다림뿐이라면 좋기만 할 것을, 그러나 그 아기가 조금 더 자라면 아이가 엄마 걱정을 하게 된다.

열무 삼십 단을 이고
시장에 간 우리 엄마
안 오시네, 해는 시든 지 오래
나는 찬밥처럼 방에 담겨
아무리 천천히 숙제를 해도
엄마 안 오시네, 배추잎 같은 발소리 타박타박
안 들리네, 어둡고 무서워

금간 창 틈으로 고요히 빗소리

빈방에 혼자 엎드려 훌쩍거리던

아주 먼 옛날

지금도 내 눈시울을 뜨겁게 하는

그 시절, 내 유년의 윗목

—기형도, 〈엄마 걱정〉

  이 시는 맨 마지막 시어 '윗목'만 '아랫목'으로 바꾸면 전혀 다른 분위기를 낳을 수도 있었다. 그렇게 되면 지나간 모든 것은 아름답다는 식의, 그리하여 가난하고 외로웠던 시절이지만 그래도 그때가 인간적으로는 따뜻해서 좋았다는 식의 눈시울 뜨거워지는 시가 되고 만다. 그러나 이 시인은 냉정하게 유년기를 추억한다. 그 기다림은 어둠이었고 배고픔이었으며 무엇보다도 추위였다.

  이 시는 차다. 해도 시든 지 오래다. 엄마는 열무, 배추요, 나는 찬밥이다. 창틈은 금이 갔고, 저녁 비마저 내린다. 유년의 윗목, 어쩌면 유년 전체가 윗목 아랫목 따로 없는 냉골이었으리라. 거기에, 차라리 모두 차가우면 나았을 것을, 하필이면 뜨거운 것이 오직 눈시울뿐이다. 이쯤 되면 기다림도 반드시 행복하지만은 않다는 데 우리는 또 동의해야 할 것이다.

죽어도 기다리다

신부는 초록저고리 다홍치마로 겨우 귀밑머리만 풀리운 채 신랑하고 첫날밤을 아직 앉아 있었는데, 신랑이 그만 오줌이 급해져서 냉큼 일어나 달려가는 바람에 옷자락이 문 돌쩌귀에 걸렸습니다. 그것을 신랑은 생각이 또 급해서 제 신부가 음탕해서 그 새를 못 참아서 뒤에서 손으로 잡아당기는 거라고, 그렇게만 알곤 뒤도 안 돌아보고 나가 버렸습니다. 문 돌쩌귀에 걸린 옷자락이 찢어진 채로 오줌 누곤 못쓰겠다며 달아나 버렸습니다.

그리고 나서 사십 년인가 오십 년이 지나간 뒤에 뜻밖에 딴 볼일이 생겨 이 신부네 집 옆을 지나가다가 그래도 잠시 궁금해서 신부방 문을 열고 들여다보니 신부는 귀밑머리만 풀린 첫날밤 모양 그대로 초록저고리 다홍치마로 아직도 고스란히 앉아 있었습니다. 안쓰러운 생각이 들어 그 어깨를 가서 어루만지니 그때서야 매운재가 되어 폭삭 내려앉아 버렸습니다. 초록 재와 다홍 재로 내려앉아 버렸습니다.

— 서정주, 〈신부〉

이 작품은 '일월산 황씨 부인당 설화日月山黃氏夫人堂說話'와 관련이 있다. 내용은 이렇다. 옛날, 일월산 아랫마을에 황씨 처녀가 살고 있었는데 마을의 두 청년이 그녀를 서로 흠모했던 것. 그중 한 총각이 그녀를 차지해 혼례를 올리고 드디어 신혼 첫날밤을 맞이했것다. 헌데 뒷간에 들렀다가 신방 문 앞에 선 신랑은 창호지에 칼날 그림자가 얼씬거리는 것을 발견하게 된다. 그것이 필시 연적戀敵이었던 다른 총각의 그림자라 여긴 신랑은 기겁을 하고, 그 길로 아무 말 없이 타관 땅으로 달음질을 쳤다는 게다. 허나 그 그림자의 정체는 대나무 잎이었던 것. 그걸 알 턱이 없는 신랑은 해가 가도록 돌아오지 않았다. 신랑이 사라진 이유도 모른 채 신부는 기다리고 또 기다렸다. 녹의홍상綠衣紅裳 그대로 말이다. 한을 품은 채 신부는 그 자리에서 세상을 떠난다. 한편 신랑은 외지에서 새장가를 들었는데 아이를 낳기만 하면 아이가 이내 죽어 버리는 것이었것다. 무당이 이르기를, 황씨 규수의 원혼 탓이라. 신랑이 전날의 잘못을 뉘우치고 고향을 찾아가서 신방에 들어가 본즉, 삭기는커녕 흐트러지지도 않은 신부의 시신이 그대로 있더라. 이에 신랑이 사당을 지어 바치자 그제야 시신이 홀연히 내려 앉더라는 것이다.

서정주徐廷柱, 1915~2000의 〈신부〉는 이 설화가 살짝 변형된 판본을 저본으로 삼고 있다. 마을마다 비슷한 설화가 입에서 입으로 전해져 내려오는 법, 약간의 에로티시즘이 가미된, 어느 한편으로는 그래서 더욱 인간적인 냄새도 나는 이야기를 서정주는 마치 이야기꾼이 전하듯 툭 던지고 나서 시인으로서는 별말이 없다. 그래도 시가 되니 참 재주는 재주다.

그나저나 궁금하다. 서정주의 그 '신부'는 왜 녹의홍상 그대로 '신랑'을 기다려야 했을까? '매운재'가 되어, "초록 재와 다홍 재로 내려앉아" 버렸다는 것은 또 무슨 뜻일까?

왜 '매운재'인가? 말할 것도 없이 '맵다'는 것은 한자로 '열烈'이니 '열녀烈女'를 뜻함이 아니겠는가. 그래서 '초록 재 다홍 재로 내려앉아' 버렸다는 것도 오해가 풀려서 정절이 완성됨을 뜻하는 것으로 해석하는 이도 있고, 육체의 세계에서 혼의 세계로 넘어감을 상징하는 것으로 보는 이도 있다.

서정주의 시보다 일월산 황씨 부인당 설화에 더 가까운 것이 조지훈趙芝薰, 1920~1968의 〈석문石門〉이다.

당신의 손끝만 스쳐도 여기 소리 없이 열릴 돌문이 있습니다. 뭇사람이 조바심치나 굳이 닫힌 이 돌문 안에는, 석벽난간石壁欄干 열두 층계 위에 이제 검푸른 이끼가 앉았습니다.

당신이 오시는 날까지는, 길이 꺼지지 않을 촛불 한 자루도 간직하였습니다. 이는 당신의 그리운 얼굴이 이 희미한 불 앞에 어리울 때까지는, 천년이 지나도 눈감지 않을 저의 슬픈 영혼의 모습입니다.

길숨한 속눈썹에 항시 어리우는 이 두어 방울 이슬은 무엇입니까? 당신이 남긴 푸른 도포자락으로 이 눈물을 씻으렵니까? 두 볼은 옛날 그대로 복사꽃 빛이지만 한숨에 절로 입술이 푸르러감을 어찌합니까?

몇 만 리 굽이치는 강물을 건너와 당신의 따슨 손길이 저의 흰 목덜미를 어루만질 때 그때야 저는 자취도 없이 한줌 티끌로 사라지겠습니다. 어두운 밤하늘 허공중천虛空中天에 바람처럼 사라지는 저의 옷자락은, 눈물어린 눈이 아니고는 보지 못하오리다.

시를 잊은 그대에게

여기 돌문이 있습니다. 원한도 사무칠 양이면 지극한 정성에 열리지 않는 돌문이 있습니다. 당신이 오셔서 다시 천년토록 앉아 기다리라 고, 슬픈 비바람에 낡아가는 돌문이 있습니다.

— 조지훈, 〈석문〉

서정주는 이야기꾼의 편에서 풀어가고 있지만 조지훈은 그녀의 관점에서 심정을 토로하고 있거니와, 그녀는 오로지 신랑에 대한 정절을 지키기 위해 "뭇사람이 조바심치나" 돌문 굳게 걸어 잠그고 그 속에 긴 세월 동안 촛불 켜놓고 기다려 왔으니, 흰 목 덜미에 당신의 따스한 손길, 그 손끝만 스쳐도 소리 없이 돌문을 열겠노라고, 자취 없이 사라지겠노라고 고백하는 것이다. 그러니 이만한 사랑, 이만한 정절이 또 어디 있을꼬.

하지만 그렇게만 보기에는 또 이 시의 정황이 맞지가 않다. 서정주의 시로 보건대 이 둘은 이전에 사귀던 사이가 아니다. 첫날 밤이 첫 만남임이 분명하다. 그런데 그런 사이에서 그런 열애를 보이긴 힘들다. 아무리 봐도 그녀가 '초록 재 다홍 재'가 되도록 버티게 한 원천이 사랑의 힘은 아닌 것 같다. 그렇다면 이 열녀의 마음속을 좀 달리 헤아려 보아야 하지 않을까?

그녀는 귀밑머리가 풀리었다. 여기서 주목해야 할 것은 "겨우 귀밑머리만 풀리운 채" 신방에 홀로 남아 기다렸다는 데 있다. 서정주는 왜 피동태를 썼을까? 귀밑머리를 푼다는 것은 더 이상 처녀가 아니라는 상징인 터, 그녀는 가만히 있었고 신랑이 풀었으니 그 책임은 말할 것도 없이 신랑이 져야 하는데 오해를 했건 어찌했건 그 신랑이 달음질을 쳤으니 그녀로선 이보다 큰일이 없다. 오해도 오해려니와 더욱 억울한 것이 초록저고리 다홍치마로 '겨우' 귀밑머리만 풀리운 신세인데 그래도 혼인한 몸이 되어버렸으니 장차 이를 어이한단 말인가. 제 손으로 벗을 수도 없고 남의 손을 탈 수도 없다. 그녀로선 초록저고리 다홍치마로 그저 신랑만을 고스란히 기다릴 수밖에 없었던 것이다. 그것을 벗겨 줄 이는 그 잘난 신랑밖에 없다. 그리하여 그렇게 기다리고 기다리다 결국 재가 되어 버린 것이 아니겠는가. 그런데 원혼이 되어 사정을 알아보니 억울해도 보통 억울한 게 아니다. 보통 칭송받아도 부족할 이 정절녀貞節女를 신랑은 음탕한 계집으로 생각하고 떠난 것이니, 그러면서 정작 신랑은 타지에서 딴살림을 차리고 앉아 애까지 낳고 있으니 그 원혼이 어찌 그냥 있을쏘냐.

그럼에도 이 시가 주는 인상은 그다지 맵지가 않다. 마치 나쁜 기억은 다 사라지거나 지워 버리고 아름다운 기억만 살려 내는 것처럼 서정주는 이 모든 이야기에 전지적 시점의 화자이면서도 이 이야기들이 추하거나 악하거나 독하지 않게 들리도록 해 놓았다. 자칫 섬뜩할 수도 있었던 이야기를 친근한 설화조 내러티브로 전하고, 초록색 다홍색으로 이루어진 이미지 잔상이 여운처럼 남도록 곱게 결말을 처리한 것이다. 하지만 황록색 비단 보자기로 싸도 백골은 백골인 법. 아무래도 이 시의 내용은 아프지, 곱지는 않다.

시를 잊은 그대에게

죽다

이 둘보다 고운, 그러면서도 더 아픈 사랑을 나눈 이가 박제상과 그 아내가 아닐까 싶다. 일본의 신하가 되길 거부하여 발바닥 껍질을 벗긴 채 화형을 당해야 했던 신라의 충신 박제상과 그를 기다리다 망부석이 된 아내. 이 사연을 담은 노래가 〈치술령곡〉이라 알려졌지만 전해지지는 않는 터, 아마도 이런 노래가 아니었을까.

일출봉에 해 뜨거든 날 불러주오
월출봉에 달 뜨거든 날 불러주오
기다려도 기다려도 님 오지 않고
빨래 소리 물레 소리에 눈물 흘렸네

봉덕사에 종 울리면 날 불러주오
저 바다에 바람 불면 날 불러주오
기다려도 기다려도 님 오지 않고
파도 소리 물새 소리에 눈물 흘렸네

— 김민부 작사 · 장일남 작곡, 〈기다리는 마음〉

이 곡은 제주도의 망부석望夫石 설화와 관련이 있다고 전해진다. 제주도 청년 하나가 바다 건너 뭍에 도착했으니 그곳이 지금의 목포, 거기서 청년은 제주도에 두고 온 여인을 그리며 유달산 뒤 월출봉에 올랐고, 고향 여인은 간 곳 모르는 그 청년을 기다리

며 매일 같이 일출봉에 올라 육지를 바라보다 기어이 망부석이
되었다나.

이 노래는 장일남이 작곡한 가곡 〈기다리는 마음〉이다. 장일남
이 누구던가? 장미희와 한진희가 주연하여 크게 인기를 모았던
텔레비전 드라마 〈결혼행진곡〉에 배경음악으로 쓰이면서 일약
국민 애창 가곡으로 떠오른, 지금도 현충일 즈음이면 어김없이
방송을 타곤 하는 가곡 〈비목碑木〉의 작곡가가 바로 장일남이다.

초연이 쓸고 간 깊은 계곡

깊은 계곡 양지 녘에

비바람 긴 세월로 이름 모를

이름 모를 비목이여

먼 고향 초동친구 두고 온 하늘가

그리워 마디마디 이끼 되어 맺혔네.

궁노루 산울림 달빛 타고

달빛 타고 흐르는 밤

홀로 선 적막감에 울어 지친

울어 지친 비목이여

그 옛날 천진스런 추억은 애달퍼

서러움 알알이 돌이 되어 쌓였네.

— 한명희 작사 · 장일남 작곡, 〈비목〉

제목인 '비목'부터 '초연', '궁노루' 등의 노랫말이 우리말 사전에 없다는 시비도 붙곤 했지만 한명희가 작사하고 장일남이 작곡한 이 노래를 유심히 들어 보면 이 또한 망부석과 다를 바 없는 정서임을 간파할 수 있다. 전쟁터에 비석 대신 꽂힌 카빈총 한 자루, 그것이 바로 비석을 대신한 비목이었고 그것은 동시에 먼 고향 먼 옛날 추억이 애달파 그리움이 마디마디 이끼 되어 맺히고 그 서러움이 알알이 돌이 되어 쌓인 망부석이었던 셈이다.

반면에, 앞의 저 〈기다리는 마음〉의 작사가에 대해서는 아는 사람이 별로 없다. 김민부金敏夫, 1941~1972, 그는 부산고등학교 재학 시절 두 해에 걸쳐 동아일보와 한국일보 신춘문예에 시조로 각각 입선과 당선을 차지한 촉망받던 시인이었다. 하지만 그는 시인보다 방송 작가로 입신하게 된다. 그는 드라마, 쇼·시사·음악 프로그램, 심지어 〈웃으면 복이 와요〉와 같은 당대 최고 코미디 프로그램의 대본까지 썼으며, 부산 지역에서 최장수 라디오 프로그램으로 손꼽히는 〈자갈치 아지매〉를 만든 최초의 프로듀서였다고 한다. 그뿐 아니다. 그는 영화 시나리오에도 손을 댔고, 창작 오페라 〈원효대사〉의 대본을 맡기도 했다. 한마디로 할 수 있는 것, 아니 할 수 없을 것까지 해서 다 잘했다. 하루에 써야 할 원고가 200장이었다고 하니 그가 얼마나 숨 가쁘게 살아갔을지 짐작이 가고 남는다.

나는 때때로 죽음과 조우한다

조락한 가랑잎

여자의 손톱에 빛나는 햇살

찻집의 조롱 속에 갇혀 있는 새의 눈망울

그 눈망울 속에 얽혀 있는 가느디가는 핏발

내가 살고 있는 아파트의 창문에 퍼덕이는 빨래……

죽음은 그렇게 내게로 온다

어떤 날은 숨 쉴 때마다 괴로웠다

죽음은 내 영혼에 때를 묻히고 간다

그래서 내 영혼은 늘 정결하지 않다

— 김민부, 〈서시〉

그가 예감한 죽음이 결국 그의 곁을, 하지만 느닷없이, 너무도 이르게 찾아왔다. 서른한 살의 가을, 화마火魔가 그를 삼켰다. 말 그대로 불꽃처럼 살다가 불꽃처럼 사라져 버린 것이다. 시인이 시인으로만 사는 것은 아니다. 모든 시인은 생활인이다. 생활은 그들의 바탕이 되지만 구속이 되기도 한다. 시인으로서의 김민 부, 그는 그야말로 목숨처럼 시를 쓸 날을 기다렸는지 모른다. 일 출봉에 해 뜰 날, 월출봉에 달 뜰 날, 그는 다시 시인으로 태어나 길 간절히 기다렸을 것이다. 하지만 그는 연소燃燒되고 말았다. 어쩌면, 현실이 그의 발목을 잡은 채 놓아 주지 않았고 그도 현실 을 놓지 않았기에, 뮤즈가 훌쩍 그를 데려가 버린 것은 아닐까. 해가 되고 달이 되어 천상에서 실컷 노래하라고 말이다.

내 인생의 새 길을 열어 줄 버스를 기다리는 것은, 그것을 타고 가는 것보다 더 행복한 일이다. 기다리는 내내 우리는 흥분되고 버스를 놓치지 않으려고 눈을 부릅뜰 것이다. 하지만 버스가 그냥 지나치거나 만원이라 올라타지 못하면 많이 슬플 것이다. 한눈을 팔아 놓쳤더라면 제 눈을 찍고 싶어질 게다. 그래도 또 다음 버스가 있으면 또 기다리면 되고 어쩌면 경험의 교훈을 좇아 이번엔 한두 정거장 앞으로 걸어가게 될 수도 있을 것이다.

모든 기다림은 결국 시간과 변화의 문제다. 《어린왕자》 여우의 말이 기억나는가? 기다림이란 오늘 하루를 다른 날과 다르게 만드는 일이다. 그러니 어제와 늘 같이 오늘을 살면서 내일이 변화되길 기다리는 것처럼 어리석은 일은 없다. 하지만 그보다 더 어리석은 것은 이미 지나간 버스를 기다리는 것일 테다. 안타까워도 그것이 진실인데, 무서운 것은 과연 그 버스가 지나갔는지 여부를 알 길이 없다는 데 있다. 기다림에 녹이 슨 채, 그러다 우리는 죽을 테고, 그런 생각을 할 때면 가끔 인생은 두렵다.

7

노래를 잊은 사람들

그들은 취직을 해야 했고, 먹고살기 위해

아니 살기 위해 살고 있었으며,

그러다 보니 필경 젊은 시절의 꿈들은 잊힌 채,

그리하여 아무도 이젠

노래를 부르지 않게 되었던 것이리라.

희미한 옛사랑의 그림자

먼저 살펴볼 작품은 김광규金光圭, 1941~ 의 〈희미한 옛사랑의 그림
자〉란 시다.

> 4·19가 나던 해 세밑
>
> 우리는 오후 다섯시에 만나
>
> 반갑게 악수를 나누고
>
> 불도 없이 차가운 방에 앉아
>
> 하얀 입김 뿜으며
>
> 열띤 토론을 벌였다
>
> 어리석게도 우리는 무엇인가를
>
> 정치와는 전혀 관계없는 무엇인가를

위해서 살리라 믿었던 것이다

결론 없는 모임을 끝낸 밤

혜화동 로터리에서 대포를 마시며

사랑과 아르바이트와 병역 문제 때문에

우리는 때묻지 않은 고민을 했고

아무도 귀 기울이지 않는 노래를

누구도 흉내낼 수 없는 노래를

저마다 목청껏 불렀다

돈을 받지 않고 부르는 노래는

겨울밤 하늘로 올라가

별똥별이 되어 떨어졌다

그로부터 18년 오랜만에

우리는 모두 무엇인가 되어

혁명이 두려운 기성 세대가 되어

넥타이를 매고 다시 모였다

회비를 만 원씩 걷고

처자식들의 안부를 나누고

월급이 얼마인가 서로 물었다

치솟는 물가를 걱정하며

즐겁게 세상을 개탄하고

익숙하게 목소리를 낮추어

떠도는 이야기를 주고받았다

모두가 살기 위해 살고 있었다

시를 잊은 그대에게

아무도 이젠 노래를 부르지 않았다

적잖은 술과 비싼 안주를 남긴 채

우리는 달라진 전화번호를 적고 헤어졌다

몇이서는 포커를 하러 갔고

몇이서는 춤을 추러 갔고

몇이서는 허전하게 동숭동 길을 걸었다

돌돌 말은 달력을 소중하게 옆에 끼고

오랜 방황 끝에 되돌아온 곳

우리의 옛사랑이 피 흘린 곳에

낯선 건물들 수상하게 들어섰고

플라타너스 가로수들은 여전히 제자리에 서서

아직도 남아 있는 몇 개의 마른잎 흔들며

우리의 고개를 떨구게 했다

부끄럽지 않은가

부끄럽지 않은가

바람의 속삭임 귓전으로 흘리며

우리는 짐짓 중년의 건강을 이야기했고

또 한 발짝 깊숙이 늪으로 발을 옮겼다

— 김광규, 〈희미한 옛사랑의 그림자〉

    반드시 그래야 한다는 것은 아니지만, 쉽게 읽히도록 시를 쓴다는 것은 미덕 가운데 하나임이 분명하다. 전통적인 서정시의 고답함도, 모더니즘 시의 난해함도 없는, 수필을 쓰듯 그저 일상

어에 가까운 시어로 이루어진 시. 하지만 이 평이한 시가 주는 감동은 경이적이다. 시이긴 하되 짧은 서정시와도 다르고, 서사적이되 소설과도 다른, 함축적이면서도 이야기를 듣는 듯한, '노래'와 '이야기' 사이의 묘한 매력을 이 작품은 지니고 있는 것이다.

하지만 이 시가 쉽게 읽히는 것이 단지 그 내용의 평이함에 있는 것은 아니다. 이 작품은 교묘하게도 우리에게 매우 친숙한 구조로 이루어져 있다. 겉으로는 긴 산문시 같지만 시상의 전개를 고려하면 과거 회상1~19행과 현재20~37행의 뚜렷한 대비, 그리고 그에 대한 시적 화자의 감상38~49행으로 구분할 수 있어, 구조적으로 보면 놀랍게도 향가나 시조의 형식에 맥이 닿아 있는 것이다. 10구체 향가의 문사—답사—결사의 구조나, 초장과 중장이 대구를 이루는 시조의 3장 형식을 떠올려 보라. 더욱이 이 시는 첫 부분이 19행, 둘째 부분이 18행으로 향가나 시조처럼 거의 균등하게 분량이 조정되어 있다. 물론 셋째 부분을 다시 나누어 45행 또는 47행부터 마지막 행까지를 넷째 부분으로 보는 4분법도 가능하다. 이 경우는 말할 것도 없이 한시나 옛이야기, 심지어 신문의 4단 만화에서 흔히 발견되는 기승전결의 구조에 해당한다. 어느 쪽이든 이 시인은 우리에게 친숙한 전통 시가나 설화의 구조를 원형으로 삼고 있음을 알 수 있다. 단지 49행이나 되는 모던한 외형 속에 슬그머니 감추어져 있을 뿐이다. 그는 낯섦 속에 친숙함을 심어 놓았다.

반면에 이 시에는 친숙함 속에 낯설게 하기의 장치가 들어 있기도 하다. 제목부터 따져 보자. 왜 이것이 '희미한 옛사랑의 그림자'란 말인가? 연애시 제목 같지 않은가? 꽤 오래전, 지금은 〈대장금〉의 '한 상궁'으로 유명해진 탤런트 양미경이 처음 데뷔한 텔레비전 단막극 제목이 바로 '희미한 옛사랑의 그림자'였거니와, 아니나 다를까 제목이 암시하듯 그 드라마는 떠나간 옛사랑을 잔잔하게 회억하는 내용의 것이었다.

그렇다면 그 드라마의 작가는 김광규 시의 내용을 모른 채 제목만 잘못 빌려 온 것일까? 실은 많은 사람이 몰라서 그렇지, 김광규야말로 다른 곳에서 이 제목을 빌려 온 것이다. 멕시코 출신의 트리오 '로스트레스디아망테스Los Tres Diamantes'가 발표하여 전 세계적으로 유명해진 라틴 음악의 고전, 〈루나예나Luna Llena〉의 한국어 개사 작품 제목이 바로 '희미한 옛사랑의 그림자'였던 것. "푸른 저 달빛은 호숫가에 지는데 …… 옛사랑 부를 때 내 곁엔 희미한 그림자, 사랑의 그림자여"로 가사를 붙인 이 곡은 우리나라 가요계에 중창단 전성시대를 연 '블루벨즈'란 그룹이 1969년에 발표한 번안곡으로서 원곡에 못지않은 감미로운 화음과 근사한 휘파람 소리로 적지 않은 호응을 얻은 노래다. 그러니, 엄밀히 말하자면, 김광규야말로 대중에게 사랑노래로 잘 알려진 친숙한 제목을 따다가 낯설게 하기를 시도한 셈이었던 것. 게다가 이 시를 읽는 동안, 아련한 옛 추억을 더듬는 원곡의 은은함을 배경 음악으로 삼는 효과까지 거둘 수 있었으니 이를 두고 일석이조라 해야 할 것이다. 하지만 이제는 독자 대중이 변하였으니 그런 효과는 기대할 수 없게 된 셈이다. 그래도 작품을 감상하는 데는 별로 영향이 없을 정도로, 아니 거꾸로 요즘은 이 시의 제목을 원조로 알고 언론이나 정치권 등에서 사용하는 경우가 더 많으니, 이 노래 제목의 운명이야말로 희미한 옛사랑의 그림자가 된 형국이라 하겠다.

각설하고, 이런 평이한 시는 시시콜콜 따지고 들 필요가 없이 그저 시의 흐름에 내맡기고 읽어 나가면 된다. 하지만, 그럼에도 이 한 가지만은 밝히고 가야 하겠다. 익히 잘 알려진 대로, 이 작품에는 과거와 현재 사이의 여러 가지 비교와 대조의 포인트가 있다. 그리고 그것들은 모두 '별똥별'과 '늪'으로 수렴되고 집약된다. 그러나 그에 반해 일반적으로 주의를 잘 기울이지 않고 넘어가는 시어가 있는데 '노래'와 '이야기'가 바로 그것이다.

젊은 날 이들은 '아무도 귀 기울이지 않는 노래'를, '누구도 흉내 낼 수 없는 노래'를, '돈을 받지 않고 부르는 노래'를 불렀고 그것은 하늘로 올라가 '별똥별'이 되어 다시 떨어졌다. 하지만 기성세대가 된 그들은 '떠도는 이야기'를 주고받을 뿐, '아무도 이젠 노래를 부르지 않'던 것이다. 시인은 바로 이 '노래'의 여부에 따라 세태를 구분하고 있음에 우리는 마땅히 주목해야 한다. 시인에 따르면 '노래'는 '별똥별'이고 '노래'가 없는 것은 '늪'이 된다. 왜? 그는 시인이니까. 시인은 노래하는 자이니까. 그런데 그는 또 왜 이렇게 이야기 같은 시를 썼나? 그것이 포인트다.

그렇다면 이 시를 조금만 더 세밀하게 살펴보자. 전반부에서 이들은 정치와는 전혀 관계없는 그 무엇을 하겠노라 다짐했다. 그 결과 그들은 정말 정치와 아무 관계없는 것처럼, 혁명이 두려운 세대가 되고 말았다. 이것은 물론 아이러니다. 탈정치도 정치다. 정치적 무관심은 결국 보수로 이어지기 때문이다.

그들이 젊은 시절 바랐던 것은, 탈정치나 정치에 대한 환멸을 넘어, 정치보다 더 영원한 가치, 정치를 초월하는 가치를 추구하는 것이었다. 아마도 그것은 '문학'과 '예술' 같은 것이었으리라. 그러나 현실의 엄혹함은 그런 약속과 다짐을 한갓 꿈으로 만들고 만다. 그들은 취직을 해야 했고, 먹고살기 위해 아니 '살기 위해 살고' 있었으며, 그러다 보니 필경 젊은 시절의 꿈들은 잊힌 채, 그리하여 아무도 이젠 노래를 부르지 않게 되었던 것이리라.

그렇다면 이제 홀로 시인이 되어 그 친구들을 바라보는 시인의 마음은 어떨까? 아니, 그보다 먼저 도대체 이 시에서 시인의 모습은 어디에서 찾아야 할까?

이 시를 굳이 세 부분으로 나누어 보아야 하는 이유가 여기에 있다. 마지막 셋째 부분에, '우리'의 일원이면서 '우리'로부터 약간 멀찍이 떨어진 시인의 모습이 비로소 드러나기 때문이다. 셋째 부분이 시작하는 38행의 바로 앞 내용을 보라. 그들 중 몇은 '포커'를 하러 가고, 몇은 '춤'을 추러 갔지만, 몇은 허전하게 옛사랑을 찾아 '동숭동' 길을 걷는다. 시인은 물론 그 마지막 부류에 숨어 있다.

아마도 그 부류의 친구들은 다른 친구들에 비해 상대적으로 좀 더 순수하거나 좀 덜 출세했을 성싶다. "돌돌 말은 달력을 소중하게 옆에 끼고" 가는 모습에서 잘 알 수가 있다. 연말이면 열리는 동창회에 나가, 한편으론 반갑게 친구를 맞으면서도 다른 한편으론 소위 그 잘나가는 친구들에게 주눅 들고, 그러면서도 고맙게 달력 한 장 얻어다 돌아오는 길, 구부정한 어깨에 약간은 술에 취한 시인의 모습을 상상해 보라. '달력'이란 요즘에야 물론 흔하디흔한 것이지만, 이 당시에는 성공하거나 사업 깨나 하는 친구 친지가 연말에 선심 삼아 선물해야 받는, 좀체 구하기 힘든 물건이었다. 아마도 달력을 나눠준 친구들은 그들끼리 포커를 하거나 춤을 추러 갔을 것이고, 달력을 얻어 가는 친구들은 또 그들끼리, 비록 이 친구들 역시 기성세대의 일원이 되긴 하였지만, 그래도 이들은 포커나 춤 대신 옛 순수와 열정을 찾아 밤늦은 시각에 대학가를 거닐어 보는 것인데, 그곳조차 이미 옛 모습을 잃어버린 채 오직 '플라타너스 가로수'만이 그 자리에 남아 이들을 꾸짖는 상황인 것이다.

이건 다소 억울한 일이다. 학교에서도 보면, 어느 날 지각생이 많으면 아직 오지 않은 이들은 놔두고 일찍 온 애먼 사람들만 정신 상태가 나태해졌다고 혼나는 경우가 있듯이, 포커 치고 춤추러 간 무리들은 잘도 살건만 그나마 순수한 마음을 유지한 이 소시민들만 도리어 양심의 가책을 받게 되는 꼴이 아니겠는가. 하지만 진짜 죄인들은 죄의식도 없는 것처럼, 억울해도 세상이 원래 그런 거라면, 그것조차 일상의 진실이 된다.

중요한 건 그다음이다. "부끄럽지 않은가/부끄럽지 않은가." 이 구절은 우리 시가 성취한 가장 값진 반복 중 하나로 기록되어야 옳다. 한 번으로는 부족하고 세 번은 짜증나는 법, 두 번 반복되는 이 시구를 얼마나 많은 사람이 반복에 반복을 거듭해 읽어가면서 가슴이 서늘해지고 저려 옴을 느꼈는지 모른다. 시인 역시 그러했을 것이다. 노래를 잃어버린 세대. 더 이상 노래하지 않고 이야기하는 세대. 부끄럽지 않은가. 부끄럽지 않은가.

그렇다면 이 대목에서 시인만이, '이야기'를 일삼는 친구들을 멀리하고 홀로 '노래'를 해야 했을까? 그렇지 않다. 그렇게 끝났더라면 이 시는 교훈조·설교조의 노래요, 세태만 비판하는 유아독존격인 시가 되어 버렸을지 모른다. 오히려 시인은 그 부끄러움을 인지하면서도 그 역시 '귓전으로 흘리며', 일부러, 그러니까 '짐짓', '중년기의 건강'을 '이야기'했다. 짐짓 부끄러움을 잊으려 노력하고, 그 대신 저 타락한 친구들에 비해서는 그들 역시 탈정치적이되 그나마 중립적이며 말 그대로 건강한 소재인 '건강'에 관한 담론을 나눔으로써 시인은 최소한의 균형을 취하고 있었던 것이다.

그럼에도 여하튼 시인 역시 '이야기'하고 말았다는 것, 이것이야말로 이 시인의 정직이고 겸손이며 이 시의 핍진성을 이루는 기반이 된다. 그가 '노래'했다면 이 시는 '이야기'하는 이들에 대한 비판밖에 되지 못한다. '노래'의 세계, 그 꿈과 순수의 시대로 돌아갈 수 있다면 오죽 좋으랴만, 아프게도, 일상의 진실은 우리가 '별똥별'로 돌아갈 수 없다는 쪽에 서 있다. 늪인 줄 알면서도 깊숙이 또 빠져드는 것, 그런 결말이 다소 책임 없어 보이고 어정쩡해 보인다고 하더라도 혁명이 아니라 일상의 맥락에선 그것이 진실인 이상 다른 선택이 있을 수 없다. 혁명만이 아니라 일상도 권력이다. 아니, 일상의 권력이 더 무서운 법이다. 일상은 그래서 잘 변하지 않는다.

그러므로 이 시가 아무리 순수한 옛 시절에 대한 그리움을 담고 있다고 해서, 막연히 그 시대로 돌아가자거나 그 열기를 지금 회복하자는 것으로 귀결되면 그것은 순수한 게 아니라 지나치게 순진한 것이 되고 만다. 그것은 마치 지나간 옛사랑에 미련을 두는 것과 마찬가지다. 아파도 어쩔 수 없다. 지나간 사랑은 보내야 하듯 말이다. 따라서 이 시는 지난날에 대한 그리움보다 현실에 대한 부끄러움, 그러나 어찌할 수 없는 그 삶의 진실을 주제로 삼는다고 보아야 할 것이다. 그것이 바로 '희미한 옛사랑의 그림자'란 제목을 단 이유라고 나는 본다.

　이제 시인마저 '노래'를 버리고 '이야기'를 택했으니, 그렇다면 이는 노래의 패배고 시인의 패배일까? 어느 면에서 '노래'란, 서정이란 철이 없는 장르다. 그것은 정신의 내용을 자기 표현의 형식으로 드러내는, 현재적이고 주관적이고 유아적인 것이다. 반면에 '이야기', 서사란 외부 현실의 형상화를 통해, 그것도 과거 시제를 통해 끊임없이 우리를 회상하게 하고 반성하게 만드는 성인의 문학이다.

　지금 시인은 그 '이야기'를 통해 우리를 고통스럽게 각성시키고자 한다. 하지만, 보라. 최종적으로 그는 이 '이야기'를 시라는 '노래'로 지금 우리에게 들려주고 있지 아니한가? 따라서 이 시의 내용상 긴장이 '과거'와 '현재' 사이에 있다면 형식상 긴장은 바로 '노래'와 '이야기' 사이에 있었던 것, 이 점을 놓치면 안 된다. 이 시의 성공은 그 긴장을 잘 유지한 데 있다. 그러기에 이 장의 글머리에 말한 것처럼, 이 시는 시이되 시가 잘 주지 못하고 이야기를 담되 소설이 전할 수 없는 감동을 한 편에 머금게 된 것이다. 흔히 이 시를 두고 '서사적 서정시'니 '이야기시'니 하는 말이 이러한 사정에 연유한다.

말을 바꾸면 이 시에는 '현실'을 바라보는 시인의 시각과 '시'를 바라보는 시인의 시각이 작품 전면에 동시 진행형으로 교직되며 펼쳐지고 있다고 할 수 있다. 지금까지 주로 전자에만 주목해 이 작품을 읽어들 왔지만, 후자의 문제의식에서 전자를 연결해 읽어 보면 어느 면에서 이 시는 시에 관한 시라는 측면도 내포함을 알 수 있다. 그렇지 않다면 굳이 시 안에 '노래'니 '이야기'니 하는 말을 표 나게 대립시킬 이유는 없기 때문이다.

누나야 너 살아 있었구나!

이제부터 우리가 읽어야 할 소설은 한국전쟁 당시 월남한 실향민의 애환을 그린 이호철李浩哲, 1932~ 의 〈탈향〉이라는 작품이다.

우선, 전쟁을 관념으로만 이해하려 하지는 말자. 전쟁의 비극이 실감나지 않는 사람, 심지어 어딘가 낭만적인 기분마저 느끼는 사람이 있다면 스티븐 스필버그 감독의 〈라이언 일병 구하기 Saving Private Ryan〉나 클린트 이스트우드가 만든 〈아버지의 깃발Flags of Our Fathers〉을 보면 된다. 온몸에 소름이 돋고 피비린내가 코로 느껴지는 체험을 하게 될 것이다. 하지만 또 전쟁이란 것이 만날 싸우고 죽이고 죽고 그런 것만도 아니다. 전쟁 통에도 로맨스는 있고, 전쟁을 통해 성공한 사람도 있다. 이래저래 전쟁은 현실이다. 아주 냉정한 현실이다.

그렇다면 과연 한국전쟁은 어떤 전쟁, 어떤 현실이었을까? 이를 다룬 소설을 우리는 제법 알고 있다. 하지만 월남민의 문제에 주목한 이는 거의 없었다. 그 자신이 월남민 출신인 이호철은 당대 문단이 지나쳐 버리고 말았던 이 소재를 단단히 붙잡았다. 도대체 월남민의 삶과 설움이란 어떤 것일까?

1983년 KBS의 이산가족 찾기 생방송은 세계적으로 보기 드문 감동의 드라마, 아니 한 편의 서사시였다. 당시의 생방송을 그대로 옮기면 그냥 시가 되었다. 황지우黃芝雨, 1952~ 의 시 〈마침내, 그 40대 남자도〉는 시인이 마치 텔레비전 장면을 편집하고 해설하듯이 그렇게 해서 만들어진 시다.

#1. 마침내, 그 40대 남자도 정수가아아—목놓아 울어 버린다.

#2. 부산 스튜디오의 그 40대 여자는 카메라 앞에서 까무라쳐 버렸다.

#3. 서울 스튜디오의 그 40대 남자는, 마치 미아가 된 열 살짜리 어린이가 길바닥에서 울듯, 이젠 얼굴을 들고 입을 벌린 채 엉엉 운다. 정숙이를 부르며.

#4. 아나운서가 그를 진정시키려 하지만 그의 전신全身에는 지금 어마어마한 해일海溢이, 거대한 경련이 지나가고 있다.

#5. 각자 피켓을 들고 방영 차례를 기다리던 방청석의 이산가족들이 피켓을 놓고 박수를 쳐 준다.

#6. 카메라는 다시, 가슴 앞에 피케트를 내밀고 일렬 횡대로 서 있는 사람들에게 맞춰지고―만오천이백삼번, 만오천이백사번…… 황해도 연백군, 함경북도 청진…… 형님, 누님, 여동생, 삼촌, 아버지, 어머니……

#7. 체구가 작은, 한복 입은 할머니 한 사람이 피켓을 들고 하염없이, 하염없이, 눈물을 흘리며 서 있다. 카메라는, 〈원산서 폭격 속에서 헤어짐〉을 짧게 핥고 지나 버린다.

#8. 다시 화면은 가운데로 잘려서 한쪽은 서울 스튜디오, 다른 한쪽은 대구 스튜디오를 연결하고―여보세요. 성함이 김재섭 씨 맞아요? 아버지 이름이 뭐예요? 맞아요. 맞어. 재서바아, 응. 그래, 어머니는 그때 정미소에 갔다 오던 길이었지요? 미군들이 그때 폭격했잖아. 맞어. 할머니랑 큰형님이랑 그때 방바닥에 엎드려 있었는데 방 안에 총알 다섯 개가 들어왔다는 말 들었어. 맞어. 둘째 삼촌이 인민군으로 끌려가 반공포로로 석방됐다는 소문도 있었는데, 맞지요? 맞어. 맞아요. 맞어. 재서바아. 어머니 살아계시니? 어머니이이―

#9. 화면은, 너무나 흥분한 나머지 자기 가슴을 치며 **KBS** 이산가족찾기 생방송 중계홀 중앙으로 뛰어나간 김형섭 씨를 쫓아간다. 그는 조명등이 눈부시게 내리쬐는 천장을 향해 두 팔을 벌리고 대한민국만세를 서너 번씩 부르고 있다.

#10. 남자 아나운서와 여자 아나운서가 그를 다시 카메라 앞으로 끌고 왔을 때 그는 무슨 큰 죄라도 지은 사람처럼 계속 머리를 주억거리면서, 케이비에스 감싸함다. 정말 감싸함다. 이 은혜 죽어도 안 잊겠음다. 한다.

#11. 남자 아나운서는, 아까 김씨 입에서 얼결에 튀어나온, 방안에 총알이 다섯 개 들어온 대목이 켕기었던지, 그에게 그때의 정황 설명을 요구했으나 그는 아직도 제정신이 아닌 것 같다— 네, 그때 전적지가 된 고향으로 돌아가 가족들을 데리고 내려오려고 했지요. 그런데, 중공군이 내려오고, 또, 이북에 원자폭탄이 떨어진다고 해서, 부랴부랴

#12. 화면은 이제 춘천 방송국으로 가 있다. 그리고 사리원 역전에서 이발소를 했다는 사람, 문천에서 철공소를 했다는 사람, 평양서 중학교 다녔다는 사람, 아버지가 빨갱이에게 총살당했다는 사람, 일본명이 가네다 마찌꼬였다는 사람, 내려오다 군산서 쌀장수에게 수양딸을 줬다는 사람, 대구 고아원에 맡겨졌다는 사람, 부산서 행상했다는 사람.

#13. 엄마아 왜 날 버렸어요? 왜 날 버려!

#14. 내가 죽일 년이다. 셋째야 미안하다. 미안하다.

#15. 아냐, 이모는 널 버린 게 아니었어. 나중에 그곳에 널 찾으러 갔더니 네가 없더라구.

#16. 누나야 너 살아 있었구나!

#17. 언니야 왜 이렇게 늙어버렸냐, 응? 그 이쁜 얼굴이, 응?

#18. 얼마나 고생했니?

— 황지우, 〈마침내, 그 40대 남자도〉

1983년 여름, 전국이 눈물바다였다. 30여 년 만에 만나는 가족도, 그것을 바라보는 시청자도, 너나 할 것 없이 다 울었다. 그래

　　　　　　　　　　　　　시를 잊은 그대에게

서 당초 90분짜리 단발성 특집으로 기획되었던 프로그램이 바로 그날부터 24시간 철야 방송으로 연장되었고, 이후 장장 138일 동안 생방송으로 이어졌다. 세계적으로 유례가 없을 이 사태, 방송의 위력에 놀라고 방송국의 기획에 감사해 하면서도 한편으론 이렇게 쉬운 만남을 30년이 넘도록 못 하다가 왜 이제야 이런 아이디어를 떠올렸는지 모두가 바보처럼 자탄하고 자책하며 울고 웃던 나날, 10만 명의 이산가족이 참여해 1만여 가족이 상봉을 하였다.

그때는 현실이 더 영화 같았다. 오죽하면 이런 일까지 일어났을까? 이산가족 찾기가 처음 방송된 바로 그날 밤, 그때까지만 해도 무명가수였던 설운도는 자신의 기존 곡에 가사를 바꾸어 다섯 시간 만에 새로이 녹음한 곡을 들고 이튿날 곧장 방송국을 찾아간다. "우리 형제 이제라도 다시 만나서 못다 한 정 나누는데 어머님 아버님 그 어디에 계십니까? 목 메이게 불러봅니다"라는 가사를 담은 이 곡은 그날로 방송을 타고 곧바로 폭발적인 반응을 불러일으키며 큰 히트를 하게 된다. 그것이 바로 오늘날의 설운도를 있게 한 〈잃어버린 30년〉. 그 후 이 곡은 '최단 기간에 히트한 곡'으로 기네스북에 오르게 된다.

그러나 영화보다 더 기막힌 이런 만남도 흩어진 가족들이 그나마 모두 남한 땅에 살고 있는 경우에만 허용된 것이었다. 최근 남북한을 오가며 이산가족이 상봉하게 되기 전까지, 북녘에 가족을 두고 내려온 월남민들은 KBS의 생방송 역시 그림의 떡이었을 뿐이다. 뿐만 아니라 임권택 감독의 숨은 역작 〈길소뜸〉에서 보

듯, 적지 않은 사람이 피치 못할 사정으로 혹은 북녘 피붙이의 안전을 위해 일부러 지금까지도 가족 찾기를 포기하고 있다. 그러니 가족을 떠나 수십 년을 지내야 했던 그들의 고통을 우리는 마땅히 헤아려야 한다. 그들이 무슨 잘못을 했기에 그런 형벌을 받아야 했는가 말이다.

외로움은 사치에 불과할지 모른다. 혈혈단신으로 이북에서 내려온 그들에게 닥친 문제는 당장에 먹고사는 문제였다. 이는 눈곱만큼의 감상도 허용될 수 없는 냉엄한 현실의 문제였다.

이호철의 〈탈향〉은 월남한 실향민들의 바로 그 문제, 먹고사는 문제를 전면에 다룸으로써 돌아갈 기약 없는 고향을 그리워하며 눈물이나 짜는 감상주의와 확연한 차별을 두는 데 성공한 작품이다. 모든 소설에 해당하는 이야기는 아니지만, 적어도 리얼리즘 소설의 생명은 이처럼 이른바 객관적 현실의 구체적 탐구에 있다.

이 소설은 스물네 살 동갑인 '두찬이'와 '광석이', 그리고 열아홉 살 '나'와 한 살 밑의 '하원이', 이 네 사람의 이야기를 담고 있다. 이들은 저마다 "중공군이 밀려온다는 바람에 무턱대고 배 위에 올라타" 월남을 한다. 배에서 만났을 때 이들은 '미칠 것처럼' 반가워했다.

야하 너두 탔구나, 너두, 너두.

뱃간에서 하루인가 이틀 밤을 지나, 어느 날 이른 아침에는 부산 거리에 부리어졌다. 넷이 다 타향땅은 처음이라, 서로 마주 건너다보

며 어리둥절했다. 마을 안에 있을 땐 이십 촌 안팎으로나마 서로 아
접·조카 집안끼리였다는 것이 이 부산 하늘 밑에선 새삼스러웠던
것이다.

"야하, 이제 우리 넷이 떨어지는 날은 죽는 날이다, 죽는 날이야."
광석이는 몇 번이고 거푸거푸 중얼거리곤 했다.

— 이호철, 〈탈향〉 중에서

이들은 왜 무턱대고 배에 올라탔으며, 오랜만에 만난 사이도
아닌데 왜 이리 반가워했을까? 이를 알려면 먼저 흥남철수에 대
해 알아야 한다. 사실 우리는 제2차 세계대전보다 한국전쟁을 더
모른다. 노르망디 상륙작전은 알면서 인천상륙작전은 모른다. 아
우슈비츠는 알면서 흥남부두의 비극은 정작 알지 못한다.

인천상륙작전에 앞장섰던 미국 해병 1사단은 전쟁을 끝내기
위한 맥아더 사령부의 총공격 명령에 따라 1950년 11월 25일 개
마고원 장진호까지 진격했다. 그러나 이틀 후 특유의 인해전술로
몰아붙인 중공군에게 미 해병대는 포위당하고 만다. 1만 2,000명
병력이 고립되어 전멸 위기에 처했다는 소식이 전해지면서 남한
과 미국은 일대 긴장에 휩싸였다. 앞의 시 〈마침내, 그 40대 남자
도〉에도 나오듯 만주에 원자폭탄을 투하할 것이라는 소문이 돌
았던 것도 이 무렵이다.

서부 전선의 미군도 평양을 포기하고 철수를 결정하고 만다.
그러나 중공군이 원산으로 내려왔기 때문에 육로가 아닌 해상으
로 철수를 해야만 했다. 이른바 흥남철수작전이 시작된 것이다.

미 해병대는 포위망을 뚫고 장진호에서 흥남까지 이르는 240킬로미터 거리를 철수해야 했다. 개마고원 지대를 넘어야 했고, 무엇보다도 혹한의 날씨와 싸워야 했다. 손발이 얼고, 총도 얼어붙고, 혈액이 얼어 부상자의 수혈도 불가능했다. 그래서 이 장진호 전투는 제2차 세계대전 당시 스탈린그라드 전투와 함께 세계 2대 동계 전투로 꼽힌다.

12월 12일, 드디어 흥남철수작전이 시작된다. 동원된 수송선만 모두 193척. 흥남 앞바다에는 13척의 미군 항공모함이 중공군을 향해 밤낮 없이 함포 사격과 공중 폭격을 퍼부었다. 철수를 끝내면서 미군은 흥남 항구를 완전히 폭파시켜 버렸다. 이 작전을 통해 미군과 한국군 10만 5,000명, 피난민 약 10만 명이 북한 지역을 탈출하게 되었다. 흥남철수작전이 끝난 것은 그해의 크리스마스이브인 12월 24일이었다.

하지만 원래 미군의 철수작전에는 피난민 수송 계획이 없었다. 흥남으로 몰려든 피난민들은 바람벽도 없는 부두에서 그저 하염없이 기다리고만 있을 뿐이었다. 살을 에는 눈보라가 쉼 없이 몰아쳤다. 민간인 철수는 흥남철수의 막바지에 결정되었다. 남한과 일본에서 수송선과 상륙정이 올라왔다. 1,000명 정원의 상륙정들이 5,000명까지 사람을 태웠다. 미국의 화물선 빅토리 호는 1만 4,000명을 태웠다. 그래도 모든 사람이 다 탈출할 수 있던 것은 아니었다. 뿔뿔이 흩어진 가족이 있는가 하면, 한 일주일만 피했다 오면 될 줄 알았기에 나머지 가족은 그대로 고향을 지킨 경우가 많았다. 그런가 하면 작전 시간의 제한상 드디어 수송선의 쇠문이 닫히자 필사적으로 매달리다가, 쇠문에 끼이고 또는 바다에 빠져 버린 피난민도 한둘이 아니었다. 불바다가 되어 버린 흥남 부두에 그들은 그냥 그렇게 남겨진 것이다.

이야기가 길어졌지만 이제 왜 〈탈향〉의 인물들이 '무턱대고' 배에 올라탔는지, 왜 '미칠 것처럼' 반가워했는지 충분히 이해가 되었을 것이다. 한 치 앞도 보이지 않는, 자신의 선택이 옳은지 전혀 확신할 수 없는 나날들, 그럴 때 사람들은 대개 대세를 따라 움직이게 마련이다. 어차피 미래는 모른다. 미래를 생각할 여유조차 없다. 확실한 것은 오직 현재의 공포와 불안뿐. 일단 타고 보자. 그런 심사로 그들은 배에 '무턱대고' 올라탔을 것이다. 그리고 힘겹게, 정말 힘겹게 오른 배에서 그들은 잠시 안도감을 느꼈으리라. 아직 뱃전에 오르지 못한 사람들을 내려다보며 안타까워하다가 생사의 갈림길에서 극적으로 살아남게 된 자신을 보며 가슴을 쓸어내렸을지도 모른다.

하지만 그것도 잠시, 겨울 바다를 헤치며 남으로 흘러 내려오는 길, 이내 막막해지고 만다. 눈에 보이는 그대로 정말이지 망망대해에 혼자 내버려진 듯한 순간, 그들은 극적으로 해후를 하게 된다. 이것은 결코 작가가 만든 인위적인 우연이 아니다. 전쟁을 겪은 세대는 웬만하면 누구나 이 정도 사연은 갖고 사는 법이다. 아니, 전쟁 중에는 이보다 훨씬 극적인 일이 무수히 일어난다. 전쟁 자체가 인간의 이성을 초월하는 극적인 현실이기 때문이다. 이러니, 어찌 '미칠 것처럼' 반갑지 않을 수가 있겠는가?

반가움도 잠시, 그들은 부산 거리에 말 그대로 '부리어졌다.'

'부려지다'란 동사는 '마소·수레·자동차·배 등에 실려 있는 짐이 내려지다'라는 의미로 쓰인다. 사전적 정의를 따르자면, 그들은 짐이었다. 인간의 지위를 회복하기 위해서, 가진 것도 없고 아는 이도 없는 부산 땅에서 어떻게든 그들은 살아남아야 했다.

집도 없다. 절간마저 없다. 그들은 화차간, 즉 밤새 정차해 있는 화물 기차간을 그날그날의 거처로 삼는다. 이런 경험도 좋은 기라며 자신들을 위로해 보지만 한 달이 지나도 고향으로 돌아갈 날은 갈수록 아득해져만 갔다. 이러고만 살 수는 없다는 생각에, '두찬이'와 '광석이'는 어른답게 제각기 다른 변통을 취할 생각을 하게 된다. 자기 혼자 살아남기도 버겁다 보니, 나머지 사람이 진짜 짐처럼 부담스러워졌다. 넷이 떨어지는 날이 죽는 날이라던 맹세는 금세 시효를 잃어 갔다. 자연히 넷 사이는 멀어지게 됐다.

'광석이'는 부산 토박이 반원들과 즐겨 어울린다. 주변이 없는 '두찬이'는 이런 '광석이'를 못마땅해 하는 한편, 외양보다 실속만 자라 저대로 다른 궁리를 차린다. 이런 '두찬이'는 으레 술이 취해 화차간으로 돌아와서는 '광석이'에게 욕을 해 댄다. '광석이'는 '광석이'대로 악을 쓰듯 "남쪽 나라 십자성은 어머님 얼굴……" 하며 목대를 짜고, 두찬도 지지 않고 온 화차간이 떠나갈 듯 "아, 신라의 밤이여……"를 부르다 화차 벽만 텅텅 내찼다. 이럴 때면 '하원이'는 어린아이처럼 소리 내어 운다.

어느 날, 잠이 든 사이에 또 화차가 움직였다. 네 사람은 달리는 화차에서 각자 뛰어내렸다. 그때 무엇엔가 부딪히는 소리와 함께 '광석이'의 비명 소리가 들렸다. 팔이 깔린 채 기차에 끌려가는 모양이다. '두찬이'는 외면을 하며 그냥 반대쪽으로 가고, '나'는 한참을 그 자리에 그냥 서 있었다. '하원이'는 목을 놓고 흐느꼈다.

냉정한 것은 '두찬이'가 아니다. 실은, '두찬이'처럼 생존 자체가 절박한 문제였던 월남민의 현실을 있는 그대로 그려 내려는 이 작가야말로 냉정한 사람이다. 우리는 '두찬이'를 쉽게 비난할 수만은 없다. 전쟁 통에, 그 난리 통에, 때로는 어쩔 수 없이 자식 중 하나를 버려야 했던 부모도 있다. 그러니 진실로 냉정한 것은 작가가 아니라 현실이다. 김종삼金宗三, 1921~1984이 쓴 다음 시를 보라.

1947년 봄

심야深夜

황해도黃海道 해주海州의 바다

이남以南과 이북以北의 경계선境界線 용당포龍塘浦

사공은 조심조심 노를 저어가고 있었다.

울음을 터뜨린 한 영아를 삼킨 곳.

스무 몇 해나 지나서도 누구나 그 수심水深을 모른다.

— 김종삼, 〈민간인〉

이 시의 1연은 긴장을 동반하면서도 아주 천천히 물살을 헤쳐

나가듯, 마치 2연의 첫 행마냥 사공이 조심조심 노를 저어 가는 것처럼 그렇게 읽힌다. 그 긴장과 고요를 뚫고 어린아이가 울음을 터뜨렸을 때, 그들은, 필경 부모는 아이의 입을 막아야 했을 것이다. 그리고 그것은 모두의 비밀이 되어 스무 몇 해가 지나도록 가슴에만 묻고 지내야 하는 일이 되었을 것이다. 안타깝게도 이런 것이 현실이다. 이런 현실의 비극을 이호철이나 김종삼은 조금의 과장이나 감상도 없이 담담하게 그려낸다. 그런데 그것이 훨씬 더 우리 마음을 아리게 한다.

'나'는 왼팔 중동이 무 잘리듯 동강이 난 '광석이'를 업고 화차로 들어왔다. '광석이'는 '두찬이'가 자기를 오해했다는 말을 남기고 이튿날 아침 죽는다. 그렇다면 '나'는 인간적이고 '두찬이'만 비인간적인가? 그렇지 않다. '나'는 이젠 우리 넷 사이가 어떻게 돼도 좋다고 말한다. '광석이'가 죽고 안 죽고는 '내' 알 바가 아니다. 사실 '광석이'를 데리러 간 것도 그래야 나중에 고향에 가더라도 떳떳할 수 있으리라 생각했기 때문이다. 한편 술에 취해 밤늦게 돌아온 '두찬이'는 '하원이'에게 강제로 술을 마시게 하고, 그날 '광석이'한테 왜 혼자만 갔느냐며 '나'를 원망한다. 그러면서 '두찬이'는 화차 안이 쩌렁쩌렁하도록 울어댔다.

이튿날 아침 '두찬이'는 보이지 않는다. 그리고 소설은 이렇게 끝이 난다. 잘 기억해 두길 바란다.

사흘쯤 지난 뒤, 어두운 화찻간 속에서 하원이는 지껄였다.

"야하, 우리 이젠 꼽대가리 자꾸 해서 돈 좀 쥐자. 그러구 저기 염주동 산꼭대기에다 집 하나 짓자. 거기 집 제두 일없닝기더라야. 잉야 조카야, 흐흐흐 우습다. 진짜 우스워. 난 너두 두찬이 형처럼 그렇게 될까봐 얼마나 떨언 줄 안. 광석이 아제비두 맘은 좋은 폭은 못됐시야, 잉. 우린 동네 갈 젠 꼭 같이 가자. 돈 벌어서, …… 이케 잠이 안 온다야. 우리 오늘 밤, 그냥 밤새자. 술 마시까, 술?"

나는 그저 중얼거리고 있었다.

"바람도 없이 내리는 눈송이여, 아, 눈송이여."

무엇인가 못 견디게 그리운 것처럼 애탔다. 그러나 누가 알랴! 지금 내 마음 밑 속에서 일어나는 돌개바람 같은 것을…… 아, 어머니! 이미 내 마음은 하원이를 버리고 있는 것이다. 순간 나는 입술을 악물었다. 와락 하원이를 끌어안았다. 눈물이 두 볼에 흘러내렸다. 하원이는 흐흐흐 웃었다. 지껄였다.

"이 새끼 술도 안 먹구 취햇. 참 부산은 눈두 안 온다 잉, 눈두. 이북 말이다. 눈 오문 말이다. 눈 오문 말이다. 광석이 아제비네 움물 말이다. 야하, 굉장헌데. 새벽엔 까치가 울구, 그 상나무 있잖니. 장자골집 형수 원래 잘 웃잖니. 하하하 하구. 그 형수 꽤나 부지런했다. 가마이 보문, 언제나 새벽에 젤 먼저 물 푸러 오군 하는 게 그 형수더라, 잉. 야하, 눈 보구 싶다, 눈이."

— 이호철, 〈탈향〉 중에서

누군들 고향이 그립지 않으며, 누군들 '눈'과 '우물'과 '형수님'이 보고 싶지 않으랴. 하지만 거기에만 매여 사는 것은 현실 도피에 지나지 않는다. 현실의 문제를 회피하고 과거의 추억 속으로

시를 잊은 그대에게

만 침잠하려는 경향은 이른바 퇴행이라 알려진 심리적 방어기제에 해당한다. 아니나 다를까, 이 소설에서 유독 고향과 과거의 기억에 매달려 사는 '하원이'를 보면 어딘가 좀 모자라 보이든가 혹은 어린아이처럼 여겨진다. 그는 심리적 유아임에 틀림없다. 그런 사람이 거친 인생의 파도를 어찌 견디랴. 그에 반해 '두찬이'는 현실주의자다. 그는 현재를 더 중요시하며 추억보다는 생존에 전념한다. 그런 점에서는 죽은 '광석이'도 마찬가지다. 다만 생활의 신념과 방법론이 달랐을 뿐이다. 그러기에 그 둘은 성인이다.

말할 것도 없이 '나'는 '하원이'와 '두찬이' 사이, 곧 고향과 타향, 과거와 현재, 추억과 생존, 유아와 성인 사이에 위치해 있다. 이 작품이 감상感傷의 요소는 있되 감상주의에 빠지지 않으며, 리얼리즘으로 일관하되 고향에 대한 향수심을 불러일으키는 것은 바로 이러한 각별한 위치에 있는 '나'를 서술자로 삼기 때문이기도 하다. 이 작품의 성공은 시점과 거리의 미학에 기인하고 있다 해도 과언이 아니다.

하지만 그 같은 거리의 유지는 달리 보면 그 둘 사이의 긴장과 갈등에서 작품이 그저 어정쩡하게 끝날 위험을 내포하는 것이기도 하다. 그것은 곧 '나'로 하여금 그 둘 사이에서 하나를 택하도록 요구하는 것이 된다. 누구를 택할까? 그것은 참 어려운 선택이다. '하원이'를 버리려 할 때 일어났던 마음속의 '돌개바람'은 바로 그 두 세계, 고향의 훼손되지 않은 과거의 유아적 세계와 생존 자체가 문제되는 현재의 성인 세계 사이의 충돌과 갈등을 상징하는 것으로 읽어도 좋을 것이다.

그러나 답은 이미 정해져 있던 거나 다름없다. 사람은 누구나 유아에서 성인으로 성장하도록 되어 있으니까. 성인에서 유아로 돌아가는 것은 퇴행에 지나지 않다. 그러니 '나'는 입술을 악물고 '하원이'를 버리는 선택을 할 수밖에 없었다. '하원이'는 마음속의 고향이었다. 그런 '하원이'를 버림으로써 '나'와 '두찬이'는 더 이상 '실향'이 아니라 '탈향'을 한 셈이 된다. 최근 북한에서 탈출한 이를 가리켜 우리가 '실북자'라 하지 않고 '탈북자'라 이름 붙이듯이, 그들은 이제 어쩔 수 없이 고향을 상실한 것만이 아니라 탈향을 선택한 존재가 되어 버린 것이다. 이 소설의 제목이 '실향'이 아니라 '탈향'이었음에 주목해 보자. 그것이 당시의 현실이고 생존의 원리였다.

물론 과연 그 선택이 정말 '성장'일지, 아니면 '타락'일지는 쉽게 말할 수 없다. 인간은 빵만으로는 살 수 없는 도덕적 존재이기 때문이다. 생존을 위해 영혼을 버려야 하는 선택을 불가피한 선택이었다고 하는 것은 변명에 지나지 않을 수도 있다. 물질적으로는 힘들어도 떳떳한 영혼을 갖고 '하원이'와 함께 사는 방식도 얼마든지 있었을 테니까. 하지만 일반적으로 그런 선택을 하지 못하는 것은, 그래서 모질게 '하원이'를 버리는 선택을 하게 되는 것은, 결코 인간이 강해서가 아니라 오히려 나약한 존재이기 때문이다. 아무래도 인간은 나약하다. 그래서 불안하다. 전쟁처럼 생존이 위협 받을 때면 더욱 그러하다.

불안은 영혼을 잠식한다. '자우림'의 김윤아가 부른 노래 제목으로 더 많이 알려진 이 명제는 원래 독일의 라이너 베르너 파스

시를 잊은 그대에게

빈더Rainer Werner Fassbinder, 1945~1982 감독이 만든 영화의 제목에서
따온 것이다. 그 노래나 영화나 우울하기는 마찬가지다. 굳이 연
예인의 자살 소식을 듣지 않더라도 확실히 불안과 우울은 사람을
죽음으로 이끈다. 그러나 불안과 우울은 개인적인 것만은 아니
다. 대부분 그 문제는 사회적 관계에서 온다. 특히 전쟁과 같은,
인간의 실존 자체가 문제되는 사회 환경에서는 더욱 그러하다.
그런 점에서 우리는 '나'와 '두찬이'의 선택에 대해 "전쟁은 영혼
을 잠식한다"라고 말함 직하다.

진정으로 전쟁이 우리에게 남긴 것은 물질이 아니라 영혼의
상처였다. 비록 당시에는 불가능해 보였지만 지금의 시점에서 역
사를 돌아보면 물질의 고난은 차라리 극복하기 쉬운 것이었다.
하지만 지금도 수많은 사람이 그때 이후 지금까지 영혼의 상처로
고통 받으며 살고 있다. 전쟁은 인간을 파괴한다. 인간의 물질과
육체만이 아니라 영혼까지 파괴하고 만다. 그런 전쟁이 지금도
지구촌 곳곳에서 벌어지고 있다. 그곳에도 수많은 '두찬이', '광석
이', '하원이', 그리고 '내'가 있으리라.

나는 노래를 뚝 그쳤다

〈탈향〉에 대한 해설은 일단 끝이 났다. 이제 앞서 다룬 〈희미한
옛사랑의 그림자〉를 떠올려 보면서 〈탈향〉의 다음 대목을 읽어
보라.

다시 세 사람의 생활이 시작됐다. 광석이가 있을 땐 그래도 더러 웃을 때가 있었으나 요샌 피차에 통히 웃을 일이라고는 없었다. 나는 가끔 혼자서 노래 같은 것을 불렀다.

"흘러가는 구름 저편……."

화차간이 찌렁하게 울렸다. 그것으로 나는 조금 기분이 풀렸다. 그러나 두찬이는 싫은가 보았다. 상을 잔뜩 찌그러뜨리고 나를 건너다 보곤 했다. 그러면 나는 노래를 뚝 그쳤다.

—이호철, 〈탈향〉 중에서

원래 '나'는 '두찬이'와 맞지가 않았다. '나'는 노래가 좋은데 '두찬이'는 싫어했다. 술에 취해 '광석이'와 다투다가 '광석이'가 〈남쪽 나라 십자성〉을 부르자 그저 지지 않을 심보로 〈신라의 달밤〉을 부르던 '두찬이'였지만, 그 이후 그는 노래를 하지 않았다. '나'는 '두찬이'를 의식해야만 했다. '두찬이'는 빅브라더처럼 '내'가 따라야 할 일종의 현실 원리와 같다. 그래서 '나'는 노래를 그쳤다. 노래는 쾌락 원리처럼 '나'의 꿈과 욕망을 대변할 따름이다.

그러던 '내'가 이윽고 '두찬이'처럼 되어 '하원이'를 버릴 때 '나' 역시 더 이상 노래하지 않았다. 현실은 그런 것이다. 결말 부분에서 보듯, '나'는 "바람도 없이 내리는 눈송이여, 아, 눈송이여"라고 노래한 것이 아니라 "그저 이런 말을 지껄이고 있었다"라고 한 점에 주목할 필요가 있다. 가사만 남고 곡조가 사라진 것. 아마도 시간이 더 지나면 그나마 가사마저도 사라지게 될지 모른다.

이 대목에서 여러분은 앞서 〈희미한 옛사랑의 그림자〉를 다루면서 '노래'와 '이야기'에 주목했던 점을 떠올려야 한다. 노래는 감정적이어서 그 감정이 환기하는 분위기를 통해 우리를 쉽게 지배한다. 노래는 우리를 잘 젖게 만든다. 노래를 듣다 보면 저절로 밝아져 방금 전까지만 해도 우울했던 현실을 까맣게 잊은 채 노래를 따라 흥얼거리기 일쑤다. 하지만 현실은 이성적이고, 이성적인 것은 현실적이다. 어른이 된다는 것은 노래를 잃어버리는 것과 같다. 그래서 〈희미한 옛사랑의 그림자〉든 〈탈향〉이든 현실은 우리에게서 노래를 박탈해 가고 그것을 '성장'이라 이름하는 것이다. 달리 말하자면, 두 작품은 모두 한편으론 잃어버린 노래에 대한 아쉬움과 그런 선택을 강요하다시피 하는 현실의 냉정함을 그리고 있는 셈이다.

그러니까 〈탈향〉에서 '하원이'에 대한 인정을 버리고 현실의 논리를 좇아 '하원이'를 버리게 되는 '나'의 선택은 〈희미한 옛사랑의 그림자〉에서 '혁명'에 대한 열정을 버리고 현실에 젖어 들어 '월급'과 '물가'를 걱정하게 된 '우리'의 선택과 쌍둥이나 다름없다.

그렇다면 과연 〈탈향〉의 인물들은 그 후 어떻게 되었을까? 만일 〈탈향〉 속 인물들의 후일담을 듣게 된다면, 그들이 어떻게 변화했을지 알 수 있을 것이다. 그 해답을 얻기 위해 〈탈향〉과 〈희미한 옛사랑의 그림자〉를 만나게 하면 어떨까? 아마도 '희미한 옛 탈향의 그림자' 정도가 되지 않을까?

두 작품을 머릿속에서 합쳐 보라. 정말 '희미한 옛 탈향의 그림자' 같은 작품을 실제로 찾아볼 수 있을까?

우리 청산포 사람들

죽지 않고 살다 보면 꼭두 일 년에 한 번씩은

이렇게들 만나는군.

까마귀도 고향 까마귀라는데

우리 죽지 않고 살아 만나는 게 이게 어딘가

철수, 용복이, 상철이, 또 내 아는 국민학교 동창들

갓 20대 안팎으로 여드름을 달고 와서

어른이 되고 호주가 되고

대물림 끝에 외톨박이로 떠돌던 놈들,

이젠 제법 출세도 했다.

희끗한 머리에 장군이 되고 사장이 되고

과장, 계장, 주사 하다못해

교회당 종지기 노인의 아들이었던

끝남이도 어엿한 목사가 되었다.

우리 청산포 사람들

창경원의 벚꽃이 함빡 구름처럼 피는 날

명함을 박지 못한 놈들만 구석지에 모여

언제나 기가 꺾였다.

저희들끼리 키득거리고 술잔을 엎었다.

가설무대에서 마이크가 울고

삼류가수보다 못한 굳세어라 금순이가 울고

흥남 부두에 눈발이 쳤다.

새로 바뀐 전화번호를 적고 번지수를 건네받다 보면
새로 끼인 얼굴도 한둘,
산속의 맹맹이넝쿨처럼 모진 인연들만 얽히고 설켰다.
이잣돈에 차용증서 재판건이 나오고
저희들끼리 치고 받았다.

우리 청산포 사람들
막판엔 면장이 나서서 인사말에
우리 청산포 아바이들, 힘주어 수십 번도 더 들먹거렸고
언제나 그랬듯이 총무란 작자가
회관건립기금 기부자 명단을 호명하면
코빼기도 안 보인 장군이다 사장이다
출세한 놈들의 이름자만 거드름을 피웠다.

이 모임도 이젠 시들해졌군
누가 탄식을 했고
변질됐어 종간나새끼들!
누가 맞받아 응수를 했다.

아, 결국은 조금씩 취해서 돌아오는 길
못난 놈들만 고향냄새를 풀어놓고 돌아오는 밤길
해마다 이맘때면 구로공단 막바지 언덕길엔
하늘 높이 둥근 달이 떠서

내 고향 성천강 물소리만 귀에 부서졌다.

— 송수권, 〈면민회의 날〉

4·19 대신에 6·25를 대입하여 김광규가 새로운 〈희미한 옛사
랑의 그림자〉를 썼다면, 아니 이호철이 〈탈향〉의 속편을 시로 썼
다면, 바로 이와 같은 작품이 되지 않았을까?

〈면민회面民會의 날〉의 '면민회'나 〈희미한 옛사랑의 그림자〉의
'동창회'나 매한가지다. 거기에서 "죽지 않고 살아 만나는" '청산
포 사람들'이나 배 위에서 죽지 않고 살아 만나는 〈탈향〉의 주인
공들이나 미칠 것처럼 반갑기는 마찬가지다. 지금 그들은 모두
20대 시절을 회상한다. 특히 〈면민회의 날〉의 "20대 안팎으로 여
드름을 달고" 내려온 '철수', '용복이', '상철이'는 '두찬이', '광석
이', '하원이'와 그대로 일치한다고 봐도 좋을 것이다. 정말 "산속
의 댕댕이넝쿨처럼 모진 인연"들이다.

한참 세월이 지난 후 '면민회'에서 다시 만난 이들, 청산포 사
람들은 〈희미한 옛사랑의 그림자〉의 친구들이 하던 것과 똑같이
새로 바뀐 전화번호를 적는다. 하지만 이제 그들은 월남해서 내
려와 너나 할 것 없이 고생만 하던 그런 모습이 아니다. '외톨박
이로 떠돌던 놈들'이 "이젠 제법 출세도" 한 놈도 있고 "구석지에
모여" 술잔이나 나누는 "명함을 박지 못한" 놈들도 있다. 이는 〈희
미한 옛사랑의 그림자〉로 말하자면 '포커'를 하러 간 부류와 '달
력'을 끼고 허전하게 동숭동을 걷던 부류에 해당할 것이고, 〈탈
향〉으로 상상하자면 아마도 전자가 '두찬이', 후자는 '하원이'에

가깝지 않을까? 그리하여 '거드름'을 피우는 '두찬이'를 바라보며 '하원이'는 '변질'된 '종간나새끼'라 한 게 아닐까? 그렇다면 '나'는 어떻게 되었을까? 그는 바로 이 〈면민회의 날〉의 시적 화자다. 그는 여전히 '두찬이'와 '하원이'를 한결같은 시선으로 바라보고 있다.

우리가 가장 주목해야 할 부분은 바로 위 시의 마지막 연이다. 그것은 〈탈향〉과 〈희미한 옛사랑의 그림자〉의 종결부를 그대로 겹쳐 찍은 것처럼 느껴진다. 이 시의 시적 화자 역시 〈희미한 옛사랑의 그림자〉의 화자처럼 별로 출세한 것 같지는 않다. 추정하건대 그의 집은 '구로공단 막바지 언덕길'에 있는 것 같다. 피난 시절, '영주동 산꼭대기' 집만 해도 바랄 게 없었던 그들, 다른 이들은 출세도 많이 했건만 그는 여전히 공단을 벗어나지 못한 신세로 보인다. 조금씩 취해 돌아오는 밤길, 고개를 떨구게 했던 '플라타너스' 대신, 구로공단 언덕길엔 그날따라 '하늘 높이 둥근 달'이 떠 있다. 언제나 그렇듯 '못난 놈들만' 고향의 옛 시절이 그리울 뿐이다. 하지만 그렇기 때문에 그나마 순수한 마음을 견지할 수 있는 것이 아닐까. '하원이'를 버렸지만 그래도 눈물을 견디지 못했던 '나', 고향의 '눈송이'가 그립던 그들이었다. 고향의 '눈'과 '우물'을 그리워하는 것으로 끝이 난 〈탈향〉처럼, 〈면민회의 날〉이 고향의 '성천강 물소리만' 귀에 부서지는 것으로 끝나는 것이 결코 우연만은 아니리라.

시와 소설은 가끔 이렇게 만나 한 몸을 이루기도 한다. 그립던 이들처럼, 아니 원래 한 몸이었던 것처럼 말이다.

아무리 부인하려 해도 내 안에 아버지가 있다.

아버지에서 벗어나려 한 것도,

끝내 아버지를 닮고 마는 것도

다 아버지의 그늘 탓이다.

내일 날에 내가 부모 되어서 알아보랴

5월 8일 '어버이날'. 1974년 이전까지는 '어머니날'이었더랬다. 어릴 적 그날이 오면, 이 못난 자식도 용돈을 털어 카네이션 한 송이 사다 어머니 가슴에 달아 드리곤 했다. 그 곁에서 아버지는 무슨 생각이 드셨을까? 섭섭해 하셨을까? 당연하다고 여기셨을 지도 모른다. 이 땅의 아버지들조차 사랑과 희생의 상징은 어머 니요, 그래서 당신들도 당신 어머니께 감사하는 데는 조금도 인 색하지 않았으니까.

그래도 '어머니날'만 있는 건 너무한 일이다. 하지만 그렇다고 '아버지날'을 따로 만들 수도 없는 일. 해서, '어버이날'로 바뀌긴 했는데……. 헌데 '어버이날'이 되었어도 어쩜 어버이에게 딱히 바칠 노래는 그리도 없는지, 여전히 "높고 높은 하늘이라 말들 하

지만"으로 시작해 "낳으시고 기르시는 어머님 은혜/푸른 하늘 그
보다도 높은 것 같애"로 끝나는 〈어머님 은혜〉나, "낳으실 제 괴
로움 다 잊으시고"로 시작해 "어머님의 희생은 가이없어라"로 끝
나는 〈어머니 마음〉을 부르곤 한다.

그렇다면 어버이, 곧 부모를 노래한 곡은 없을까? 있긴 있다.
1960년대 서영은이 작곡하고 유주용이 취입했다가, 훗날 후배
가수 홍민의 곡으로 널리 알려진 〈부모〉란 대중가요가 있었다.

> 낙엽이 우수수 떨어질 때,
> 겨울의 기나긴 밤,
> 어머님하고 둘이 앉아
> 옛이야기 들어라.
>
> 나는 어쩌면 생겨 나와
> 이 이야기 듣는가?
> 묻지도 말아라, 내일 날에
> 내가 부모 되어서 알아보랴?
>
> —김소월, 〈부모〉

노랫말과 아주 조금 차이가 나지만, 이것이 원시原詩다. 그런데
그 아주 작은 차이가 작지만은 않아 보인다. 이 노래를 아는 사람
들 대부분은 "내일 날에 내가 부모 되어서 알아보리라"로 알고 있
지만 시인은 분명히 "알아보랴?"라 했을 뿐이다. 더욱 이상한 것

은 제목은 '부모'로 되어 있지만 '어머님'만 등장하고 아버지는 보이지 않는다는 사실이다. 김소월金素月 , 1902~1934이 부모 되어 그 마음을 알아보겠다면 의당 아버지가 등장해야 옳을 텐데 말이다.

시의 내용으로 미루어 짐작건대 아마도 '나'는 어머니로부터 출생의 비화를 듣고 있거나, 뭔가 듣기 께름칙한, 어쩌다 이런 이야기를 듣게 되었는지 싶은 그런 이야기를 전해 듣는 듯하다. 그렇다면 "묻지도 말아라"는 누가 누구에게 하는 말일까? 어머니한테 괜히 물었다 싶어 후회하는 겔까, 아니면 내가 들은 이야기가 어떤 이야기인지 괜히들 묻지 말아 달라는 겔까, 아니면 물을 필요도 없이 나이 들어 부모 되면 저절로 알게 되리라는 겔까? 지금까지 많은 사람들이 집에서 흔히 듣는 말씀처럼 '이 담에 너도 부모 돼 봐야 이 애비 마음 안다'란 뜻으로 이 구절을 이해했다. 정말 그런 것일까?

소월 김정식의 아버지 김성도는 소월이 두 살 때 철도를 부설하던 일본인 목도꾼들에게 몰매를 맞았고 이로 인해 정신 이상을 일으켜 평생을 실성한 사람으로 지냈다. 이런 아버지를 둔 어린 소월의 생활, 그 심정은 어떠했으며 훗날 어른이 되었을 때 아버지에 대한 기억은 또 어떠했을까? 어린 소월은 할아버지 밑에서 성장했다. 실성한 자식을 둔 할아버지의 손주에 대한 애정과 기대는 오죽했을까? 그는 엄격했을 것이다. 기우는 집을 바로 세우기 위해서는 더욱 그럴 필요가 있었을 것이다. 그뿐이랴? 남편을 대신할 자식, 소월에 대한 어머니의 사랑과 의지는 맹목에 가까웠으리라. 그러니 소월은 어느 정상적 환경의 아이들보다 더 정

상적으로 살아가야 할 강박이 있었으리라 추측해도 크게 무리가
아니다.

헌즉, 어릴 적 그가 배운 것은 욕망의 포기가 아니었을까? 세
상의 허무가 아니었을까? 다음의 〈어려 듣고 자라 배워 내가 안
것은〉이란 시를 유심히 보라. 제목부터 유심하다.

이것이 어려운 일인 줄은 알면서도,
나는 아득이노라, 지금 내 몸이
돌아서서 한 걸음만 내어놓으면!
그 뒤엔 모든 것이 꿈 되고 말련마는.
그도 보면 엎드러친 물은 흘러 버리고
산에서 시작한 바람은 벌에 불더라.

타다 남은 촉燭불의 지는 불꽃을
오히려 뜨거운 입김으로 불어가면서
비추어 볼 일이야 있으랴, 오오 있으랴
차마 그대의 두려움에 떨리는 가슴의 속을.
때에 자리 잡고 있는 낯모를 그 한 사람이
나더러 '그만하고 갑시사' 하며, 말을 하더라.

붉게 익은 댕추의 씨로 가득한 그대의 눈은
나를 가르쳐 주었어라, 열 스무 번, 가르쳐 주었어라.
어려 듣고 자라 배워 내가 안 것은

무엇이랴 오오 그 무엇이랴?

모든 일은 할 대로 하여 보아도

얼마만한 데서 말 것이더라.

— 김소월, 〈어려 듣고 자라 배워 내가 안 것은〉

이 시 속의 뚜렷한 정황은 알 길이 없다. 다만 '돌아서서 한 걸음만 내어놓으면' 엎질러진 물이 흘러 버리고 산에 불던 바람이 벌판에서 불듯, 일단 결단해서 실행에만 옮기면 완전히 뒤바뀔 어떤 상황에서 그가 머뭇거리고 있음을 짐작할 따름이다. 그런 일이 '어려운 일인 줄 알면서도' 그 역시 흔들릴 수밖에 없는 어떤 변화에의 유혹, 결단의 순간에 서 있건만, 그는 여전히 머뭇거린다. 이 머뭇거림은 소월의 시에서 아주 익숙한 모습이다. 그러나 늘, 그는 포기한다. 가지 못하고 멈춘다. 아마도 그렇게 머뭇거리는 사이, 그동안 촛불의 불꽃은 지고 만 듯하다. 그걸 뜨거운 입김을 분다고 되살릴 수 있는 것은 아닌 법, 그때 '낯모를 그 한 사람'이 그만 가자고 한다. "붉게 익은 댕추의 씨로 가득한" 그 사람이 포기를 종용한다. 그 사람은 누굴까?

김소월의 〈가는 길〉을 생각해 보라. 그립다 말을 할까, 그냥 갈까, 망설이는데 까마귀들은 서산에 해 진다고 지저귀고, 앞 강물 뒷 강물 흐르는 물은 어서 따라오라고 종용한다. 시간은 다 됐고 게임은 끝났다. 그 '까마귀', 그 '강물'이 바로 그 사람, 곧 운명이 아니던가? 그 낯모를 사람, 그 운명은 소월더러 자꾸 그만 가자고 한다. 처음이 아니다. '열 스무 번'은 가르쳐 준 것이다. 그러니 어려서부터 듣고 자라 배워 소월이 안 것은 포기다. 집착해서는 안 된다는 것, 그대로 살던 것처럼 살아야 한다는 것, 운명의 승인이 아니고 무엇이랴. 아무래도 그에게는 현실 변화, 상황 극복의 의지가 보이지 않는다. 그에게는 운명이 욕망보다 선행한다.

소월인들 문학과 낭만과 연애와 자유를 꿈꾸지 않았을런가. 하지만 그는 과감히 그쪽을 향해 나아가지 못한다. 아마도 생활과 생계에 대한 중압감이 어릴 적부터 소월을 지배했을 것이다. 하여, 빼앗긴 유년, 빼앗긴 자신의 삶, 그것이 문학에 대한 열정으로 치달아야 마땅할 터인데도, 그는 짧은 생애에 당대 그 어느 시인보다 다작多作을 하면서도 손에서 생업을 놓은 적이 없다. 일본 유학을 가서도 문과대학이 아닌 상과대학을 다녔다. 문인이라면 누구나 살고 싶어 하던 경성에서조차 그는 단지 넉 달 만을 지내다 낙향해 돌아와 조부의 광산 일을 도왔다. 그의 시에는 사랑과 이별의 정한으로 가득 찬 수많은 '임'이 등장하면서도, 그 누구보다도 낭만적 몽환과 정한의 세계를 그릴 줄 알았으면서도, 정작 당시의 낭만파 시인들과 달리 본처 하나만 아내로 삼고 충직하게 살았다. 그는 끝까지 정상적이었다. 하지만 광산업도 실패하여 가세가 기울고, 동아일보 지국을 개설했으나 그 사업마저 실패로 돌아갔다. 외견상 그토록 정상적이었던 삶을 산 소월의 그 비상한 죽음은 그의 삶이 얼마나 정상이 아니었는지 잘 말해 준다. 아편을 가득 머금고 그는 서른셋의 나이를 스스로 정리했던 것이다.

이제 왜 소월의 시 〈부모〉에 어머니만 있고 아버지는 없는지 대충 짐작이 간다. "내가 부모 되어서 알아보랴?"가 '알아보리라'가 아닌 이유도, 아니 알아보더라도 아버지가 아닌 어머니의 마음을 알아보리라는 사연으로 읽히는 이유도, 심지어 "엄마야 누나야 강변 살자"라고 노래할 때도 그 속에 아버지는 없었던 이유도 이제는 조금 알 것 같다. 실제로 소월은 무려 여섯 자녀를 둔 '부모'가 되었지만 다른 아버지들의 마음은 알아도 정작 당신 아버지의 마음은 몰랐을 것이다. 아버지처럼 실성하지 않고서야, 아니 아버지처럼 실성한들, 아들인 소월 자신을 실성하신 아버지가 어떻게 생각하셨을지 알 길이 없기 때문이다.

정말 열심히 살고자 했던 소월. 그러나 그의 생은 너무 힘들었다. 부모가 되었으면 부모 마음 알 법한 사람이 그래서는 아니 될 터인데, 특별히 자기 자식들만은 자기 같은 상처가 없도록 훌륭한 아버지가 되고 싶어 했을 터인데, 오죽하면 여섯이나 되는 그 새파란 자식들을 놔두고 스스로 생을 접었겠는가. 이것은 슬픈 아이러니다. 그런 아버지 밑에 자라난 자신도 한恨이면서 자기 자식들에게 자살한 아비를 두게 한 셈이니 그 한이 오죽하랴.

앞의 시를 읽다 보면 시 속의 '낯모를 그 한 사람'과 영화 〈아마데우스Amadeus〉에서 살리에르가 분장한 검은 가면과 망토의 모습이 겹쳐지곤 한다. 모차르트에게 저승사자처럼, 심리적 억압의 원천이었던 아버지처럼 다가와 그를 죽음으로 몰았듯이, 그 또한 소월에게 "그만하고 갑시사" 하며 저승으로 데려간 것은 아닐까? 이번에도 소월은 그 사람의 부름에 순응만 했나 보다. 하지만 그렇다 해도 자식들을 눈앞에 두고 과연 눈이 제대로 감겼겠는가.

한이 많아 떠나지 못할 목숨이라면, 죽음의 재료로 아편을 택한 것이 그나마 현명한 선택이었을 것이다.

이 짧은 지면에서 '한'이 무엇인지, 그것이 과연 우리의 전통적 정조라 할 수 있을지 등에 대해 구체적으로 말할 수는 없다. 이럴 땐 예로 설명하는 게 요령이다. 우리나라 국가대표 축구팀이 월드컵 본선에 나가 브라질을 만나 5 대 0으로 지고 있다고 하자. 그럴 때는 오히려 한이 맺히지 않는다. 한은커녕 인심만 후해진다. 자포자기하여 겉으로는 "아예 10대 0을 채워라", "이 참에 기록 한번 세워 보자" 등 한마디씩 하며 화를 대신해 보지만 속은 의외로 편안할 것이다. 헌데 월드컵은커녕 아시안컵 경기에서 일본에 1 대 0으로 이기고 있다가 후반에 동점골을 내주고, 경기 종료 5분을 남겨 놓고 주심의 오심으로 페널티킥을 허용해 2 대 1로 역전당하면, 그때부터 우린 조용해진다. 아무도 농담을 함부로 꺼낼 수 없고, 그만하면 잘했다거나 전에 브라질한테 당할 때보단 낫다거나 이런 말도 할 수가 없다. 밥맛도 없고 속이 답답해져 온다. 심하면 잠도 잘 안 온다. 이게 바로 한이다. 증거를 댈까? 그로부터 4년 후, 다시 아시안컵에서 일본과 맞붙어 승리하게 되면 다음날 신문 기사 제목은 보나마나 뻔하다. "4년 전 한恨 되갚아!!"

김소월의 한이 바로 그런 것이다. 그립다 말을 할까, 그럼 하지, 그냥 갈까, 그럼 가지, 이러지도 저러지도 못한 채 시간만 흐르고 되돌아선다. 어릴 적부터 듣고 배운 것이 그런 것이기에 김소월 시의 화자들은 하나같이 우리를 슬프고 답답하고 억울하고 속상하게 만든다. '한'이란 이처럼 복합적인, 그래서 다른 언어로 번역이 되지 않는 감정이다.

특히 〈산유화〉의 '저만치'라는 시어처럼 김소월의 마음을 잘 표현한 시어도 드물다. 그는 늘 자신이 추구하고 욕망하는 대상으로부터 '저만치' 떨어져 있다. 그것이 바로 여기, 내 눈앞에 피어 있으면, 똑 따면 그만이다. 그것이 바로 저기, 도저히 손이 가닿을 곳 없는 곳에 있으면 쳐다보지 않고 포기하면 그만이다. 그런데 그 아름다운 꽃은 꼭 '저만치' 피어 있는 게다. 그냥 가자니 손을 조금만 더 뻗으면 딸 수 있을 것 같고, 따려고 하자니 건너편 절벽에 홀로 피어 있는 꽃이라 위험해 뵈기도 하고. 아마 또 그렇게 주춤거리고 머뭇거리다가 결국 시간만 흐르고 그는 돌아서야 했을 것이다. 그의 운명처럼. 그래서 늘 그의 시를 읽으면 읽는 우리가 답답해지고 한이 맺히는 듯하다.

그러니 소월의 한을 집단적 전통이나 식민지 민중의 심정과 기계적으로 결부 짓곤 하는 상투적인 해석과 이젠 결별하자. 그의 한은 사무치게 개인적이다. 그것은 또한 관념이 아니다. 시에 담긴 그의 처절한 삶, 그 한의 질과 농도에 유념해 귀를 기울여 보라. '아버지'는 아버지이되, '부모'가 될 수 없었던 이를 아버지로 두었던 소월의 상처를 아프게 바라봐 주고, 시를 통해 흘러나오는 그의 신음을 공감하며 들어 주어야 하는 것이 우리가 시인에게 먼저 베풀어야 할 도리가 아닐까? 그런 연후에 그에게 '민족 시인'이라는 월계관을 씌워 드리자. 부父를 상실한 그의 한이 국가라는 어버이를 잃은 우리 민족의 한과 통하였으니, 그리하여

한 개인의 애틋하고 가슴 아픈 정한이 우리의 집단적 정서로서 한과 긴밀히 연결된 것이라 보아야 할 것이니, 아무래도 순서가 이렇게 되어야 소월에 대한 올바른 이해이리라.

거울 속에 아버지가 보일 때

이 글을 쓰는 나도 정말이지 자식을 낳아 기르다 보니 부모님의 그 마음을 알겠더라. "아! 자식 키우는 일이 쉽지가 않구나. 나 키우시면서 우리 부모님 얼마나 힘드셨을까?" 하는 것. 주로 이런 깨달음을 가리켜 '부모 돼야 부모 마음 안다'고 했것다! 하지만 내 경험으로 보면 그것만은 아니더라. "야! 자식 놈 커 가는 모습 보는 게 이렇게 즐거울 수가! 나 키우시면서 우리 부모님 얼마나 행복해 하셨을까?"란 생각도 아니하는 게 아니다. 물론 자식 놈이 커갈수록 후자 쪽보다는 전자 쪽으로 기울어 가고 있긴 하지만 말이다. 아무리 생각해도 사춘기는 인류의 적敵이다. 피할 수 없는, 진화도 되지 않는 강적이다. 하지만 아무리 그래도 세상에 태어나서 몇 해 동안 녀석이 준 행복은 남은 세월 동안의 고생을 상쇄할 만큼의 가치가 있지 않았던가.

그러나 이런 행복, 이런 고생도 부모 자식이 그래도 서로 잘 만났을 때의 일이다. 냉정하게 말해, 세상의 모든 부모가 다 훌륭하고 다 고마운 존재는 아니다. 소월의 아버지처럼 그의 의지와 무관하게 부모 구실을 못한 경우는 놔두더라도, 정말 부모답지 않

시를 잊은 그대에게

은 아버지도 세상엔 적지 않아 보인다.

툭하면 아버지는 오밤중에
취해서 널부러진 색시를 업고 들어왔다.
어머니는 입을 꾹 다문 채 술국을 끓이고
할머니는 집안이 망했다고 종주먹질을 해댔지만,
며칠이고 집에서 빠져나가지 않는
값싼 향수내가 나는 싫었다.
아버지는 종종 장바닥에서
품삯을 못 받은 광부들한테 멱살을 잡히기도 하고,
그들과 어울려 핫바지춤을 추기도 했다.
빚 받으러 와 사랑방에 죽치고 앉아 내게
술과 담배 심부름을 시키는 화약장수도 있었다.

아버지를 증오하면서 나는 자랐다.
아버지가 하는 일은 결코 하지 않겠노라고.
이것이 내 평생의 좌우명이 되었다.
나는 빚을 질 일을 하지 않았다.
취한 색시를 업고 다니지 않았고,
노름으로 밤을 지새지 않았다.
아버지는 이런 아들이 오히려 장하다 했고
나는 기고만장했다, 그리고 이제 나도
아버지가 중풍으로 쓰러진 나이를 넘었지만.

나는 내가 잘못했다고 생각한 일이 없다,

일생을 아들의 반면교사로 산 아버지를

가엾다고 생각한 일도 없다. 그래서

나는 늘 당당하고 떳떳했는데 문득

거울을 보다가 놀란다. 나는 간 곳이 없고

나약하고 소심해진 아버지만이 있어서.

취한 색시를 안고 대낮에 거리를 활보하고,

호기있게 광산에서 돈을 뿌리던 아버지 대신,

그 거울 속에는 인사동에서도 종로에서도

제대로 기 한번 못 펴고 큰소리 한번 못 치는

늙고 초라한 아버지만이 있다.

— 신경림, 〈아버지의 그늘〉

이 시에는 아무래도 시인의 자전적인 요소가 들어 있는 것 같다. 그의 집이 광산과 맺어지기 시작한 것은 해방이 되면서부터였다. 때는 광산이 전성기를 이루던 시기였다. 북에서 내려온 피난민 등 빈민이 모여들면서 광산은 나날이 팽창해 갔다. 다닥다닥 붙은 수백 채의 움막, 술집도 즐비하여 온종일 노랫가락이 끊이지 않았다고 한다. 삼촌이 자본주를 끌어들여 시작한 광산 경영은 마침내 그의 아버지도 끌어들이게 되고, 광산에 일단 손을 댄 이상 계속해서 화약상, 금방앗간, 금분석 등으로 깊이 빠져들어 갔다. 그는 명절이 오면 이십여 명의 광부들이 집에 모여 돼지를 잡고 순대를 삶으며 웅성대던 모습이 아직도 즐거운 추억으로

남아 있다고 회고한다. 하지만 즐거운 추억만은 아니었다. 전란 이후 그곳은 금을 차지하려는 세력들에 의해 광부들이 빨갱이로 몰려 집단 처형을 당해 "어떤 동네에 가 보면 같은 날 아버지 제사를 지내는 집이 여남은 집이 되었으며 또 어떤 동네는 온통 과부뿐이었다"고 한다.

신경림은 서울에서 대학을 나왔지만 다시 시골로 돌아가게 된다. "이미 아버지는 자식들 학비다 사업이다 해서 전답을 거의 팔아 없애 농사거리도 제대로 없었다. 먹고살기가 얼마나 어려웠으면 이른 봄 마당에 있는 작약 뿌리를 다 캐 팔았겠는가. 유달리 자존심이 강하고 시샘이 많던 할머니는 아무 하는 일 없이 때가 되면 보리밥만 한 사발씩 축을 내는 부자를 앞에 놓고 시도 때도 없이 종주먹질을 했다." 이처럼 할머니까지 아들, 곧 신경림의 아버지에게 '종주먹질'을 해 댔으니, 신경림이 아버지를 증오하며 자란 것도 무리는 아닐 성싶다.

하지만 빚질 일 안 하고, 색시 업고 다니지 않고, 노름으로 밤새우지 않으면 그만일까? 아버지를 반면교사로 삼아 아버지처럼 살지 않겠노라고 맹세했건만 그 시절 그도 별로 신통치 않았던 게 사실이다. 그는 말한다. "시골살이 10년에 내가 제대로 밥벌이라도 한 직업은 아마 학원 강사 또는 개인 교수였겠는데, 이 일도 내가 종종 저지르는 엉뚱한 사건 때문에 대개 뒤끝이 개운치 않게 끝났다"라고. 그런데 취한 색시를 안고 호기 있게 돈을 뿌리던, 증오와 원망의 대상이던 아버지. 그래도 그 아버지는 돈 못 벌고 시나 쓰던 이런 자신을 '장하다'고 했다. 그러던 아버지가 중

시를 잊은 그대에게

풍으로 쓰러졌다. 하지만 그때까지도 시인은 아버지를 불쌍히 여기지 않았던 성싶다. 아버지를 가엾게 생각한 일도 없고 그래서 늘 스스로를 당당하고 떳떳하게 여겼다. 그러던 그가 어느 날 거울을 보고 놀란다. 거울 속엔 또 다른 아버지가 있었기 때문이다.

물론 이 시가 감상적인 화해로 끝나는 것으로만 보기는 어렵다. 이 시는 자기 연민의 시로 읽을 수도 있다. 아버지를 닮지 않으려다 보니 기 한번 못 펴고 산 자신의 초라한 모습을 보며 자기 연민을 느끼는 내용으로 이해됨 직하기 때문이다. 아버지가 남긴 그늘 탓이다. 하지만 그보다는, 그럼에도 불구하고 거울 속의 '내'가 '내'가 아니라 나약하고 소심해진 '아버지', 늙고 초라한 '아버지'로 존재함을 깨닫는 것으로 보는 편이 더 적절하게 들린다. 아무리 부인하려 해도 내 안에 아버지가 있는 것이다. 그 또한 아버지의 그늘임은 이제 더 이상 말할 나위 없다. 이것은 묘한 화해와 긍정이다.

주변을 둘러보면 아버지처럼 살지 않겠노라 하던 친구들이 얼마나 많았던가. 하지만 아버지를 닮지 않으려 해도 결국 닮고 만 인생, 닮지 않는 데 성공했으나 그 역시 성공이 아닌 삶임을 인정하는 사람, 스스로는 성공이라 생각했지만 이번엔 그의 자식이 또 그렇게 살지는 않겠노라며 곁을 떠나간 경우 들은 또 얼마나 많던가.

그러나 아버지를 닮고 마는 것도 이 시의 제목처럼 아버지의 그늘 탓이지만, 아버지에서 벗어나려 한 것도 결국 아버지의 그늘 탓임을 부인할 수는 없다. '그늘'의 뜻을 사전에서 찾아보라.

'나무 그늘'처럼 '음영陰影'을 가리키는 것이 기본이지만, "부모의 그늘에서 벗어나야 한다"처럼 '의지할 만한 대상의 보호나 혜택'을 뜻하기도 하고, "형의 그늘에 묻혀 지냈다"처럼 '밖으로 드러나지 아니한 처지나 환경'을 의미하기도 하며, "얼굴에 그늘이 서리다"라는 표현에서 보듯, '심리적으로 불안하거나 불행한 상태'를 가리키기도 한다. 그래서 이 시의 제목은 대단히 함축적이다. 아버지는 내가 의지할 대상이자 내가 벗어나고픈 환경이기도 했던 것이다.

아버지를 부정했건만 결국 아버지에 대한 긍정으로 끝난다는 시적 진술은 더 이상 참신하지 않다. 아들은 아버지처럼 살고 싶어 하지 않고, 딸은 엄마처럼 살지 않겠다는 식의 설정, 그러나 결국 나중에 가 보니 당신들이 이해가 가고 미워했던 당신들을 닮게 되고 그리하여 결국 화해에 도달하는 시나리오는 이제 시와 소설, 드라마, 영화, 가요, 광고에 이르기까지 흘러넘치고 넘쳤다. 그런데 놀라운 것은 알면서도 늘 당한다는 사실이다. 아들로 태어나 아버지가 되는 삶을 사는 이상, 그것은 영원히 반복되는 현재진행형이기 때문이다. 아버지와 아들의 이야기는 웬만하면 다 감동적이다.

그 중에서도 단연 최고의 작품을 꼽으라면 나는 서슴없이 영화 〈아버지의 이름으로In the Name of the Father〉를 들 것이다. 1993년 베를린 영화제에서 황금곰상을 수상한 이 작품은 전작 〈나의 왼발My Left Foot〉에 이어 감독 짐 셰리든과 배우 대니얼 데이루이스가 또다시 만나 이루어 낸 감동의 명화다. 실화에 바탕을 둔 감동적인 스토리에 더해 두 작품 모두 뛰어난 연출과 연기를 선보인다. 하지만 〈아버지의 이름으로〉에서 내 눈에 돋보이고 오래도록 지워지지 않은 인물은 대니얼 데이루이스가 아니라 그의 아버지로 나온 피트 포스틀스웨이트이다. 이 영화는 역시 아버지의 영화이기 때문이다.

영화 속 아들은 외친다. "저는 싸울 겁니다! 아버지의 이름으로, 그리고 진실의 이름으로!" 그에게 아버지는 어떤 존재, 어떤 이름이었던가. 평생 노동자로 살아온 가난한 아버지, 그러면서도 자식에게는 엄하기만 했던 아버지, 그러나 아들로 인해 누명을 쓴 채 아들과 함께 옥살이를 하며 아들을 위해 온몸을 바치는 아버지, 진실과 정의를 외치다가 끝내 옥사를 하게 되는 세상에서 가장 강하고 가장 존경스러운 아버지. 그 이름만큼 위대한 존재가 어디 있을까.

내게도 물론 그런 아버지가 계셨다. 생전에 아버지는 '우래옥' 냉면을 무척 좋아하셨다. 어릴 적에는 아버지가 사 주셨고, 당신이 늙어서는 내가 사 드리는 게 일이었다. 성스러운 의식마냥 아버지를 모실 때면 늘 그 집에 가서 냉면 한 그릇 대접해 드렸고, 그러면 어김없이 늘 흡족해하셨고, 그 모습을 뵈면서 나 스스로도 대견해 한 게 사실이다. 그러니 형편없는 아들인 것이다. 당신이 좋아하시는 걸 대접한다고 하노라 했지만, 아버지가 좋아하신 음식이 냉면만은 아니었을 것이지 않은가. 그걸 몰랐다.

이제 당신은 가고, 나만 그 집을 찾는다. 다행히 아내도 예전부터 그리고 어린 아들 녀석도 그 집을 좋아하니 복되도다. 그 복을 더하려고 나는 전도하는 심정으로 지인과 제자 들을 그 집에 데리고 다니기까지 한다. 그러던 어느 해 세밑 나 혼자 그 집에 가서 냉면 한 그릇을 먹고 나서는데, 그만 덜컥 아버지의 향수가 느껴졌다. 그날 나는 페북에 이런 글을 올렸다.

> 우래옥 냉면을 먹고 난 진짜 보람은, 냉면 먹은 사실을 잊을 때쯤 해서 어김없이 올라오는 트림으로 다시금 반가이 확인하게 되는 그 육수의 향수에 있거니와, 이 담에 내가 죽거들랑, 나로 인해 우래옥을 알게 된 무리 중 누구라도, 우래옥 냉면 면발을 목젖 너머 잔뜩 넘기다가, 생전 그토록 이 냉면을 즐기시던 울 아버지를 내가 떠올리듯 문득 내 생각이 떠오른 나머지, 그만 울컥, 짭조름한 내음을 간간하게 육수에 더한 후, 이내 또 잊고서 그렇게 알맞추 간이 된 그 국물을 남김없이 비우고 일어서 가다, 가다가다 어김없이 진하게 올라오는 그 트림 사이로 내가 또 울 아버지를 그리하듯 다시금 나라는 존재를 진한 향수처럼 느끼게 된다면, 세상에 오늘도 우래옥 냉면을 먹고 왔지만, 냉면을 알게 되어 가질 수 있는 보람 중 아마도 그 이상은 정녕 없을 것이외다.

적어도 나는 김소월이나 신경림과는 다르다고 생각했다. 나는 아버지와 사이가 좋았고 제법 효자라고까지 생각했다. 하지만 틀렸다. 틀려도 한참 틀렸다. 아버지께서 돌아가시고 나서야 나는 우리 아버지가 얼마나 훌륭하신 분이었는지, 나는 얼마나 형편없는 아들이었는지 깨닫고 후회하고 감사하며 산다. 운전을 하던 중이었다. 라디오 사연을 듣다가 그만 "아빠!" 하고 큰소리로 아버지를 불렀다. 오십이 넘은 이 아들이 어릴 적 맘 놓고 불렀던 그 이름, 부를 때마다 세상에 겁날 게 없던 그 이름을 오랜만에 맘 놓고 크게 불러 보고 싶었던 게다. "아빠!" 그리고 펑펑 눈물이 터졌다. 또 부르고 또 울고, 아버지의 이름을 실컷 불렀다. 죄송해서 한참 슬펐고 감사해서 한참을 행복해 했다.

풍수지탄風樹之嘆이라고, 어리석게도 우리는 늘 뒤늦게야 이를 깨닫는다. 나는 지금 냉면 먹으러 간다.

어쩌란 말이냐, 흩어진 이 마음을

사랑 앞에서, 운명 앞에서,

우리는 속수무책이다.

어쩔 수가 없는 것이다.

임은 뭍같이 까딱 않는데

이른바 '드라마뮤비' 제작이 유행이던 2002년경, 눈 내린 풍경을 촬영하기 위해 소금과 인공눈을 뿌리는 등 당시 제작비만 3억 8,000만 원이 소요된, 마치 한 편의 시대극 같은 뮤직비디오가 사람들의 이목을 끌었다. 1974년 육영수 여사 시해 사건이 시대적 배경으로 등장하고, 추운 겨울의 무거운 분위기가 지속되는 가운데 도시 철거민의 아들과 대통령 경호실장 딸의 순애보 같은, 그러나 비극적인 첫사랑 이야기가 흑백 화면에 펼쳐진다. 그들의 사연이 무려 8분에 가까운 러닝타임으로 흐르는 동안, 처연하고 가슴 아픈 리듬앤블루스 풍의 노래가 우리의 귓가를 쉼 없이 울린다. 지영선의 〈가슴앓이〉는 그렇게 세간에 알려졌다.

밤별들이 내려와 창문 틈에 머물고
너의 맘이 다가와 따뜻하게 나를 안으면
예전부터 내 곁에 있는 듯한 네 모습에
내가 가진 모든 것을 네게 주고 싶었는데
골목길을 돌아서 뛰어가는 네 그림자
동그랗게 내버려진 나의 사랑이여

아— 어쩌란 말이냐 흩어진 이 마음을
아— 어쩌란 말이냐 이 아픈 가슴을

그 큰 두 눈에 하나 가득 눈물 고이면
세상 모든 슬픔이 내 가슴에 와 닿고
네가 웃는 그 모습에 세상 기쁨 담길 때
내 가슴에 환한 빛이 따뜻하게 비췄는데
안녕하며 돌아서 뛰어가는 네 뒷모습
동그랗게 내버려진 나의 사랑이여

아— 어쩌란 말이냐 흩어진 이 마음을
아— 어쩌란 말이냐 이 아픈 가슴을

—강영철 작사·작곡, 〈가슴앓이〉

이 정도면 한 편의 시가 되기에 충분하다. 특히 "골목길을 돌
아서 뛰어가는 네 그림자"나 "안녕하며 돌아서 뛰어가는 네 뒷모

시를 잊은 그대에게

습"같은 장면은 비록 전형적이고 통속적이긴 하되 여전히 순수하고 애틋한 정조를 불러일으킨다. 원수 같은 이별이나 지나치게 비극적인 이별보다 이런 애틋한 헤어짐이 더 가슴을 아프게 하는 법이다. 그런가 하면 "동그랗게 내버려진 나의 사랑이여" 같은 표현은 얼마나 뛰어난 시적 성취인가. '동그랗게' 내버려진다니 무슨 뜻일까? 비슷한 말로 '동그마니'를 생각하면 답이 나온다. '외따로 오뚝하게' 내버려진 상태, 즉 둘이 있다 갑자기 혼자만, 그것도 속된 말로 뻘쭘하게 남았을 때 그 상태를 이른 말인 것. 골목길 이별 장면에 혼자 남은 사람의 모습과 그 심정을 떠올려 보라. 시적 화자의 심리를 이렇게 형상화하기란 쉽지 않은 일이다.

여하튼 사정이 이러하니 시적 화자는 이제 그녀를 뒤따라갈 수도, 혼자 삭일 수도 없는 것. 이 시의 화자는 그녀의 이별 선언을 이해하고 받아들여야 할 정도의 무슨 사연이 있는 듯한데, 그러자니 비난도 저주도 욕설도 할 수 없고, 다만 만남처럼 헤어짐도 운명으로 받아들여야 할 상태인 것. 그러나 그럴수록 가슴은 아파 오고……. 그래서 답답한 마음에 홀로 외쳐 보는 것이다. 아, 어쩌란 말이냐. 조각조각 흐트러진 이 가슴, 이 아픈 가슴을.

그렇게 본다면 사실 뮤직비디오의 내용이나 분위기는 이 시의 그것과 사뭇 다르다. 솔직히 말해 이 뮤직비디오는 내용 과잉이었다고 나는 생각한다. 과잉은 오히려 사랑의 진실을 사치하게 보이도록 할 뿐이다. 아니, 사랑은 그 자체로 감정의 과잉이다. 그래서 사랑은 극적 과잉이 없어도 당사자에게는 이미 그 자체로 운명적이기에 충분히 극적인 것이다. 이 뮤직비디오에서는 다만, 권상우와 함께 열연했던, 당시만 해도 낯선 아역 신인에 불과했던 문근영, 그녀의 "그 큰 눈에 하나 가득 눈물 고이던" 모습만이 가사의 느낌을 여실히 전해 주었을 따름이다.

개인적인 취향의 문제이긴 하나, 마찬가지로 그런 점에서 나는 가슴을 후비고 쥐어짜는 듯한 지영선의 리듬앤블루스 풍 편곡보다 좀 더 순수하고 맑게 들리는 포크송 같은 이 노래의 원곡을 더 좋아하는 편이다. 1983년 이 노래를 작사·작곡한 강영철과 메인 보컬을 맡은 양하영으로 이루어진 혼성 듀엣 '한마음', 그리고 이후 솔로로 독립한 양하영이 다시 부른 〈가슴앓이〉에는 별 과잉이 없다. 어둡지만도 않고 밝지만도 않다. 부를 수만 있다면 듣는 내가 오히려 한 옥타브 더 올려 가슴 터지게 후렴구를 불러 보고 싶은데 정작 가수는 절규에까지 이르지는 않는 수위에서 어쩌란 말이냐는 말만 반복한다. 그런데 그 반복이 묘한 호소력을 갖는다. 그래, 어쩌란 말이냐. 어쩌란 말이냐. 이걸 너무 소리 높여 반복하면 악쓰는 꼴만 되고 만다. 그건 가슴앓이가 아니다.

가슴앓이를 겪어 보았는가. 십대든, 이십대든, 아니 늙어서도 운명 같은 만남과 헤어짐의 상처는 정녕 가슴을 앓게 만든다. 그것은 결코 비유가 아니다. 정말로 가슴 부위를 가격당한 듯 가슴이 아프다. 진짜로 목구멍부터 명치 부위가 때로는 뭔가로 가득 찬 듯 답답하게 때로는 텅 빈 것처럼 허탄하다. 그럴 때면 절로 한숨이 터진다. 가슴은 산산이 흐트러진다. 아, 어쩌란 말이냐.

여기에는 천하장사도 대책이 없다. 사랑 앞에서, 운명 앞에서,

시를 잊은 그대에게

우리는 속수무책이다. 어쩔 수가 없는 것이다. 아니, 어쩔 수 없는 사랑과 어쩔 수 없는 운명 앞에서는 정말 어쩔 수가 없는 것이다. 더구나 만일 그 사랑과 운명이 세상이 허락지 않는 거라면 그 가슴앓이는 더할 수밖에 없고, 그때는 극적 과잉마저도 과잉이라 하지 못할 것이다. 시인이라고 이에 다르랴. 더하면 더했지 모자라지는 않을 그들의 사랑 노래를, 한 시인의 경우를 통해 슬쩍 엿들어 보자.

생명파의 시인으로 알려진 청마青馬 유치환柳致環, 1908~1967. 여성적이고 감상적인 분위기에 젖어 있던 당시의 우리 시단과 확연히 차별되는 성격의 작품을 남긴 시인. 하지만 그의 시를 지나치게 남성적, 관념적, 의지적인 것으로 못 박는 것만은 사양해야 할 일이다. 가령, 다음 작품 〈그리움 1〉에 등장하는 '깃발'을 그의 대표작 〈깃발〉과 비교하며 읽어 보라.

오늘은 바람이 불고
나의 마음은 울고 있다.
일찍이 너와 거닐고 바라보던 그 하늘 아래 거리언마는
아무리 찾으려도 없는 얼굴이여.
바람 센 오늘은 더욱 너 그리워
긴 종일 헛되이 나의 마음은
공중의 깃발처럼 울고만 있나니
오오 너는 어디메 꽃같이 숨었느뇨.

—유치환, 〈그리움 1〉

여기서 '깃발'은 의지의 화신이라기보다 허무하고 가련한 자아의 표상일 따름이다. 이런 작품을 굳이 관념적으로 읽어야 할 필요가 있을까? '너'를 굳이 이상향으로 보아야 할까? '너'는 역시 이상적인 연인으로 봄이 적절하지 않을까? 그렇다면 이 시는 예전에 늘 같이 거닐던 곳에서 '너'를 찾아보지만 만날 길 없어 안타까워하는 연애시로 보는 편이 더 어울리지 않을까?

내 죽으면 한 개 바위가 되리라

아예 애련愛憐에 물들지 않고

희노喜怒에 움직이지 않고

비와 바람에 깎이는 대로

억년億年 비정의 함묵緘默에

안으로 안으로만 채찍질 하여

드디어 생명도 망각하고

흐르는 구름

머언 원뢰遠雷

꿈 꾸어도 노래하지 않고

두 쪽으로 깨뜨려져도

소리 하지 않는 바위가 되리라

—유치환, 〈바위〉

이 작품은 확실히 의지적이다. 인생의 희로애락에 흔들리지 않으며, 비바람 같은 시련조차 있는 그대로 받아들이고, 마치 도를 닦듯 그저 침묵하고 수련하여 심지어 생명까지 초월하는 존재, 시인은 그런 바위 같은 존재가 되고자 했던 것이다. 그런즉 자신의 바람대로라면 그는 애련 곧 사랑의 아픔 따위에는 끽 소리조차 하지 않아야 한다. 그런데 웬걸, 그의 다음 시 〈그리움 2〉를 보라.

파도야 어쩌란 말이냐
파도야 어쩌란 말이냐
임은 뭍같이 까딱 않는데
파도야 어쩌란 말이냐
날 어쩌란 말이냐

— 유치환, 〈그리움 2〉

혹시 앞서 인용한 〈가슴앓이〉의 노래 소리가 들려오지 않는가? 유치환 시인의 가슴앓이, 그 답답한 마음이 느껴지지 않는가? 강인한 의지의 소유자, 애련 따위는 의지로 극복하고자 했던 시인은 어디 가고, 이토록 짧은 시 안에 "어쩌란 말이냐"만 반복하면서 절규하고 또 한탄한단 말인가.

이 시를 읽는 데도 두 가지 방법이 있다. 첫째, 여기서 '임'은 바위다. 바닷가의 갯바위건만 바위 정도가 아니라 육지처럼, 말 그대로 뭍같이 파도 따위에 까딱도 않는 존재. 자신의 시 〈바위〉에서 그토록 바라던 경지가 이것 아니던가. 〈바위〉에서라면 이 〈그리움 2〉의 바위는 화자인 '내'가 흠모하고 따라야 할 정신과 영혼의 스승이리라. 하지만 그가 변했나? '나'는 그를 움직이고 싶어 한다. 그가 흔들리길 바라고 있다. 그러면서 파도도 임을 못 움직이니 난들 어찌하겠느냐는 자탄만 내뱉고 있는 것이다.

둘째, 여기서도 역시 '바위'는 화자 자신이다. 그리고 임은 나와 거리를 두고 있는 또 다른 바위거나, 아무튼 뭍에 가까운 쪽 어디에 서 있는 존재로 볼 수 있을 것이다. 파도는 나를 자꾸 밀어붙이며 그에게 가라고 한다. 마치 짝사랑하는 상대에게 친구들이 고백을 부추기듯이 말이다. 한데 임은 까딱도 않으니 나는 도리어 파도가 원망스럽다. 어쩌란 말이냐. 이런들 임은 꿈쩍도 않는데 왜 자꾸 나를 흔드느냐. 도대체 파도야 날더러 어쩌란 말이냐.

어느 쪽으로 보든 연애시임에 틀림없어 보인다. 도대체 시인에게 무슨 일이 벌어진 것일까?

청마는 통영에서 태어나고 자랐다. 그는 훗날 극작가로 성공한 형 유치진과 더불어 일본으로 건너가 도오야마 중학교를 다니다가 한의원을 하던 부친의 사업이 기울자 귀국해 동래고등보통학교에 편입한다. 1928년 연희전문학교를 중퇴한 그는 진명유치원 보모로 있던 권재순과 결혼한다. 어릴 적 주일학교 시절부터 만나 매일같이 신문을 보내며 오빠, 누이로 지내던 사이. 당시로서는 보기 드문 신식 결혼식을 올렸다고 한다. 그 결혼식에서 꽃을 들고 섰던 어린아이가 바로 훗날 시인으로 성장한 김춘수였다나. 이만하면 유복한 결혼 생활이 아니었을까. 그런데도 청마의 여성 편력은 간단치 않았던 성싶다. 그러던 그가 운명의 여인을 만나게 되면서 순정은 물결같이 바람에 나부끼고 애수는 백로처럼 날개를 펴며 애련에 물들어 버리는 사태가 전개되고 만다. 그녀가 바로 시조시인 정운丁芸 이영도李永道, 1916~1976다.

스물한 살 때 결혼하여 대구에 살았던 정운, 그녀는 남편이 폐결핵을 앓자 약국을 경영하던 언니가 살고 있는 통영으로 옮겨 오게 된다. 하지만 해방 닷새를 앞두고 남편은 결국 딸자식 하나를 남겨둔 채 세상을 떠난다. 생계를 책임져야 했던 정운은 이듬해인 1946년 10월 통영여자중학교의 강사로 나서게 된다.

그곳에는 해방 직전 만주에서 고향으로 돌아와 1945년 10월부터 교편을 잡고 있던 청마가 있었다. 이리하여 시인 남녀가 한 학교에서 만나게 된 것이다. 게다가 정운의 오라버니는 바로 대구에서 청마와 교유한 바 있는 시조시인 이호우李鎬雨, 1912~1970가 아니던가. 남매 시조시인으로 이미 이름이 알려진 정운과 형제문인 청마의 기연은 이렇게 시작되었다.

그뿐 아니라 통영에는 당대의 아동문학가 향파向破 이주홍李周洪, 1906~1987과 소설가 최해군崔海君, 1926~ 도 있었다. 최해군에 따르면 그들 넷은 신선대 아래 용당동 바닷가를 거닐다가 바다가 내려다보이는 산비탈의 옛 주막에 오르곤 했는데, 그곳에서는 노파가 마루에 둥근 상을 펼치고 조그마한 동이에 담긴 막걸리에 잔 네 개와 나물 한 보시기를 올렸다고 한다. 그렇게 술잔이 오가면, 그 술잔 사이로 이야기들이 푸짐해지면서 향파의 해학과 정운의 잔잔한 미소와 청마의 호탕한 웃음이 일기 시작했다는 게다. 넉넉하고 아름다운 풍경이다.

하지만 그것은 시작에 불과했다. 그것으로 족하거나 그렇게 끝날 수만은 없었던 것. 서른여덟의 청마는 갓 서른이 된 정운의 미모와 재능 앞에서 눈이 멀고 만다. 한복을 즐겨 입던 그녀의 단아한 아름다움은 이미 당대 많은 문우의 마음을 설레게 했거니와 무엇보다 문학을 비롯하여 그녀의 정신세계를 공유하면 할수록 청마는 혼절할 지경이었다.

그리하여 그는 1947년부터 거의 하루도 빠짐없이 그녀에게 시와 편지를 바친다. 그러나 정운은 비록 홀몸이긴 하나 유교적이고 전통적인 규범을 깨뜨릴 수 없었고 더욱이 청마는 유부남이었던 것. 정운은 마음의 문을 닫고 청마의 구애를 받아들이지 않는다. 그럴수록 청마는 가슴을 앓는다. 파도야 어쩌란 말이냐, 임은 꿈쩍도 않는데 어쩌란 말이냐. 그 시는 바로 이런 사연에서 비롯한 것이었다.

그의 편지는 그대로 한 편의 시가 되곤 했다. 연애할 때는 누구나 시인이 된다고 하는 판에, 시인이 연애를 하기 시작했으니 오죽하랴. 굳게 닫힌 그녀의 마음을 열고자 그는 자신의 가슴앓이를 이토록 처절히 고백하곤 했다.

나의 귀한 정향! 안타까운 정향! 당신이 어찌하여 이 세상에 있습니까? 나와 같은 세상에 있게 됩니까? 울지 않을 수 없는 하나님의 마련이십니까.
정향! 고독하게도 입을 여민 정향! 종시 들리지 않습니까? 마음으로 마음으로 우시면서 귀로 들으시지 않으려 눈감고 계십니까? 내가 미련합니까? 미련하다 미련하다 우십니까?

지척 같으면서도 만릿길입니까? 끝내 만릿길의 세상입니까? 정향!
차라리 아버지께서 당신을 사랑하는 이 죗값으로 사망에의 길로 불
러 주셨으면 합니다. 아예 당신과는 생각마저도 잡을 길 없는 세상
으로.

— 유치환, 1952년 6월 29일 편지 중에서

　한동안 편지에서 청마는 그녀를 정향丁香이라 칭했다. 정향이
란, 가수 현인이 부른 〈베사메무초〉에 나오는, 프랑스 말로는 리
라꽃이요, 가수 이문세가 부른 〈가로수 그늘 아래 서면〉의 첫머
리에 등장하는, 영어로는 라일락꽃이요, 순수 우리말로는 수수꽃
다리라 부르는 꽃을 이르는 말이다. 28일에 쓴 편지에서도 그는
"나의 구원인 정향! 절망인 정향! 나의 영혼의 전부가 당신에게
만 있는 나의 정향! 오늘 이날이 나의 낙명落命의 날이 된달지라
도 아깝지 않을 정향"이라고 불렀다. 쉽게 말해 당신 없인 못 살
겠다는 것처럼 들리지만 실은 당신이 존재하기 때문에 또한 살기
힘들다는 고백이기도 하다. '구원'인 동시에 '절망'인 사랑 때문이
다. 그리하여 편지에서 시인은 항의한다. "나의 귀한 정향, 안타까
운 정향! 당신이 어찌하여 이 세상에 있습니까?"라고. 동시에 그
는 정향을 원망한다. 정말 내 사랑이 들리지 않느냐고, 입을 여미
고 왜 말 한마디 없느냐고. 왜 일부러 우리 사랑에 눈을 감으려
드느냐고, 과연 이렇게 사랑하는 내가 미련한 것이냐고, 아니면
서로의 우정과 사랑을 십분 감지하면서도 신분상의 이유로 짐짓
서로를 멀리해야 하는 것이 미련한 것이냐고. 정말이지 연애만

하면 역설과 아이러니는 수사법도 아니다.

우리는 이해해 주어야 한다. 한 교무실에서 매일같이 마주하고 늘 저만치에서 그녀를 바라보며 편지를 써야 했던 청마의 심정을, 그 고통, 그 가슴앓이를 말이다. 그에게 그것은 얼마나 행복이고 또 저주였을까. 사랑하면서도 사랑해서는 아니 되고 더욱이 늘 가까이에 마주하면서도 멀리해야 하니 그것이야말로 '지척 같으면서 만릿길'이 아니었겠는가. 그런데 끝내 그것이 만릿길로 종결될 것이라면? 청마는 이제 '하나님'께 원망한다. 이런 사람을 왜 나와 같은 세상에 주셨냐고. 가까이 못할 것이라면 왜 이리 아름다운 사람을 곁에 주셨냐고.

이 대목에서 우리는 새삼 〈깃발〉의 마지막 구를 떠올리게 된다. "아아 누구던가/이렇게 슬프고도 애닯은 마음을/맨 처음 공중에 달 줄을 안 그는." 이때의 '그'는 말할 것도 없이 곧 '하나님'이요, 운명이다. 청마는 희구한다. 이러느니 차라리 그녀를 꿈꿀 수조차 없게, "생각마저도 잡을 길 없는" 세상으로 나를 보내달라고. 그것이 설령 '사망의 길'이라도 그편이 낫겠노라고. 같이 있어 행복하고 같이 있어 괴로운 이 모순. 내가 살아야 할 이유이자 내가 죽고 싶은 이유가 될 정도의 이 모순. 이 편지의 주제는 바로 사랑과 운명의 모순이다. 이번에도 또 들려온다. 그런즉, 아, 어쩌란 말이냐. 도대체 어쩌란 말이냐.

그런데 삶이란 게 원래 그런 것이다. 안타까워도 어쩔 수 없으면 어쩌지 않으면 그만이다. 고통스럽지만 그것이 어른스러운 길이기 때문이다. 그러나 유치환은 남성적이되 의지적이진 않아 보

시를 잊은 그대에게

인다. 관념과 육체가 일치하기란 쉽지 않은 법이다. 더구나 그는 여전히 낭만적이다. 사랑 앞에서 그는 맹목盲目이 되는지도 모른다. 특히 운명 같은 사랑이기에 더욱 그러할 것이다. 거기에 나이가 문제 될 것도 아니다. 신분상의 금기는 그 정도가 강하면 강할수록 오히려 열정의 불길에 기름을 붓는 격이다.

그러나 청마의 사랑은 순간의 애욕도, 일시적인 욕정도 아니었다. 정운은 그에게 이상의 여인, 구원의 여인이었을 따름이다. 하루 이틀, 아니 일 년 열두 달이 가도 그 마음은 변하질 않았다. 그만큼 집요했던 것이 아니라 그만큼 순수했다는 증거다. 오로지 자신의 사랑이 받아들여질 때까지 그는 시와 편지를 쓰고 또 썼다. 그러니 그것은 마치 기도와도 같지 않았을까.

그 기도가 통하였는지, 그 사랑과 정성에 감복했는지, 마침내 바위처럼 꿈쩍 않고 뭍같이 까딱 않던 그녀의 마음에 서서히 틈이 벌어지기 시작한다. 3년이 넘도록 날마다 배달되는 편지와 시편에 그녀의 마음이 드디어 움직인 것이다.

사랑했으므로 나는 행복하였네라

이들의 애정이 어느 정도였을지 우리는 알지 못한다. 플라토닉한 사랑이었는지 농염한 사랑이었는지 그런 것도 실은 호사가의 관심거리에 지나지 않는다. 하지만 정운의 다음과 같은 시조를 대하노라면 말 한마디 없어도 서로의 마음과 영혼까지 오고 가는,

충분히 사랑하면서도 애달프고, 애달프면서도 충분한 사랑을 느끼게 된다.

오면 민망하고
아니 오면 서글프고
행여나 그 음성
귀 기우려 기다리며
때로는
종일을 두고
바라기도 하니라.

정작 마주 앉으면
말은 도로 없어지고
서로 야윈 가슴
먼 창窓만 바라다가
그대로
일어서 가면
하염없이 보내니라.

— 이영도, 〈무제 1〉

마치 여인네의 고시조 작품마냥 "오면 민망하고 아니 오면 서글프고"라니, 참 솔직한 표현이지 싶다. 그리고 참 단아한 사랑이지 싶다. 거북했던 사람. 그러나 참 다정했던 사람. 만나자니 민망하고 아니 만나자니 슬픈 사랑. 그 경계에서 정작 만나면 그저 이심전심으로 아무 말 없이 가슴을 주고받은 사랑.

정운과 사랑을 나누게 된 이후, 직장이 멀리 떨어져 있을 때도 청마는 단 한두 시간을 만나기 위해 하루 종일 버스를 타고 먼 길을 달려왔다. 길은 험했고 버스는 느렸다. 정운 역시 "종일을 두고 바라기도" 했다. 그렇게 힘들게 만나 아무 말 없다가 그대로 일어서 가도, 서로를 존경했기에, 서로의 처지를 이해했기에, 그저 하염없이 보내야 했다. 하지만 행복했다. 사랑했기에.

—사랑하는 것은
사랑을 받느니보다 행복하나니라.
오늘도 나는
에메랄드빛 하늘이 환히 내다뵈는
우체국 창문 앞에 와서 너에게 편지를 쓴다.
행길을 향한 문으로 숱한 사람들이
제각기 한 가지씩 생각에 족한 얼굴로 와선
총총히 우표를 사고 전보지를 받고
먼 고향으로 또는 그리운 사람께로
슬프고 즐겁고 다정한 사연들을 보내나니.

세상의 고달픈 바람결에 시달리고 나부끼어
더욱더 의지 삼고 피어 헝클어진 인정의 꽃밭에서
너와 나의 애틋한 연분도

한 망울 연연한 진홍빛 양귀비꽃인지도 모른다.

─사랑하는 것은
사랑을 받느니보다 행복하나니라.
오늘도 나는 너에게 편지를 쓰나니
─그리운 이여 그러면 안녕!
설령 이것이 이 세상 마지막 인사가 될지라도
사랑하였으므로 나는 진정 행복하였네라.

─유치환, 〈행복〉

이 시, 특히 마지막 연을 모르는 이가 있을까. "사랑하는 것은 사랑을 받느니보다 행복하나니라." 이것은 우리 한국인에게 시구가 아니라 만고불변의 경구처럼 되었다. "사랑하였으므로 나는 진정 행복하였네라." 이것은 사랑하는 모든 이에게 바칠 수 있는 가장 아름다운 헌사 가운데 하나가 되었다. 그래서 연애편지를 쓸 때면 줄곧 베껴 쓰곤 하지만, 그러나 많은 사람들이 놓치는 것이 있다. 그것은 바로 이 두 구 사이의 한 줄, 곧 "오늘도 나는 너에게 편지를 쓰나니"라는 대목. 하루가 멀다 하고 편지를 보낸 그 정도의 정성과 사랑을 바친 이에게만 그 경구와 헌사가 합당하다는 사실을 말이다.

청마는 정운과의 사랑을 통해 결국 우리나라의 가장 대표적인 사랑 시편 〈행복〉을 남기게 된 셈이다. 그리고 부산남여자상업고등학교 교장으로 재직하고 있던 청마는 1967년 2월 13일 "그리운 이여 그러면 안녕"이라는 마지막 인사도 하지 못한 채 세상을 떠나고 만다. 그날 밤 예술문화단체총연합회 인사들과의 술자리에서도 고혈압 때문에 사이다만 마셨던 청마는 부산의 수정동 집으로 돌아가던 길에 그만 버스에 부딪히고 말았던 것이다. 천국에는 우체국이 없었을까. 이날로 그의 편지는 끝이 난다.

세상을 뜰 때까지 청마는 거의 하루도 빠지지 않고 20년 동안 정운에게 편지를 보냈다. 보낸 이만 정성이었을까. 받은 이 정운도 정성이었다. 그녀는 그 많은 편지를 꼬박꼬박 보관해 두었다. 정운도 청마에게 얼마나 편지를 보냈는지 그건 알 길이 없지만 정운이 알뜰히 모아 놓은 청마의 편지는 전란 때 불타버린 예전 것을 제하고도 무려 5,000여 통!

그의 사후, 당시의 주간지에 이들의 러브스토리가 '사랑했으므로 나는 행복하였네라'라는 제목으로 실린 것이 계기가 되어 청마의 편지 중 200통을 추려 같은 제목의 단행본이 출간된다. 그런데 이 러브레터가 책으로 나오자마자 엄청난 주문이 몰려들면서 일약 베스트셀러의 반열에 올라서게 된다. 그것이 유치환과 이영도에 대한 진실한 사랑과 관심 때문이든, 유명인의 러브스토리와 러브레터를 엿보는 호기심에서 기인한 것이든, 베껴서라도 멋진 연애시와 연애편지 한번 써 보려는 독자 대중의 심사에서 비롯한 것이든, 그 시절의 그런 풍경이 그립고 부러울 따름이다. 연예인의 별별 잡다한 러브스토리가 연일 방송과 인터넷을 장식하고, 연인간의 사랑 고백은 무슨 거창한 이벤트를 벌여야만 대단한 건 줄 아는 이 시대의 풍속에 비추어 보면 더욱 그러하다.

청마를 지금의 시점에서 윤리적으로 비난하기는 쉬울지 모른다. 정운과의 사랑도 지나치게 미화되었는지 모른다. 실제로 청마의 부인 권재순 여사는 관심에서 벗어나기만 했다. 그녀 역시 청마와 오랫동안 연서를 주고받았고 집안에 별 벌이가 없을 때 유치원 보모 생활을 하며 가계를 돕는가 하면, 만주에서는 함께 고생을 하다가 어린 아들 하나를 언 땅에 묻고, 남편을 채근하여 통영으로 귀환케 하는 등 삶의 고비 고비마다 중요한 역할을 해왔건만 청마의 그 서한집 인세조차 정운에게 돌아가고 말았다. 물론 정운은 그 돈을 시 전문지《현대시학》에 작품상 기금으로 기탁했지만 말이다.

우연인가? 〈가슴앓이〉의 원조 '한마음'도 파도와 바위를 그린 〈갯바위〉라는 노래를 남겼다.

나는 나는 갯바위
당신은 나를 사랑하는 파도
어느 고운 바람 불던 날 잔잔히 다가와
부드러운 손길로 나를 감싸고
향기로운 입술도 내게 주었지

세찬 비바람에 내 몸이 패이고
이는 파도에 내 뜻이 부서져도
나의 생은 당신의 조각품인 것을
나는 당신으로 인해 아름다운 것을

시를 잊은 그대에게

나는 나는 갯바위

당신은 나를 사랑하는 파도

우린 오늘도 마주보며 이렇게 서 있네

———강영철 작사·작곡, 〈갯바위〉

파도도 바위도 원망할 것이 없다. 내 몸이 패여도 나의 생은 당신의 조각품이요, 나는 당신으로 인해 아름답기에. 어쩌면 이는 청마와 정운이 들었어야 할 노래인지도 모른다. 그리고 어쩌면 지금 가슴을 앓고 있는 바로 당신이 들어야 할 노래인지도 모른다. 허나 어쩌랴. 부부였던 '한마음'의 두 사람조차 이제는 남남인 것을. 운명아, 사랑아, 도대체 어쩌란 말이냐.

인생이란 이토록 허무한 것인가?

사랑은, 열정은, 낭만은, 행복은 그저

잠시 있다가 사라져 버리는 그런 것일까?

‘겨울 나그네’와 ‘피리 부는 소년’

굳이 겨울이 아니어도 좋다. 그저 쓸쓸하게 비만 뿌려도, 혹은 지나가 버린 것에 대한 그리움으로 뭉클거릴 때면, 창밖을 바라보며, 혹은 눈 감고 뮐러의 시에 슈베르트가 곡을 붙인 〈겨울 나그네Die Winterreise〉를 듣는다. 그러면 실연의 쓰라림을 안고 스산한 겨울 들판을 헤매는 한 젊은이가 보이는 듯하다. 쓸쓸함을 넘어 이내 아득해진다. 막막하다. 어둡고 차갑고 무겁고, 조금은 무섭다. 낭만적 광풍에 휩쓸린 청년의 방황. 방랑의 그 나그네 길에는 구원의 희망도, 성숙도 보이지 않는다. 겨울 들판의 끝에는 죽음뿐이다. 아닌 게 아니라 〈겨울 나그네〉가 발표된 1827년에 서른셋의 나이로 뮐러가 세상을 떠나고, 바로 그 이듬해 슈베르트도 외로이 눈을 감는다. 모차르트보다도 이른, 서른한 살의 요절이었다. 그나마 자신의 유언대로 그가 존경해 마지않던 베토벤 무덤 곁에 묻힌 것이 유일한 위로가 되지 않았을까?

프란츠 페터 슈베르트Franz Peter Schubert, 1797~1828. 그의 손을 거치면 시는 노래가 되고 음악은 말을 했다. 잘 알려진 대로 〈겨울 나그네〉는 〈아름다운 물방앗간 아가씨〉와 더불어 독일의 낭만주의 시인인 빌헬름 뮐러Wilhelm Müller, 1794~1827의 시집에 곡을 붙인 것이다. 스물한 살 시절 뮐러의 일기에는 이렇게 적혀 있었다고 한다. "멜로디를 내 힘으로 붙일 수 있으면 나의 민요풍 시들이 지금보다 훨씬 더 멋질 것이다. 그러나 확신컨대, 나의 시어에서 음률을 찾아 그것을 내게 되돌려 줄, 나와 비슷한 영혼을 가진 사람이 분명히 있을 것이다." 그 사람이 바로 슈베르트였다. 슈베르트는 뮐러의 〈겨울 나그네〉 시 스물네 편 하나하나에 곡을 붙였다. 그중에 가장 대표적인 노래, 가장 사랑받는 작품이 〈보리수〉라는데 별 이의가 없을 것이다.

성문 앞 샘물 곁에
서 있는 보리수
나는 그 그늘 아래서
수많은 단꿈을 꾸었네.

보리수 껍질에다
사랑의 말 새겨 넣고
기쁠 때나 슬플 때나

언제나 그곳을 찾았네.

나 오늘 이 깊은 밤에도

그곳을 지나지 않을 수 없었네.

캄캄한 어둠 속에서도

두 눈을 꼭 감아버렸네.

—빌헬름 뮐러, 〈보리수〉

고등학교 시절 음악 시간에 참 많이도 불렀던 노래다. 그때만 해도 그 의미는 알지 못했고 그냥 아름답고 어딘가 성스럽게 들리는 음악이라고 여겼을 뿐이다. 그런데 이상하게도, 딱히 그 이유를 설명하긴 힘든데, 이 노래를 부를 때면 왠지 다른 노래가 하나 연상되며 서로 갈마들곤 했다. 그 1절만 옮겨 본다.

목련꽃 그늘 아래서 베르테르의 편질 읽노라

구름꽃 피는 언덕에서 피리를 부노라

아 멀리 떠나와 이름 없는 항구에서 배를 타노라

돌아온 4월은 생명의 등불을 밝혀든다

빛나는 꿈의 계절아 눈물 어린 무지개 계절아

—박목월 시·김순애 작곡, 〈사월의 노래〉

짐작건대 이 시의 화자도 젊은 방랑자이리라. 집에서 멀리 떠나와 이름 없는 항구에서 배를 타는 나그네 신세인 게다. 허나 이 친구는, 그리고 이 시는 밝기만 하다. 눈물 어린 무지개 계절이란

것도 눈물 날 정도로 아름다운 계절이라 보는 것이 옳다. 4월, 그 빛나는 꿈의 계절이란 청춘의 다른 이름에 지나지 않는다. 젊음의 방랑은 인생 사시사철 가운데 유일하게 허여된 아름다운 계절의 특권인 것이다. 그래서 '베르테르'의 편지를 읽고 '피리'를 부는 이 이국적 정경, 그 낭만, 그것은 오히려 동경의 대상이 될 따름이다.

그러니 '목련'과 '보리수', '봄'과 '겨울', '죽음'과 '생명'의 대비는 낭만주의의 두 얼굴을 극명하게 드러내 보이는 셈이다. 그늘까지 드리운 대낮의 환한 목련, 그리고 깊은 밤 캄캄한 어둠 속에 찾아온 보리수, 그것은 낭만적 이상과 허무, 낭만주의의 건강성과 감상성感傷性을 각각 대표한다. 그렇다면 이 두 시에 등장하는, '겨울 나그네'와 '피리 부는 나그네'는 혹시나 한 사람의 두 얼굴은 아닐까?

개인적 회고를 용서해 달라. 대학 시절은 우울했다. 연일 데모로 캠퍼스에는 최루 가스가 연무처럼 피어올랐다. 슈베르트도 감정의 낭비였고, 베르테르도 감정의 사치일 뿐이었다. 낭만은 더 이상 대학에 어울리지 않아 보였다. 대학원에 진학해도 시절은 여전히 어수선하고 삭막하기만 했다.

그러던 1986년 어느 날, 그때만 해도 한국영화를 자주 볼 때가 아니었는데 곽지균이라는 신인 감독이 연출한 〈겨울 나그네〉를 보고 오래간만에 가슴이 울컥거렸다. 물론 지금 이 영화를 다시 보려면 낡은 영상 문법을 견뎌내야 하는 약간의 고문을 대가로 치러야 하리라. 허긴, 순수와 청순의 전령이었던 강석우와 이미

숙마저 오늘날 드라마에서는 망가진 역을 맡을 만큼 세월이 흘렀
고, 아, 곽지균 감독은 스스로 생을 정리해 그만 고인이 되지 아
니하였던가. 그뿐이랴, 이 글을 쓰느라 다시 영화를 보니 이 영화
의 음악감독이 바이올리니스트 김남윤이 아니던가! 강석우, 이미
숙, 안성기, 이혜영 등의 연기도 좋았고, 영화 전편에 흐르는 바이
올린 소리, 특별히 〈보리수〉의 울림도 좋았다. 그래도 역시 이 영
화가 준 감동의 기본은 시나리오의 힘에 있었다. 원작이 바로
1984년부터 《동아일보》에 연재되었던 최인호崔仁浩, 1945~2013의
동명 소설이었던 것. 영화를 먼저 보고 소설을 찾아보는 것 역시
오랜만의 일이었다. 그리고 덜컥 숨이 멎었다.

그때 그 사람은 어디에 있는가. 그때 그 젊고 아름답던 청년은 어디
에 갔는가? 그 청년의 흔적을 이 무덤 속에서 찾을 것인가. 아니다.
그것은 잠시 하늘에 떠가는 구름이 한순간 저희들끼리 어우러져 만
들었던 하나의 영상에 불과한 것이다.
목련꽃 그늘 아래서 베르테르의 편지를 읽고 구름꽃 피는 언덕에서
피리를 불던 기억은 시든 풀잎을 스쳐가는 무심한 바람에 불과한 것.
아아.
나는 얼마나 그 사람을 사랑했던가. 아득히 먼 옛 기억 속에서 나는
그 사람만을 사랑하고, 그 사람만을 생각하고, 그 사람만을 기도했다.
생각하는 것만으로도 행복했다. 기도하는 것만으로도 행복했다. 생각
난다. 그 언젠가, 그 사람을 찾아서 설악산 계곡으로 홀로 가던 옛 추
억이, 그날 밤 물가에서 입맞추던 그 첫키스의 날카로운 기쁨이.

시를 잊은 그대에게

그 사람은 어디에 있을까. 사랑하고 그토록 생각하고 그토록 기도하던 그 사람은 어디에 있을까. 그 사람이 저 무덤 속에 있다는 것은 거짓이다. 그 아름답던 젊음은 저 무덤 속에 묻혀 있는 것이 아니다. 마음의 헛간 속에 채집되어 있다.

그 사람은 어디에 있는가. 그 사람은 어디로 갔는가. 옛날을 말하던 기쁜 우리들의 젊은 날은 어디로 갔는가.

이제는 다시는 돌아오지 못한다. 기쁜 우리들의 젊은 날은 저녁놀 속에 사라지는 굴뚝 위의 흰 연기와도 같았나니.

— 최인호, 《겨울 나그네》 중에서

우연의 일치일까. 최인호도 나와 같은 연상을 하고 있었다는 것만으로도 은근히 기뻤다. 슈베르트의 〈겨울 나그네〉를 들으며 그도 박목월의 〈사월의 노래〉를 연상한 것이 아닐런가. 그러자 오랜 세월 잊었던 목련과 보리수가 뇌리에서 되살아났다. 기쁜, 아니 별로 기쁘지도 않던 우리들의 젊은 날은 다 사라져 가고 있었지만, 그 그리움은 언제든 재생 가능한 것임을, 아니 회복은 불가능해도 기억 속의 재생, 재생을 위한 그리움만은 언제나 가능해야 한다고 믿고 싶어졌다.

20년 동안 100쇄 이상 찍은 베스트셀러. 거기에 앞서 말한 대로 1986년 영화화되어 공전의 히트를 기록하고, 1989년에는 손창민, 김희애 주연의 텔레비전 미니시리즈로 방영되었는가 하면, 1997년과 2005년에는 윤호진 연출의 뮤지컬로 공연되기도 한 소설 《겨울 나그네》. 최인호는 이 소설을 2005년, 그러니까 20년

만에 새롭게 대폭 손질하여 개정본을 출간하기까지 한다.

어찌 보면 흔하디 흔한 이 러브스토리가 이토록 사랑받은 이유는 무엇일까? 그것은 제목 '겨울 나그네'가 이미 암시하고 있다. 이 작품은 제목만 슈베르트에게 빌려온 것이 아니라 소설 속의 장제목마저도 〈겨울 나그네〉 연가곡 중에서 따올 정도였다. 겨울 나그네. 도대체 나그네 운명이란 무엇이던가? 돌아가고 싶음, 그러나 때로는 너무 멀리 가서 돌이키고 싶어도 돌이킬 수 없는 것. 그냥 정처 없이 떠도는, 공간을 방황하는 나그네가 아니라 회귀할 수 없는, 바로잡을 수 없는, 그저 흘러만 가는 시간의 힘 앞에 속수무책인 우리 인생 같은 것. 실존적이고 철저히 개인적인 운명 같은 것.

그전에도 이를 몰랐던 것은 아니다. 그런데 이번 개정판 서문에는 슈베르트의 가곡만이 아니라 에두아르 마네Édouard Manet, 1832~1883가 그린 명화 〈피리 부는 소년Le fifre〉에서 영감을 얻었다는 진술이 눈에 들어온다.

이것이 《겨울 나그네》의 주인공 '민우', 이름하여 '피리 부는 소년'의 이미지다. 첫인상은 단순하면서도 강렬하다. 배경도 없다. 텅 빈 공간에 실물 크기의 인물만이 들어 있을 따름이다. 손은 움직이는 듯도 하고 정지하는 듯도 보이건만 도무지 소리는 잘 들려 오질 않는다. 소년은 피리를 입술에 댄 채 관객인 우리를 열없이 쳐다볼 뿐이다. 그는 행복해 보이지는 않는다. 착각일까, 앳되어 보이는 이 소년의 얼굴에 어딘가 우수의 그림자가 드리워져 보이는 것은? 과연 이 어린 소년의 운명은 어찌 될까?

에두아르 마네, 〈피리 부는 소년〉, 1866년

거기서부터 우리도 최인호처럼 상상의 날개를 펼쳐 스토리를 만들어 보는 거다. 어쩌면 이 어린 소년은 피리 소리와 피리 부는 걸 좋아하는 순수한 아이였을 것이다. 다른 아이들은 전쟁 놀이를 즐기고 있을 때 이 소년은 홀로 목련 그늘에서 피리를 불었을지도 모른다. 그런데 바로 그 재주 덕에 군대에서 피리 부는 소년이 되고 만다. 피리는 병사들에게 전투 지시를 내리는 데 쓰이는 것. 그리하여 그의 운명은……?

이런 상상이 미칠 때면, 레오나르도 다빈치Leonardo da Vinci, 1452~1519의 〈최후의 만찬〉과 관련된 일화가 하나 떠오른다. 예수의 모델로 삼을 만큼 선하게 생긴 이를 찾아 헤매던 다빈치는 드디어 젊은이 하나를 만나 화폭에 그 얼굴을 담게 된다. 그 후 수년 동안 예수의 열두 제자 가운데 열한 명을 완성한 다빈치는 마지막으로 유다의 모델을 찾으면 되었는데 그게 만만찮았던 모양이다. 그러다 마침내 로마의 지하 감옥에서 사형을 기다리는 죄수 중 가장 흉악하게 생긴 이를 택하여 그림을 완성하게 되었다고 한다. 그런데 완성된 〈최후의 만찬〉을 본 이 죄인은 그림 속의 예수를 가리키며 실은 그 모델이 바로 6년 전의 자신이었음을 토로했다는 게다.

믿거나 말거나 이 이야기의 사실 여부는 별로 중요하지 않다. 하지만 저 마네의 '피리 부는 소년'도, 최인호의 '피리 부는 소년' 민우도 그처럼 될 수 있다는 데 동의해야 한다. 순수한 데다 장래가 촉망되는 의대생이었으며 부유한 집안의 아들로 등장한 민우가 자신의 힘으로 어찌할 수 없는 인생유전, 그 방랑의 끝에 결국 범죄자가 되고 허망한 죽음에 이르게 되었을 때, 이것은 말도 안

시를 잊은 그대에게

되는, 비현실적인 허구라고 하지 말아야 하는 것이다. 그런 말도 안 되어 보이는 인생이 실은 참 많은 게 우리가 사는 세상이기 때문이다. 그러니 앞의 구절을 다시 한 번 읽어 보라.

> 그때 그 사람은 어디에 있는가. 그때 그 젊고 아름답던 청년은 어디에 갔는가?
> 이제는 다시는 돌아오지 못한다. 기쁜 우리들의 젊은 날은 저녁놀 속에 사라지는 굴뚝 위의 흰 연기와도 같았나니.

물론 최인호 자신도 예외일 수는 없었다. 2009년 10월호를 끝으로 최인호의 연재소설 〈가족〉은 대단원의 막을 내린다. 월간 《샘터》에 처음 실린 것은 1975년 9월호, 당시 샘터사 대표였던 김재순은 "샘터가 없어지거나 당신이 세상을 떠날 때까지 연재하시오"라고 제의했고, 최 씨는 "삶이 다하는 날까지 쓰겠다"고 답했다 한다. 작가 자신을 철부지 남편이자 아빠로 그리며 시작한 〈가족〉은 보통 사람들의 가정과 이웃들이 살아가는 모습을 일기 쓰듯 진솔하게 묘사해 잔잔한 감동을 주었다. 그 스스로 이 연재소설을 가리켜 "언제 끝이 날지 모르는 '미완성 교향곡'과 같은 작품"이라 말하기도 했다. 그런데 갑자기, 무려 서른네 해 동안 이어오던, 우리나라 문학사상 가장 오래 연재되어 온 그 소설이 끝이 난 것이다. 작가의 침샘암 때문이었다.

〈가족〉의 마지막 원고는 최인호가 춘천의 김유정 생가를 찾는 것으로 시작된다. "김유정金裕貞. 1908년에 태어나 겨우 스물아홉

살의 나이인 1937년에 요절한 소설가"에 대한 최인호의 사랑은
남달라 보인다. 무엇보다도 그의 가슴을 아프게 했던 것은 "김유
정이 죽기 열흘 전에 쓴 유서와 같은 편지"였다. "평생지기였던
작가 안회남에게 쓴 이 편지를 문학청년 시절 나는 습작 노트 첫
머리에 친필로 베껴 놓고 다녔다. 그 편지를 읽을 때마다 나는 펑
펑 울었다"라고 최인호는 회고한다.

> 아아, 그때가 1965~1966년, 내 나이 갓 스무 살 때였지. …… 나
> 의 유일한 위로는 김유정의 '마지막 편지'를 읽는 것이었지. 그 편지
> 를 읽을 때마다 나는 엉엉 울었고, 글을 써야 한다는 열정을 느끼곤
> 했어. 그 편지가 있을까. 그 편지가 김유정의 생가에 그대로 남아 있
> 을까. ……
> 생가를 돌아보며 젊은 날의 노트에 새겨 왔던 그 편지를 발견할 수
> 있을까 나는 마음이 조마조마했다. 그러나 그곳에 그 편지는, 있.
> 었. 다.
>
> ─최인호, 《가족》 중에서

최인호는 오래간만에 다시 읽는다. 김유정의 편지다.

> 필승아, 나는 참말로 일어나고 싶다. 지금 나는 병마와 최후의 담판
> 이다. 홍패가 이 고비에 달려 있음을 내가 잘 안다. 나에게는 돈이
> 시급히 필요하다. 그 돈이 없는 것이다.
> 필승아, 내가 돈 백 원을 만들어 볼 작정이다. 동무를 사랑하는 마음

으로 네가 좀 조력하여 주기 바란다. 또다시 탐정 소설을 번역해 보고 싶다. 그 외에는 다른 길이 없는 것이다. 허니, 네가 보던 중 아주 대중화되고 흥미 있는 걸로 두어 권 보내 주기 바란다. 그러면 내 50일 이내로 역하여 너의 손으로 가게 하여 주마. 하거든 네가 극력 주선하여 돈으로 바꿔서 보내 다오.

필승아, 이것이 무리임을 잘 안다. 무리를 하면 병을 더친다. 그러나 그 병을 위하여 무리를 하지 않으면 안 되는 나의 몸이다. 그 돈이 되면 우선 닭을 한 30마리 고아 먹겠다. 그리고 땅꾼을 들여 살모사, 구렁이를 10여 마리 먹어 보겠다. 그래야 내가 다시 살아날 것이다. 그리고 궁둥이가 돈을 잡아먹는다. 돈, 돈, 슬픈 일이다.

필승아, 나는 지금 막다른 골목에 맞닥뜨렸다. 나로 하여금 너의 팔에 의지하여 광명을 찾게 하여 다오. 나는 요즘 가끔 울고 누워 있다. 모두가 답답한 사정이다. 반가운 소식 전해 다오. 기다리마.

눈물을 글썽이며 김유정의 생가를 나온 최인호는 동행한 함 군에게 50년 전의 과거로 돌아가고 싶다고 말한다. 그리고 이렇게 글을 맺었다.

갈 수만 있다면 가난이 릴케의 시처럼 위대한 장미꽃이 되는 불쌍한 가난뱅이의 젊은 시절로 돌아가고 싶다. 그 막다른 골목으로 돌아가서 김유정의 팔에 의지하며 광명을 찾고 싶다. 그리고 참말로 다시 일. 어. 나. 고. 싶. 다.

— 최인호, 《가족》 중에서

나 또한 김유정의 편지를 진작부터 알고 있었다. 그때도 가슴은 편치 않았다. 그러다 최인호의 이 글을 읽고 가슴이 먹먹해지다가 끝내 남몰래 울고 말았다. 김유정의 편지는 예전보다 더 슬펐다. 그와 같은 처지가 된 최인호는 오죽했으랴. 죽음을 앞둔 김유정과, 그를 바라보는 자신 또한 죽음을 앞두게 된 최인호와, 그 둘을 바라보는 적어도 아직은 멀쩡한 필자 사이에 벌어진 울림과 떨림.

그때 그 최인호는 어디에 있는가. 청년 문화의 기수였던, 그 빛나던 청년은 어디에 갔는가? 기쁜 우리들의 젊은 날은 다시 돌아오지 않는다. 돌이킬 수 없다는 것, 이처럼 두려운 일이 또 있을까? 인생이란 이토록 허무한 것인가? 사랑은, 열정은, 낭만은, 행복은 그저 잠시 있다가 사라져 버리는 그런 것일까?

이 세상 소풍 끝나는 날

그렇게 억울하고 허무하고 속 답답할 때는 이 시를 읽자.

> 나 하늘로 돌아가리라.
> 새벽 빛 와 닿으면 스러지는
> 이슬 더불어 손에 손을 잡고,
>
> 나 하늘로 돌아가리라.
> 노을빛 함께 단둘이서

기슭에서 놀다가 구름 손짓하면은,

나 하늘로 돌아가리라.
아름다운 이 세상 소풍 끝내는 날,
가서, 아름다웠더라고 말하리라…….

— 천상병, 〈귀천〉

천상병 千祥炳, 1930~1993의 인생이야말로 피리 부는 소년의 나그네 길 그것이었다. 등단 초기부터 가난과 주벽, 해학과 기행으로 고은高銀, 1933~ , 김관식金冠植, 1934~1970 등과 더불어 문단의 기인으로 알려진 천상병 시인은 원래 1951년 서울대학교 상과대학에 입학할 정도로 수재였다. 하지만 1952년 문단에 등단하고 1954년 학교를 그만둔 그는 세속적인 소유 개념을 초월한 채 가난하면서도 궁색하거나 비겁하지 않게 술을 얻어 마시면서 자유롭게 살아갔다.

이 자유로운 시인에게 불행이 찾아온 것은 이른바 '동백림 간첩단 사건'에 무고하게 연루되면서부터였다. 반공 냉전 체제가 지배하던 시절의 일이다. 중앙정보부는 천상병이 그의 한 친구가 공산국가인 동독을 방문한 사실을 인지하고, 그를 협박하여 수십 차례에 걸쳐 100원 내지 얼마씩 갈취하여 도합 5만여 원을 착복하고는 수사기관에는 범죄자를 고지하지 않은 죄를 범하였다고 발표했던 것이다. 물론 그것은 누구에게나 막걸리 값으로 500원, 1,000원씩 뜯어내던 천상병의 일상에 불과한 것이었음을, 그를 아는 사람은 누구나 아는 일이었다. 그럼에도 그는 중앙정보부에서 석 달, 교도소에서 석 달씩 갇힌 채 모진 고문을 받아야 했다. 비록 그해 12월에 집행유예로 풀려나긴 했지만 그의 심신은 이미 정상 상태가 아니었다. 훗날 그는 거기서 겪은 고통을 "아이론 밑 와이셔츠같이" 당했노라고 표현했다. 전기 고문을 당했던 것이다. 그로 인해 그는 아이도 낳을 수 없는 몸이 되었다. 고문의 후유증으로 인해 그의 정신은 날로 황폐해져 과대망상증에 시달리게 된다. 자신을 시성詩聖이라 일컬었지만 그의 시는 점차 논리와 통일성을 잃어 가고 있었다. 일상에서도 어눌하게, 한 말을 또 반복하고, 침은 늘 입가에 그득한 채 얼굴은 일그러져 가고, 손도 발도 움직임이 어수룩하기만 한, 더 이상 엘리트의 모습은 찾으려야 찾을 수가 없었다.

그러던 그가 1970년 겨울 갑자기 사라져 버렸다. 행방불명이 된 것이다. 문우들은 그가 마침내 육체와 정신의 쇠약으로 어디선가 죽었다고 추측할 수밖에 없었다. 참 아까운 시인 하나가 요절했다고, 그래도 시집 한 권은 있어야 할 것 아니냐고 친구들은 뜻을 모았다. 그리하여 그의 시를 묶어 당시로서는 호화 장정의 유고 시집 《새》가 출간되기에 이르고, 그 소식은 매스컴을 통해 번져 나갔다. 그러자 시립 정신병원에서 연락이 왔다. 행려병자로 끌려가 수용되어 있었는데 정작 천상병은 자신이 누구인지조차 모르고 있었던 것이다.

이런 인생 앞에 감히 누가 억울하다고, 인생이 허무하다고 할쏘냐? 그 역시 앳된 피리 부는 소년이었다. 누가 그의 얼굴에 그

토록 찌그러진 주름살을 덧입히고 그의 눈에서 광채를 빼앗아 갔던가? 그런데 바로 그가 그러한 자신의 생애를 아름다웠노라고, 아름다웠던 소풍이라고 노래하고 있는 것이다. 이것은 경이驚異이고 감동이다.

시인은 노래한다. 나 하늘로 돌아가리라. 하긴 '죽다'의 높임말이 '돌아가다'인 것을 보면, 예부터 죽음이란 원래 있던 자리로 되돌아감을 의미했나 보다. 그런데 그 돌아가는 곳이 '하늘'이라면, 죽음도 괜찮을 성싶어지지 않는가? 이때 허무는 자리를 비켜선다. 귀천歸天이란, 말 그대로 하늘로 돌아가는 것이다. 그리고 하늘로 돌아간다는 것은 자신이 본래 하늘에서 왔다는 것을 전제로 해야만 성립되는 말이다. 그러니 이는 인간을 존귀하게 여기지 않으면 아예 성립조차 될 수 없는 말이다.

불행한 사실은 그같이 존귀한 존재들이 이 땅에서 살아가려면 악다구니같이 변해야만 한다는 것이다. 인간의 세계는 삶을 위한 투쟁과 갈등이 벌어지는 장소다. 성공의 조건은 부와 명예, 권력과 같은 세속적 가치들의 실현 정도에 따라 가늠된다. 세속적 가치를 획득하면 행복해지고, 그렇지 않으면 불행해지는 것이다. 그런 가치 속에서 바라보면 '죽음'은 정말이지 가슴 아픈 일이다. 세속적 행복을 누린 자의 편에선 그 행복을 놓고 가야 하니 슬플 것이고, 그렇지 못한 자의 편에선 평생 불행하게만 살다 생을 마감하고 마니 슬플 것이다.

하지만 인생을 잠시 놀다 가는 것으로 생각한다면 어떨까. 시인은 그래서 인생을 소풍 나온다고 생각하라고 우리에게 말한다.

자기 삶의 근원은 다른 곳에 존재하고 자신은 단지 이 세상에 잠시 놀러 나왔을 뿐이라는 것이다. 시인은 우리에게 이 고통스러워 보이는 이승에서의 삶도 천상에서 내려온 소풍쯤으로 생각하라고 권유한다. 그러면 이승에서의 삶은 소풍이기에 아름답고, 소풍에서 돌아가는 천상은 천상이기에 아름다울 터이니, 우리의 생生을 이승과 저승의 연속성으로 이해할 경우, 인생 전체가 진정 아름답지 아니하겠는가?

그러려면 무엇보다 우리네 삶을 소풍처럼 살아야 한다. 소풍은 누구에게나 즐거운 기억으로 남는다. 소풍은 노는 것이기 때문이다. 논다는 것은 무엇인가? 아무런 실용적 목적도 없이 즐김 그 자체가 목적이 되는 행위가 아닌가? 세속적 욕망을 초월해야만 삶은 그 자체로 유희가 되고 즐거운 소풍이 된다. 모든 세속적 욕망에서 벗어나야만 이승에서 행복한 소풍이 이루어지고, 그러한 삶은 천상의 삶과도 다를 바 없이 아름답지 않겠는가?

피리 부는 소년 같았던 어린 시절, 우리는 누구나 소풍을 좋아했다. 밤잠을 못 이루며 소풍날을 기다리다가 소풍이 시작되면 집으로 돌아가기가 싫었다. 마음대로 살 수만 있다면야 소풍을 매일, 아니 최소한 좀 더 오래 하고 싶어 했던 게 우리의 바람 아니었던가. 하지만 이상하게도 날이 저물면 불안해진다. 몸도 피곤하고 급기야 집이 그리워진다. 집에는 엄마와 따스한 밥이 기다리고 있었다.

인생이 소풍과도 같다면, 죽음 또한 받아들일 만한 그 무엇이 된다. 스러지는 이슬과 노을빛, 소멸하는 모든 것도 친구가 될 수 있다. 인생이야말로 이슬과 노을처럼 짧은 시간에 지나지 않는다. 소풍은 어디까지나 잠시 다녀오는 것. 영원한 가치는 다른 곳, 곧 하늘에 있지 아니한가. 그러나 그는 허무조차 느끼지 아니한다. 시인은 아름다운 이 세상에서의 소풍이 끝날 때도 슬퍼하기는커녕, 아름다웠다고 말하리라 노래하고 있는 것이다.

어떻게 가능했을까? 비슷한 시기, 당대 최고의 인기 가수 최희준은 〈하숙생〉에서 이렇게 노래했다. "인생은 나그네 길/어디서 왔다가 어디로 가는가?/구름이 흘러가듯 떠돌다 가는 길에/정일랑 두지 말자 미련일랑 두지 말자/인생은 나그네 길 구름이 흘러가듯/정처 없이 흘러서 간다." 하지만 천상병은 어디서 와서 어디로 가는지 분명히 알고 있었다. 그의 행복의 비결이 여기에 있다. 그의 집은 하늘이었다. '소풍逍風'의 대구對句는 '귀가歸家'가 적당하거늘 '귀천歸天'이라 이름하였으니 말이다. 천상병, 그는 천상, 천상天上의 시인이던가!

이것이 나그네의 방랑과 소풍의 차이다. 둘 다 집 떠나는 것은 같다. 하지만 전자는 오고 감에 정처가 없고 후자는 분명하다. 그래서 전자는 새로움에 대한 도전의 매력이 있는 반면, 먹을거리조차 스스로 구해야 하는 고달픔이 있고, 후자는 김밥 도시락까지 싸 가는 즐거움이 있는 반면, 제자리로 돌아오고야 만다는 아쉬움이 있다. 나그네에게 소풍은 없다.

11

한밤중에 눈이 내리네, 소리도 없이

함박눈이 펄펄 날리었다.

어디고 눈을 맞으며 끝없이 걷고 싶어진다.

머언 곳에 여인의 옷 벗는 소리

어느 머언 곳의 그리운 소식이기에
이 한밤 소리 없이 흩날리느뇨.

처마 끝에 호롱불 여위어 가며
서글픈 옛 자천 양 흰 눈이 내려

하이얀 입김 절로 가슴이 메어
마음 허공에 등불을 켜고
내 홀로 밤 깊어 뜰에 내리면

머언 곳에 여인의 옷 벗는 소리

희미한 눈발

이는 어느 잃어진 추억의 조각이기에

싸늘한 추회追悔 이리 가쁘게 설레이느뇨.

한줄기 빛도 향기도 없이

호올로 차단한 의상을 하고

흰 눈은 내려 내려서 쌓여

내 슬픔 그 위에 고이 서리다.

— 김광균, 〈설야〉

〈설야雪夜〉는 1938년 조선일보 신춘문예에 1등으로 당선한 작품이다. 이때 시인의 나이 스물다섯. 하지만 김광균金光均, 1914~1993은 개성상업학교를 다니던 열세 살 때부터 일간지와 월간지에 적잖은 작품을 발표한 바 있는, 이미 신인으로 볼 수는 없는 시인이었다. 그는 조숙했다. 아니, 조숙해야만 했다. 열한 살 때, 그의 아버지는 중풍으로 쓰러진 지 열이틀 만에 세상과 그리고 아들과 작별했다. 아버지의 죽음은 곧 파산을 의미했다. 빚쟁이들은 집까지 차압하고 그것도 모자라 자식이 후일 자라서 빚을 갚겠노라 약조하는 문서까지 요구했다. 그의 어머니는 호박에 말뚝 박는 일만은 참아 달라고 애원하며 섣달 그 추운 날, 채권단이 머물던 집 추녀 끝에 서서 한발도 움직이지 않았다. 꼬박 닷새 만에 채권단은 아비의 부채를 책임지지 않아도 된다는 불망기不忘記를 어머니에게 내밀었고, 김광균은 이를 액자에 넣어 벽에 걸어 두고 평생토록 간직해 두었다고 한다. 열세 살 때는 세 살 위 누이마저 세상을 떠난다. 그해 김광균은 처음으로 〈가신 누님〉이란 시를 《중외일보》에 발표하게 된다. 죽음은 그를 조숙하게 했다. 죽음은 시를 낳았고, 그의 시에 애상의 정조를 띠게 했다. 그와 동시에 죽음은 그로 하여금 가족에 대한 강한 책무의식을 갖게 했다. 학교를 졸업하고 나서 그는 가족의 생계를 위해 1931년 경성고무 공업주식회사 군산 지사로 취직하여 간다.

하지만 군산에 가서도 김광균은 1933년 들어서부터, 본격적으로는 1934년부터 신문지상에 시를 발표하기 시작한다. 그러던 중 김광균은 문단의 중진이자 조선일보에 근무하고 있었던 모더니스트 시인 김기림金起林, 1908~?이 〈금년도 내가 추천하는 신인〉으로 자신을 꼽은 글을 신문에서 접하게 된다. 훗날의 회상에 따르면, 그때의 감격은 "승천을 시작하여 지붕을 뚫고 샤갈의 그림처럼 하늘로 높이 날" 정도였고, 그리하여 "신진 시인 김광균"은 "의기양양하게 서울에 올라" 가서 곧바로 조선일보 학예부에 전화해 김기림을 불러냈다. 김기림은 당시 여배우 김연실金蓮實이 경영하던 '낙랑樂浪다방'에서 만나자 하고서는 어둑어둑할 무렵에야 나타났다. 어느 기록에는 "헬멧 모자에 반바지 스타킹 스타일로 '아프리카에 간 리빙스턴 박사'"처럼, 또 다른 기록에는 "테니스 모자를 쓰고 책을 두어 권 팔에 낀 채 〈콰이강의 다리〉에 나오는 영군 장교 같은 짧은 바지에 스타킹을" 하고서 말이다. 그러고서는 소다수 두 잔을 놓고 다방 문이 닫힐 때까지 김기림은 프랑스 시단의 동향과 시와 회화의 관계에 대한 이야기를 김광균에게 늘어놓았다.

그날 밤 이후 김광균은 새로운 세계에 눈을 뜨게 된다. 그는 이렇게 고백하고 있다.

> 그날 밤의 낙랑다방 대화는 나의 시작詩作에 결정적인 영향을 끼쳐주었다.
>
> 고흐의 〈수차水車가 있는 가교架橋〉를 처음 보고 두 눈알이 빠지는 것 같은 감동을 느낀 것도 그 무렵이다. 그때 느낀 유럽 회화에 대한 놀라움은 지금도 생생하다. 세계 미술 전집을 구하며, 거기 침몰하는 듯하여 나는 급속히 회화의 바다에 표류하기 시작했다. 시집보다 화집이 책상 위에 쌓이기 시작했고, 내 정신세계의 새로운 영양營養은 이렇게 해서 이루어진 것 같다.
>
> ― 김광균, 〈30년대의 화가와 시인들〉 중에서

그러다 서울 본사로 직장을 옮겨온 것이 바로 저 〈설야〉가 발표된 1938년의 일이다. 이미 문단에서 주목을 받고 있었지만 본격적으로 중앙 문단 활동을 하게 된 것도 이때의 일이다. 회사에서 퇴근하면 곧바로 지금의 소공동으로 달려가서 이봉구李鳳九, 1916~1983, 오장환吳章煥, 1918~1951, 이육사李陸史, 1904~1944, 서정주, 윤곤강尹崑崗, 1911~1949, 신석초申石艸, 1909~1976 등의 문인과 만나 시를 논하고 예술을 나누었다. 그렇게 만들어진 그룹이 바로 '자오선' 동인이다. 이뿐 아니라 많은 화가와도 교유했다. 특히 그는 피난지 부산에서 만난 이중섭李仲燮, 1916~1956을 높이 평가했다. 1955년

빈센트 반 고흐, 〈주네프의 물레방아(수차가 있는 가교)〉, 1884년

미도파 백화점 화랑에서 열린 이중섭 작품전의 안내장에 김환기와 더불어 김광균의 축사가 실린 것은 이때의 인연 덕이다. 작품전은 성공적이었다. 관람객이 성황을 이루었고 당시의 화단을 흔들어댔다. 하지만 수금收金은 아니 되고, 이중섭의 정신은 갈수록 이상해졌다. 불행과 절망의 끝, 이중섭은 사망 후에도 무연고자로 취급되어 사흘이나 방치된 연후에야 장례를 치를 수 있었다. 병원 측의 배려로 절반이나 삭감된 입원비 9만 원조차 감당할 수가 없었다. 거둬들인 조의금이라고 해봤자 고작 4만 원. 나머지 5만 원을 김광균이 지불했다.

이쯤해서 그의 〈설야〉로 다시 돌아가 보자. '그리운', '서글픈', '잃어진 추억', '싸늘한 추회' 등 도처에 애상적인 정조가 깔려 있다. 으레 눈 내리는 밤의 정경이 그러하다. 그리움, 그러나 돌아갈 수 없는 그 안타까움을 시인은 노래하고자 한 것. 그렇다면 이 시의 꽃은 역시 "머언 곳에 여인의 옷 벗는 소리"에서 찾아야 할 것이다. 이 한 구절을 위해 이 시가 존재했다고 해도 과언은 아닐 정도다. 그러나 현재 중등 교과서에 실린 문학 작품 가운데 가장 도발적이고 관능적인 이미지임에도 불구하고 학생들은 이 표현이 주는 매혹을 제대로 음미해 볼 여유도 없이 안타깝게도 주로 기법적인 측면에서만 공부를 하게 될 뿐이다. 그 대표적인 예가 이 대목을 두고, 바로 '시각의 청각화', '공감각적 이미지' 등을 운위하는 것이다. 헌데 명색이 시 전공자인 나 자신도 도대체 그런 설명이 무엇을 뜻하는지 잘 모르겠다.

상식적으로 생각해 보자. 먼 곳에서 여인의 옷 벗는 소리가 귀

시를 잊은 그대에게

에 들리겠는가. 왈가닥 처녀 아이도 아니고 여인이, 그것도 옆방에서가 아니라 먼 곳에서 옷을 벗는데 그 소리가 들릴 수 있겠는가. 더구나 그 옷은 하늘하늘한 실크 잠옷이거나 곱고 단아한 한복이거나 어딘가 그런 이미지가 아니겠는가.

그렇다. 아무래도 안 들린다. 김광균이 주목한 것은 바로 밤눈의 이러한 속성, 곧 '소리 없음', '고요함'이었던 것이다. 실제로 눈은 소리 없이 내릴 뿐 아니라 눈 내리는 밤은 평소보다 더 고요하기까지 하다. 이는 과학적으로도 설명이 가능한데, 눈의 입자가 육각형 흡음 구조라서 밤에 눈이 쌓이면 사위가 고요해진다고 한다. 그래서일까. 우리 누구나 경험해 보았듯이 밤눈은 눈치도 못 채고 있다가 무심코 창밖을 보거나 방을 나서야 알 때가 많다. 그때의 감동과 설렘을 떠올려 보라. 어쩌면 이 시의 화자도 방 안에 있다가 눈을 맞이했고 그래서 뜰에 내려갔을지도 모른다. 소리 없이 흩날리는 눈이었으니 정녕 그는 눈 오는 줄 미처 몰랐으리라.

하지만 소리가 나는 것은 청각적 이미지로 표현할 수 있겠으나 소리가 나지 않는다는 것은 과연 어찌 표현할까? 시냇물이 '졸졸' 흐른다고 하는 것은 쉬운 일이나 시냇물이 소리 없이 흐른다는 것은 달리 어찌 표현하겠는가? 바로 이 지점에 '머언 곳에 여인의 옷 벗는 소리'라는 표현의 묘미가 숨어 있는 것이다.

한번 인터넷에서 '용각산' 광고를 찾아보라. 이 광고는 우리나라 광고사廣告史에서 손꼽히는 명카피와 음향 효과로 유명하다. 그 이전까지 제약회사들의 광고는 약품의 효능을 선전하는 것이 일반적이었는데 이 광고는 그런 말 하나 없이 신생 제약회사 하나를 일약 중견회사로 성장케 했을 정도로 광고 효과가 대단했다고 전한다.

원래 이 광고는 우리나라 음향 효과계의 대부인 김벌래가 〈형사 콜롬보〉에서 주인공 콜롬보의 목소리로 유명한 당대 최고의 성우 최응찬의 목소리를 동원해 만든 라디오 광고였다. 이 광고는 제품을 좌우로 흔들자 뚜껑 속에 들어 있는 숟가락이 흔들리는 소리인 듯한 잡음으로 시작한다. 서걱서걱. 이어지는 성우의 멘트. "이 소리가 아닙니다." 다시 또 흔드는 소리가 들린다. 사각사각. "이 소리도 아닙니다." 그리고 1초 동안 아무 소리도 들리지 않는다. 라디오에서 1초의 공백은 엄청나게 긴 시간이다. 그 순간 비로소 들리는 성우의 목소리. "네, 이 소리입니다." 이로써 소비자의 호기심과 긴장을 불러일으키는 것은 물론, 제품에 대해서는 전혀 언급하지 않았지만 제품의 특성과 신뢰성을 인식시켜 주는 광고가 될 수 있었다. 텔레비전 광고에서는 곧바로 "용각산은 소리가 나지 않습니다"라는 멘트가 이어진다. 사실 진해거담제인 용각산은 가루약이라는 점에서 소비자에게 거부감이 있었지만 이 광고를 통해 소리가 나지 않을 정도로 미세한 분말의 생약 성분이란 점을 어필할 수 있었던 것이다. 소리가 나지 않음을 알리기 위해 다른 잡소리를 들려주는 아이디어. 침묵에 소음을 섞고 그 소음을 제거함으로써 침묵을 전하는 이 광고의 발상.

내친 김에 자동차 '레간자' 광고도 찾아보라. 당시 대우자동차는 엔진 소음이 크다고 악명이 높았다. 대우는 '레간자'라는 신형

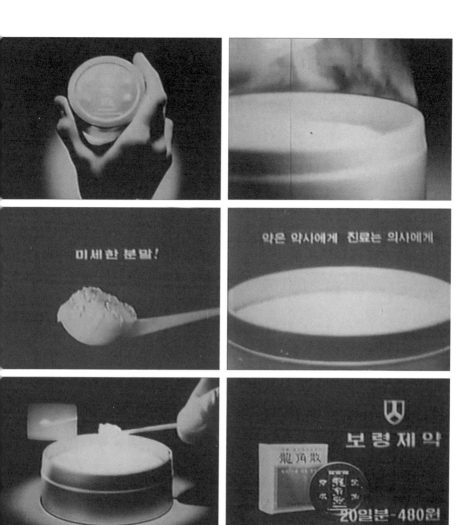

미세한 분말!

약은 약사에게 진료는 의사에게

보령제약

20일분·480원

자동차를 통해 그런 이미지를 불식하고자 했다. 하지만 이번에도 고민은 마찬가지였다. 소리가 나는 건 표현하기 쉽지만 소리가 나지 않는다는 걸 어떻게 표현한단 말인가. 이 광고 역시 텔레비전 광고로는 드물게 침묵 장치에 의존한다. 아름다운 들녘 도로를 소리 없이 자동차가 지나간다. 그러자 작은 잡음처럼 들려오는 개구리 울음 소리. 차창이 스르르 올라가며 닫히자 개구리 울음 소리는 더 이상 들리지 않고 침묵 속에 자동차가 질주한다. 그런가 하면 속편 광고에서는 바셋하운드 강아지 한 마리가 자동차 뒷좌석에서 편안히 잠을 자는 장면으로 시작한다. 잠시 후 어디선가 들려오는 벌의 날갯짓 소리. 차창이 소리 없이 열리고 벌이 날아가자 차 안은 다시 고요해진다. 강아지의 코 고는 소리만이 들려올 뿐. 그 정적 끝에 마지막 멘트가 흘러나온다. "쉿! 레간자!" 이 광고 역시 발상은 마찬가지다.

그렇다면 '머언 곳에 여인의 옷 벗는 소리'야말로 '용각산'의 숟가락 소리요, '레간자'의 개구리 울음 소리, 벌의 날갯짓 소리가 아니고 무엇이랴. 눈 내리는 밤은 '머언 곳에 여인의 옷 벗는 소리'가 들릴 정도로 고요하거나, 눈 내릴 때 나는 소리는 '머언 곳에 여인의 옷 벗는 소리'처럼 거의 소리가 나지 않는다는 뜻 둘 중 하나가 될 것이다. 그 어느 쪽이든 설야는 고요하고 적막하다. 그러나 그것은 숟가락 소리도 개구리 울음 소리도 아니기에, 여인의 옷 벗는 소리기에, 신비하고 야릇하고 관능적이고 몽환적인 느낌을 던지며 아련한 그리움까지 선사해 주는 게 아닌가. 일찍이 김기림은 김광균이 소리조차 모양으로 번역하는 시인이라고

평했지만, 이 시는 침묵조차 모양으로 만들어냈던 것, 이것이야
말로 이 시의 매력이다.

식민지 경성의 눈 내리는 밤

김광균은 이후에도 〈설야〉처럼 눈 오는 밤을 두 번이나 또 노래
한다. 다음 두 편의 시를 보라. 애상은 여전하고 눈은 여전히 옛
날을 떠올리게 하는 추억의 매개란 점에서 조금도 달라진 게 없
어 보인다.

서울의 어느 어두운 뒷거리에서
이 밤 내 조그만 그림자 위에 눈이 내린다
눈은 정다운 옛이야기
남몰래 호젓한 소리를 내고
좁은 길에 흩어져
아스피린 분말粉末이 되어 곱―게 빛나고
나타―샤 같은 계집애가 우산을 쓰고
그 위를 지나간다.
눈은 추억의 날개 때 묻은 꽃다발
고독한 도시都市의 이마를 적시고
공원公園의 동상銅像 위에
동무의 하숙 지붕 위에

캬스파처럼 서러운 등불 위에

밤새 쌓인다

— 김광균, 〈눈 오는 밤의 시〉

찻집 미모사의 지붕 위에

호텔의 풍속계風速計 위에

기울어진 포스트 위에

눈이 내린다

물결치는 지붕 지붕의 한 끝에 들리던

먼— 소음騷音의 조수潮水 잠들은 뒤

물기 낀 기적汽笛만 이따금 들려오고

그 위에

낡은 필름 같은 눈이 내린다

이 길을 자꾸 가면 옛날로나 돌아갈 듯이

등불이 정다웁다

내리는 눈발이 속삭어린다

옛날로 가자 옛날로 가자

— 김광균, 〈장곡천정에 오는 눈〉

　이 두 편의 시에서도 대상의 이미지를 적확하게 포착해 내는 그의 솜씨를 쉽게 찾아볼 수 있다. 화면에 비가 내린다고들 했던 옛날의 낡은 영화 필름을 생각해 보라. 눈은 '아스피린 분말'이 되어 '낡은 필름'처럼 내린다니, 기막히게 세련된 솜씨다. 하지만

여기서 더 눈여겨보아야 할 것이 있으니 '나타―샤', '캬스파', '찻집 미모사', '호텔'과 같은 서구적, 이국적 이미지다. 이것이 과연 모더니즘일까?

〈장곡천정長谷川町에 오는 눈〉을 중심으로 살펴보자. '장곡천정', 일제 때 조선 2대 총독으로 부임한 하세가와長谷川의 이름을 붙인, 그리하여 일본말로 '하세가와마치'라 부르던 이 거리는 바로 지금의 서울 소공동 길. 거기에는 조선은행, 곧 지금의 한국은행이 있었고, 맞은편엔 경성우편국이, 대각선 방향으로는 이상의 〈날개〉에 나오는 미쓰코시 백화점이 도열해 있었다. 그런가 하면 1930년대 식민지 경성의 일상을 낱낱이 기록했던 박태원朴泰遠, 1909~1986의 〈소설가 구보씨의 일일〉에도 "조선은행 앞에서 구보는 전차를 내려, 장곡천정으로 향한다. 생각에 피로한 그는 이제 마땅히 다방에 들러 한 잔의 홍차를 즐겨야 할 것이다"라는 대목이 나오거니와, 조선은행 북쪽이 바로 당시 국내 문인들의 보금자리였던 장곡천정의 다방거리인 것이다.

김광균과 김기림이 만났다던 '낙랑파라' 다방도 바로 그곳에 있었다. 이른바 모던보이, 모던걸 들이 이 거리 일대를 헤매 다녔다. 혼마치本町통로의 찻집, 빙수집, 우동집, 카페, 댄스홀 등등에서, 가수 백난아의 〈황하다방〉이란 일본풍의 퇴폐적인 노래에서 묘사된 것처럼 칼피스, 아이스고히커피를 마시며 흥청거렸다. 미쓰코시 백화점 주변을 산책하는 풍습도 생겨났다. 그게 모던의 상징이기도 했다. 다음에 인용하는 이태준李泰俊, 1904~?의 소설 《청춘무성》을 보라.

함박눈이 펄펄 날리었다. 은심은 대문 앞까지 와서는 새삼스럽게 집에 들어가기가 싫어진다. ⋯⋯

학교에서 노래하고 온 찬송가 구절을 다시 부르며 어느덧 조선은행 앞까지 이르렀다.

눈은 그저 한결같이 내린다. 은심은 머리와 어깨에 눈을 털고 장곡천정長谷川町으로 들어섰다. 이내 조선호텔이 나온다. 불빛이 창마다 휘황하다. 자동차 한 대가 뚜우뚜 경적을 울리며 남대문 쪽에서 들어와 눈 덮인 호텔의 넓은 마당으로 들어간다. ⋯⋯

은심은 멀거니 서서 호텔 안을 들여다보다가 미국 가 있는 사촌오빠 생각이 났다. 그리고 가까이 동경 가 있는 중학 동창들도 생각이 났다.

'동경이나 갈까 보다!' ⋯⋯

집에는 편지가 한 장 와 있었다. 색다른 양봉투, 영어에 서양 우표다. 사촌오빠에게서 해마다 오는 '크리스마스카드'였다. ⋯⋯

사진이 한 장 따라 나왔다. ⋯⋯

하나는 사촌오빠요 하나는 동양사람이긴 하나 처음 보는 얼굴이다. 모두 상반신만 찍은 것인데 양복 맵시며 머리 매끈한 것이며 미소 띤 표정이 선명한 것이며 모두 배우들처럼 스마트하다. ⋯⋯

은심은 다시 돌려 사진을 본다. 오빠보다도 그 '조오지 함'이라는 청년에게 눈이 날카로워진다. ⋯⋯

조선서 보는 청년들과는 다른. 큰 바다에서 헤엄치는 물고기처럼 싱싱한 감촉을 준다. ⋯⋯

은심은 오늘부터 방학이라 느직이 조반을 먹고 진고개로 나섰다.

눈이 아직 녹지 않은 것이 좋았다. 은심은 꽃집 앞을 지나다 발을 멈춘다. 얼음쪽 같은 유리창 안에는 희고 붉은 '카네이션'과 새파란 '아스파라거스'가 무더기무더기 어우러졌다. 밭에서 꺾듯이 급하게 들어가 서너 송이를 골라 샀다. 그 길로 찻집에 들어가 진한 '커피'를 한 잔 마시었다. 입에서는 '커피' 향기, 품에서는 '카네이션'의 향기, 은심은 더욱 '서양'이 '문명'이 즐거워진다. 그 길로 '마루젠' 이층으로 왔다. 서양 잡지들이 꽃집처럼 색채 현란하게 꽂혀 있다.

— 이태준, 《청춘무성》 중에서

이 주인공은 당시 '모던걸'의 전형적인 욕망과 행동을 보여 주는 존재다. 소비 문화적 행태, 산책자의 취미, 서구에 대한 동경과 환상 등이 그러하다. 그러나 그것은 과하다. 그녀는 함박눈이 내리는 '설야'에 끝없이 걷고 싶어 하고, 호텔을 부러워하며, 미국과 일본행을 꿈꾸며, 스마트한 서구적 용모를 좋아하고, 서양 꽃들과 커피와 서양 잡지를 무조건 사랑한다. 이미지가 있다고 다 이미지즘이 아니듯 서구 문명이 드러났다고 다 모더니즘인 것은 아니다. 서구 문명에 대한 주인공의 태도는 감상적感傷的이다. '감상적'이란, 사태에 대한 과도한 반응을 일컫는 말이다. 감상적인 것은 모더니스트가 취할 태도가 아니다. 비록 김광균의 시가 이렇게 경박하지는 않다 하더라도, 그렇다고 해서 그가 진정한 이미지즘, 진정한 모더니즘에 이르렀다고 말하기도 힘들다. 김광균의 이미지에 사상이 더했더라면 하는 아쉬움이 남는 것은 그 때문이다.

시를 잊은 그대에게

운명이 허락했다면 아마도 김광균은 자신의 시적 경지를 더욱 높은 곳까지 끌어올렸을 것이다. 하지만 김광균은 한국전쟁 중에 아우 김익균이 납북되자 그가 하던 사업을 맡아 일가의 생계를 꾸려 가게 되면서 시단을 떠나게 된다. 그 뒤 30여 년의 세월 동안 그는 무역협회 부회장, 한국벽지조합이사장, 중앙농약회장, 한양로타리클럽회장, 금융통화위원 등 재계의 요직을 두루 거치면서 성공적인 사업가로 살다가 노년에 이른 1980년대 중반 시단으로 다시 돌아온다. 허나 뮤즈는 그에게 예전 같은 미소를 보내지 않은 듯하다. 그래도 그는 늘 시인으로 기억되기를 바랐다. 유족들은 그의 묘비에 '시인 김광균'이라 새겨 넣었다.

한밤중에 눈이 내리네 소리도 없이
가만히 눈 감고 귀 기울이면
까마득히 먼 데서 눈 맞는 소리
흰 벌판 언덕에 눈 쌓이는 소리

당신은 못 듣는가 저 흐느낌 소리
흰 벌판 언덕에 내 우는 소리
잠만 들면 나는 거기엘 가네
눈송이 어지러운 거기엘 가네

눈발을 흩이고 옛 얘길 꺼내
아직 얼지 않았거든 들고 오리다

아니면 다시는 오지도 않지

한밤중에 눈이 나리네 소리도 없이
눈 내리는 밤이 이어질수록
한 발짝 두 발짝 멀리도 왔네.
한 발짝 두 발짝 멀리도 왔네.

이 텍스트는 시가 아니다. 사실을 밝히자면, 이 텍스트는 가수 송창식이 1974년에 발표한 〈밤눈〉이라는 노래의 가사다. 소설가 신경숙과 시인 조은이 이명세 감독의 영화 〈첫사랑〉에 삽입한 노래로 바로 이 〈밤눈〉을 추천했다고도 전해지거니와, 실은 이 가사는 소설가 최인호가 쓴 시에 바탕을 둔 것이었다.

송창식은 이렇게 회고한다. "〈밤눈〉은 통기타 가수로 가수 인생을 끝맺겠다고 마음먹고 만든 노래다. 입대 영장을 받았는데, 군대 갔다 와서도 노래를 부를 수 있을까 싶기도 하고 심란하던 시절이었다. 마침 그때 소설가 최인호 씨가 주변의 통기타 가수들에게 노랫말을 줘서 곡을 붙이게 됐는데, 내게 배당된 노랫말이 '밤눈'이었다."

그런가 하면 최인호의 회고는 다음과 같다. "고등학교 3학년 졸업식 전날 밤 나는 빈방에서 홀로 앉아 강산처럼 내리는 어지러운 눈발을 바라보고 있었다. 학교 다닐 때는 어떻게 해서든 빨리 졸업하기만을 손꼽아 기다리던 나는, 그러나 막상 내일로 졸업식이 박두하자 설레이는 불안과 미래의 공포로 할 수만 있다면 다시 어린 날로 되돌아가고 싶을 정도였다. …… 그때 나는 밤을 새우면서 시를 쓰기 시작했다. 그 시는 아직도 내게 소중한 기억으로 남아 있다."

〈밤눈〉과 〈설야〉는 동일한 제목이나 다름없다. 둘 다 저마다 '슬픔'과 '흐느낌'이 있고, '옛 자취'와 '옛 얘기'가 있다. 그런가 하면 둘 다 모두 눈이 소리 없이 고요히 내리는 점에 착안하고 있다. 물론 오로지 예술적 갈래와 언어적 조직이란 견지에서 본다면 〈설야〉가 〈밤눈〉보다 더 '시적'이라 할 수 있다. 하지만 우리가 만일 눈 내리는 밤의 정경과 거기서 빚어지는 인간의 정서에 주목한다면, 노래를 동반한다는 점에서, 특히나 그 노래의 음악적 성취가 뛰어나다면, 노래의 위력이 더해져 후자가 훨씬 더 '시적'일 수도 있다. 이 점은 애절하게 흐르는 위 노래를 직접 들어 보면 더욱 잘 느낄 수 있을 것이다. 고요히 눈 내리는 밤, 〈설야〉를 떠올리며 〈밤눈〉을 들어 보라. 시와 노래가 본디 하나이던 것을 우리는 가끔 잊고 사는 것은 아닐까?

12

그것은 타협하지 않는 양심이며

내부 깊숙이 고인 시적 욕망을 정직하게 드러내고 토해 내는,

아니 저절로 터져 나오는 시인의 살아 있는 목소리다.

뻔한 시에 시비 걸기

우리의 중·고등학교 문학 교실은 종교적이고 제의적이다. 이곳에서 교사는 제사장 노릇을 맡는다. 교실은 제사를 지내는 듯한 경건함과 엄숙함 그리고 무엇보다도 제사 특유의 따분함이 지배하고, 웃음은 좀체 허용되질 않는다. 산 자, 곧 우리들보다, 죽은 자, 곧 시인이 우위에 서며, 교사와 학생 모두 그의 시를 경전 대하듯이 하여 구구절절이 주석을 가하고 그 정통적 주석을 받들며 암송하는 데 진력한다. 아마도 누군가가 새롭거나 주관적인 해석을 가하게 되면 그는 시험에서 이단으로 처벌될 것이다.

하지만 이 제사가 바람직하지 않은 가장 큰 이유는 이 제사에 참여하는 이들조차 사실은 이 제사와 이 제사를 통해 영광 받는 이를 결코 사모하지 않으며, 스스로도 고통스러워하면서 그 제사의 임무를 다음 세대에 그대로 떠넘긴다는 데 있다. 졸업만 하면 그뿐, 후배들에게 고통을 떠넘긴 채, 다시는 이 제사에 참여하지 않는 것이다. 이렇게 되면 죽은 시인들조차 인간을 고통스럽게 만들며 인간 위에 군림하는 한갓 우상으로 만드는 꼴이 되고 만다. 이런 우상은 많을수록 괴로운 법이다. 그래서 학생들은 무슨 시인이 이리도 많으냐며 투덜대고 아우성이다. 이해가 안 가는 것도 아니다. 종갓집 제사는 역시 아무나 하는 게 아니다.

문제는 제사가 아니다. 나는 우리의 문학 교실이 헛 제사가 아니라 참 제사가 되길 바란다. 우리를 괴롭히는 우상이 아니라 우리를 사랑하는 신에게 바치는 제사, 무엇보다 축제의 장이 되길 꿈꾼다. 죽은 자의 은혜로 산 자가 행복을 누리고, 그리하여 산 자가 죽은 자를 사랑하고 그 덕을 기리며, 산 자들끼리 서로 그 기쁨과 즐거움을 함께 나누는 그런 제사 말이다. 최고의 제사는 역시 축제다. 카니발이다.

축제는 소란스럽고 시끄러워야 제격이다. 축제답게 서로 자기의 목소리를 높이고, 동시에 다양한 이야기를 흥미 있게 듣고 전하는 생동감이 있어야 하는 것이다. 그러려면 무엇보다 하나의 목소리가 전체를 제압하는 일이 없어야 한다.

누구나 시를 읽고 해석하고 즐길 권리가 있다. 시를 비롯한 문학 작품은 하나의 해석과 감상만을 요구하거나 용인하는 절대 진리의 세계가 아니다. 그것은 자명한 것이 아니라 논쟁적인 것이다. 이 시의 의미가 무엇인지, 이 시가 좋은 시인지 등등의 문제는, 우리 문학 교실에선 마치 당연한 것처럼 전제하고 있지만 실

시를 잊은 그대에게

은 대단히 논쟁적인 것이다. 다시 말하거니와, 적어도 문학에서 자명한 것은 없다.

문학에는 많은 대화와 논쟁거리가 있다. 한편으로는 소통이 되는 듯 서로 공유하면서도 다른 한편으로는 메울 수 없는 틈이 항상 존재하기 때문이다. 나는 그것을 사이와 차이라고 부른다. 작가와 작가, 작품과 작품, 독자와 독자, 비평가와 비평가 사이는 물론이려니와 작가와 독자, 작품과 독자, 비평가와 독자 사이에도 수많은 틈이 있다. 그뿐이랴. 경계를 넓히면 문학과 예술, 문학과 문화, 문학과 현실 등등 우리가 대화하고 따져 보고 논쟁해야 할 것들은 무궁무진한 셈이다.

논쟁이라고 해서 반드시 거기에 갈등만 있을 리는 없다. '너'로 인하여 '나'를 더욱 잘 알게 되고 '너'를 아는 것은 결국 '나'를 확대하는 것이기 때문이다. 자기에게만 갇힐 때 우리는 아집에 빠지고, 그저 남의 견해에 순응할 때 우리는 무지에 빠진다. 논쟁과 대화의 목적은 차이의 제거에 있는 것이 아니라 서로의 차이를 더 잘 들여다보고 그로부터 우리 자신과 서로를 더 잘 이해하기 위한 데 있다. 요컨대 사이와 차이는 우리를 오히려 관용의 세계로 이끌 것이다. 그리하여 사이와 차이를 들여다보면 볼수록 우리는 어둡던 눈이 떠지는 개안의 역사를 경험하게 될 것이다.

눈은 살아 있다

떨어진 눈은 살아 있다

마당 위에 떨어진 눈은 살아 있다

기침을 하자

젊은 시인詩人이여 기침을 하자

눈 위에 대고 기침을 하자

눈더러 보라고 마음 놓고 마음 놓고

기침을 하자

눈은 살아 있다

죽음을 잊어버린 영혼靈魂과 육체肉體를 위하여

눈은 새벽이 지나도록 살아 있다

기침을 하자

젊은 시인詩人이여 기침을 하자

눈을 바라보며

밤새도록 고인 가슴의 가래라도

마음껏 뱉자

— 김수영, 〈눈〉

이 시는 누구나 잘 아는 김수영의 〈눈〉이란 작품이다. 김수영의 시는 일반적으로 난해한 편인데 이 시는 참 반갑다. 아닌 게 아니라 김수영의 시 중에서 이 작품은 〈풀〉과 더불어 문학 교과서에 가장 많이 실리기도 했다.

그런데 과연 이처럼 쉽고 그 뜻이 분명해 보이는 시도 다른 해석이 가능할까? 논쟁을 위한 논쟁이 아니고서야 이런 시를 놓고

시를 잊은 그대에게

무슨 사이와 차이가 있단 말인가?

논의의 편의상, 먼저 시중의 고등학교 참고서 가운데 하나를 골라, 이 시에 대한 해설을 들어 보기로 하자. 내가 갖고 있는, 약간 오래된 참고서에는 이렇게 나와 있다.

> 1연: '눈'은 희고 순수한 것으로 이 시에서처럼 생동감의 의미가 더해지면 '눈'은 '살아 있는 순수'의 의미를 띠게 된다. 곧, 살아 있는 존재, 순수한 생명적 존재의 의미를 갖는다.
>
> 2연: '눈'과 기침은 이 작품에서 선명한 대조를 보인다. '눈'의 순수함에 대하여 '기침'은 어떤 괴로움이나 질병을 암시한다. 그러므로 '젊은 시인이여 기침을 하자'라는 구절의 의미는 양심적인 시인의 마음속에 고인 더러운 무엇을 버리자는 의미이다. '밤새도록 고인 가슴의 가래'라는 말에서 이 점이 더욱 분명해진다. '가래'는 생활 속에서 갖게 된 소시민성, 불순한 일상성, 속물성 등의 의미이다.
>
> 3연: 살아 있는 눈은 누구에게나 보이는 것은 아니다. '죽음을 잊어 버린 육체와 영혼' 곧 죽음을 초월하여 오로지 순수하고 가치 있는 것에 대한 갈망을 지닌 자에게만 눈은 살아 있는 것으로 보인다는 것이다.
>
> 4연: 기침을 하면 가래가 나온다. 이 가래는 젊은 시인을 괴롭히는 부패한 현실과 비인간성으로, 가래를 버려서, 깨끗하고 순수한 삶을 지향하자는 것이다.

이러한 해석에 따라 이 시의 내용을 단순하게 요약하자면 눈은 순수한 데 반해 기침과 가래는 더럽다는 것. 고로 기침을 하고 더러운 가래를 뱉어 냄으로써 시적 화자가 깨끗해지길 지향하는 것이라 할 수 있다.

그럴 듯하다. 자명하게 들릴 정도다. 상식적으로도 너무 온당해 보인다. 그러다 보니 나도 오랫동안 이 시에 대해 대충 그렇게 짐작해버린 채 지내 왔다.

그런데 다시 생각해 보자. 상식적이다? 그래, 그러고 보니 이 시는 너무 상식적이잖아? 상투적이다 못해 어린아이들의 동시에도 흔히 나오는 그런 발상 아냐? 맞다. 여름엔 나뭇잎처럼 파랗고 겨울엔 눈처럼 하얗게 살겠다고, 어릴 적 나도 얼마나 많이 다짐을 했던가. 그렇다면 이건 너무 상투적이다. 그뿐만 아니라 순수해지는 방법으로 기침과 가래처럼 더러운 것을 버리는 행위를 택한다는 것은, 설령 그 기침과 가래를 위의 참고서처럼 '소시민성, 불순한 일상성, 속물성' 혹은 '부패한 현실과 비인간성'이라는 엄청난 상징으로 읽는다 하더라도 김수영의 시 세계에 비추어볼 때 지나치게 상투적이다.

더 본격적으로 질문해 보자. 가장 단순하게 생각해 보더라도, 제 아무리 자기가 깨끗해지길 지향한다고 해도, 스스로를 더러운 존재로 생각하는 처지에 어떻게 감히 깨끗한 눈 위에 "대고" 기침을 할 수가 있을까? 어떻게 "눈더러 보라고 마음 놓고 마음 놓고" 그 더러운 기침을 해댈 수 있겠는가? 눈처럼 순수를 지향한다는 이가 어찌 그 "눈 위에 대고" 기침을 하며, 그것도 혼잣말로 하는 것이 아니라 "젊은 시인"들에게 동참을 유도하는 청유형을 구사

한다는 말인가?

정말 기존의 해석이 옳다면, 위의 시는 대충 이런 내용이 되고
만다. "눈아, 너를 보니 참 깨끗하구나. 나도 깨끗해지고 싶단다.
그러기 위해 내가 기침을 하고 내 속의 더러운 가래를 뱉으마. 네
위에, 너더러 보라고, 마음 놓고 내가 깨끗해지는 걸 보라고 네
위에 내가 기침을 하고 가래를 뱉으마. 어디 나쁘랴. 젊은 시인
이여, 우리 같이 침을 뱉자!"

이쯤 되면 코미디다. 아닌 말로, 기왕 깨끗해지려고 내버릴 작
정이면 우리 몸속에 버릴 만한 것이, 기침이나 가래보다 더 더러
운 것이 오죽 많으랴? 그걸 굳이 입에 담으랴? 이쯤 되면 엽기다.

항간에는 아직도 이 시를 놓고 '눈'이 '눈雪'과 '눈眼'의 이중적
의미를 지닌 중의법이라고 가르치는 경우도 있는데 이는 도무지
시비의 대상도 되질 않아 비판을 삼갔다. 하늘에서 떨어져 마당
에서 죽지 않고 살아 움직이는 안구를 떠올리는 일이야말로 초절
정 그로테스크가 아닐 수 없다. 그렇다. 나는 지금 시비를 걸고
있다. 적어도 이런 시는 그 뜻이 자명한 줄 알았는데 그조차도 그
렇지 않다는 거다. 이러한 시비 걸기가 그럴 듯하게 여겨진다면
일단 성공이다. 그리고 이로써 이제 우리는 비로소 사이와 차이
를 만들 준비가 된 셈이다.

시인들은 제각각 대상을 바라본다. 소재가 개성적인 시는 드물
다. 같은 소재라도 그것을 바라보는 시인의 시각과 그것을 표현
하는 언어가 개성적일 뿐이다. 같은 '눈'을 바라보지만 어느 시인
은 눈의 하얀 색깔에 주목하기도 하고, 순수를 보기도 하며, 모든

걸 덮어 주는 점에 눈길을 주기도 하고, 심지어는 눈 녹은 뒤의 질펀함을 노래할 수도 있다.

그렇다면 지금 이 시인은 '눈'의 어떤 점에 주목하고 있는가? 순수나 정화, 그런 것보다는 '눈'이 살아 있다는 데 시인이 주목하고 있다는 점에 우리는 주목해야 한다. 하지만 눈이 살아 있다니 이게 무슨 말인가? 그게 왜 주목할 가치가 있다는 말인가?

한 번 더 깊이 생각해 보자. 여기서의 눈은 그저 마당에 깔린 눈이 아니다. 마당 위에 '떨어진' 눈이다. 흔히 우리는 눈이 아무 고통도 없이 저 하늘나라 선녀님들이 펄펄 뿌려 준 줄로 알고 있지만, 눈의 처지에서 다시 생각해 보면 그는 저 고공에서 아무 보호 장치도 없이 자유낙하를 감행한 결과로 지금 마당 위에 내려앉은 셈이다.

그 가녀린 눈이, 저 높은 하늘에서 마당 위에 떨어진 눈이 살아 있다는 것은 기적奇蹟이 아닌가. 마땅히 죽어야 할 목숨이 살아 있다. 그 엄청난 추락, 그런데도 죽음이 곧 삶으로 이어지는 기적, 죽어야 사는 부활의 주인공이 바로 눈이었던 것이다. 시인은 바로 이 점에 주목하고 있다. 이야말로 김수영의 개성적 인식이 돋보이는 대목이라 아니할 수 없다. 그는 눈에서 추락의 속성을 발견한 것이다. 따라서 이 작품의 눈을 관습적이고 통념적인 의미에서 이해해 '순수'니 '순결'이니 하는 의미로만 확정하려 드는 것은 우리의 고정관념을 스스로 폭로하는 것에 지나지 않는다.

당연히도 그 같은 인식, 그러한 발견은 시인의 호흡을 가쁘게 만든다. 점층적 고조를 염두에 두고 1연을 다시 읽어 보라. 우리는 이제 이 시의 1연을 더 이상 느긋하거나 차분한 어조로는 읽을 수 없게 되리라. 그리고 눈의 가치를 새삼 발견한 때의 저 시인의 동공처럼 이제 이 시를 읽는 우리의 동공도 이렇게 확대되어야 할 것이다. 이렇게 읽어 보라. "눈은 살아 있다! 떨어진 눈은 살아 있다!! 마당 위에 떨어진 눈은 살아 있다!!!"

추락과 죽음, 그리고 삶을 관련짓다 보니 문득 연상되는, 지나간 텔레비전 광고가 하나 있다. 그 광고는 침묵 속에 진행된다. 알피니스트 한 사람이 고독하게 빙벽을 오른다. 자칫하면 떨어져 목숨을 잃을 뻔한 그 찰나, 그의 입에서 급박한 숨소리가 토해져 나온다. 드디어 그가 정상에 올랐을 때, 광고로는 꽤 오랜 시간 동안 계속되어 왔던 침묵을 끊으며 비로소 한마디 멘트가 나온다. "스포츠는 살아 있다." 그렇다면 이제 이해하겠는가, 왜 눈이 살아 있는지? 등산가가 살아 있는 것은 목숨을 건 그의 정신이 살아 있기 때문이고, 그 때문에 스포츠도 살아 있다는 것이 이 광고의 기본 콘셉트라면, 그가 낮게 토해낸 한숨이야말로 "기침"이고 "가래"고 시詩일지 모른다. 그것은 곧 생명의 표상이다.

이렇게 본다면 이 '눈'은 정말 굉장한 존재가 된다. 이제 이 눈이 바로 3연에 나오는 "죽음을 잊어버린 영혼과 육체"에 직결됨은 말할 것도 없다. 도대체 그 어떠한 가치와 정신이 죽음조차 잊어 버리게 하고 저 높은 곳에서 떨어져 내리게 하였을까? 이 대목에서 우리는 김수영의 〈폭포〉를 떠올려야 한다.

폭포는 곧은 절벽을 무서운 기색도 없이 떨어진다.

규정할 수 없는 물결이

무엇을 향하여 떨어진다는 의미도 없이

계절과 주야를 가리지 않고

고매한 정신처럼 쉴 사이 없이 떨어진다.

금잔화도 인가人家도 보이지 않는 밤이 되면

폭포는 곧은 소리를 내며 떨어진다.

곧은 소리는 곧은 소리이다.

곧은 소리는 곧은

소리를 부른다.

번개와 같이 떨어지는 물방울은

취醉할 순간조차 마음에 주지 않고

나타懶惰와 안정安定을 뒤집어 놓은 듯이

높이도 폭도 없이

떨어진다.

— 김수영, 〈폭포〉

　'눈'은 곧 '폭포'가 아니었던가. 살아 있는 정신을 위해 거침없
이 쏟아져 내리던 폭포처럼 눈 또한 죽음을 잊어버린 영혼과 육
체를 위해, 죽어야 사는 진리처럼 마당 위에 떨어져서도 살아야
하지 않았겠는가. 그것이 지사, 열사, 투사든, 아니면 순교자나 예

수 같은 이의 고매한 희생과 정신이든, 바로 이 점이 이 시를 "눈은 깨끗하다"가 아닌 "눈은 살아 있다"로 출발하게 한 핵심이란 점에선 다를 바가 없다. 겉보기엔 다르지만, 그런 점에서 보면 〈눈〉과 〈폭포〉는 매우 닮았다. 이것이 김수영 시의 한 비밀이라고 나는 생각한다.

물론 '눈'과 '폭포'를 대단치 않은 존재로 볼 수도 있다. 솔직히 말해 그들은 모두 밀려서 떨어진 존재일 뿐이니까. 구름 위에서, 폭포가 시작되는 꼭대기에서 그들은 얼마나 떨었을까. 죽음의 공포를 맛보았을 것이 분명하다. 하지만 그것이 기압이든, 물살이든, 그것을 억압으로만 보지 않고 일종의 시대적 대세이자 하나의 사명으로 본다면 이야기는 완전히 달라진다. 지사도 영웅도 아닌 평범하고 나약한 존재에 불과했지만, 시대의 사명, 역사적 필연이 그들을 밀어 움직이게 했던 것. 그런데 놀랍게도 막상 떨어져 보니 죽음이 아니었던 것. 또 다른 차원의 삶, 죽음의 공포로부터 해방된 자유로운 삶의 세계가 이어진다는 것. 그리하여 곧은 소리가 곧은 소리를 부르듯, 이 시대의 메시아가 복음처럼 울려 퍼지며 우리로 하여금 그들을 따르도록 하는 것이 아니겠는가? 이처럼 그 어느 쪽으로 보든 살아 있는 눈에 대한 경외감과 그에 대한 동참의 욕구와 의무는 달라지지 않는다.

기침과 가래의 정체

하지만 아직까지는 여전히, 어떻게 감히 그 깨끗한 눈 위에 대고 기침을 하고 가래를 뱉자고 했는지는 밝혀지지 않은 셈이다. 다시 말하거니와, 종전의 해설대로라면 "나도 기침하고 가래를 뱉었으니 이제 속이 다 깨끗해졌단다"라고 하면서 눈더러 나를 보라고 하는 꼴이다. 이런 상황은 아무래도 어색하다. 그것도 그 더러운 기침을 "마음 놓고 마음 놓고" 그 깨끗한 "눈 위에 대고" 하자는 표현은 상식적으로 도무지 조리에 닿지 않는 말이다. "마음 놓고 마음 놓고" "눈 위에 대고" 기침을 하며 가래를 뱉기 위해서는 그 기침하고 가래 뱉는 행위 자체가 눈만큼이나 당당하고 순수하지 않으면 안 된다. 즉 기침과 가래는 병적인 것의 표상이기는커녕, 그 자체로 순수하고 살아 있음의 증거가 되지 않으면 안 된다.

하지만 어떻게 기침과 가래가 순수하고 깨끗하며 심지어 살아 있음의 표상일 수 있다는 말인가?

그렇다면 이번에도 한 가지 유추를 들어 해설해 보자. 과연 목청을 다듬어 곱게 소리를 뽑아내는 가곡이나 발라드만 순수한 노래란 말인가? 혹시 록Rock 정신이라고 들어 봤는가? 기성세대의 권위를 부정하고 그에 저항하면서 자신들이 처한 시대와 현실의 부조리를 거의 울부짖는 소리로 내뱉듯 표현하는 록 음악을 들어 본 적이 있는가? 그들은 과연 타락한 존재이고 순수함과는 거리가 먼 군상인가? 아마도 이 비유의 마지막 단계는 이른바 로커들의 샤우팅 창법과 이 시에 나오는 기침과 가래의 유사성에 주목해 봄으로써 완성될 것이다. 실제로 록 가수들이 고음을 내지를 때는 침이 튀고 가래가 터져 나오는 듯한 상황이 벌어진다. 그런데 바로 그런 음악이야말로 그들은 순수와 생명력의 상징이라고 주장했으며 많은 젊은이들이 그에 공감했음을 우리는 기억할 필요가 있다.

이 대목에서 우리는 이 시의 내포 청자가 곧 '젊은 시인'이었음에 주목해야 마땅하다. 로커처럼 젊은 시인은 젊은 시인다워야 한다. 젊은 시인이 늙은 시인처럼 가곡을 노래하고 발라드를 흥얼거릴 수는 없는 처지이다. 록 음악의 입장에서 보자면, 그것은 순수라기보다 오히려 가식에 지나지 않는다. 록 음악은 지배층의 눈에서 보자면 반사회적인 음악이지만, 신세대에게는 저항적이고 전위적이며, 새로운 사회를 꿈꾸는 하나의 문화적 코드가 된다. 그들이 자유를 목 놓아 노래 부르고 했던 것은 개인적 실존의 차원만이 아니었다. 그것은 분명히 사회적이고 집단적인 문제다. 김수영이 청유형을 구사하며 '젊은 시인'들에게 기침을 하고 가래를 뱉자고 하는 것 역시, 이 시가 마당 위에 떨어진 눈을 보고 단지 생명에 대한 개인적 실존적 체험을 노래한 것이 아님을 말해 준다. 진정한 의미의 자유를 위해서는, 진정한 문학을 위해서는, 시인은, 젊은 시인은, 기성문화에 저항한 로커들처럼, 근대화에 반기를 든 히피들처럼, 침을 뱉는 용기와 행위가 있어야 하는 것이다.

실제로 이 시를 쓴 뒤 세월이 지나 4·19혁명이 일어났을 때,

김수영은 그 자신부터 거침없이 기침을 하고 가래를 뱉어내게 된다. 다음 시를 보라. 아마도 록 정도가 아니라 힙합을 읽을 수도 있을 것이다.

이제야말로 아무 두려움 없이

그놈의 사진을 태워도 좋다

협잡과 아부와 무수한 악독의 상징인

지긋지긋한 그놈의 미소하는 사진을……

대한민국의 방방곡곡에 안 붙은 곳이 없는

그놈의 점잖은 얼굴의 사진을

동회란 동회에서 시청이란 시청에서

회사란 회사에서

××단체에서 ○○협회에서

하물며는 술집에서 음식점에서 양화점에서

무역상에서 개솔린 스탠드에서

책방에서 학교에서 전국의 국민학교란 국민학교에서 유치원에서

선량한 백성들이 하늘같이 모시고

아침저녁으로 우러러보던 그 사진은

사실은 억압과 폭정의 방패이었느니

썩은 놈의 사진이었느니

아아 살인자의 사진이었느니

너도 나도 누나도 언니도 어머니도

철수도 용식이도 미스터 강도 류柳 중사도

강 중령도 그놈의 속을 모르는 바는 아니었지만

무서워서 편리해서 살기 위해서

빨갱이라고 할까 보아 무서워서

돈을 벌기 위해서는 편리해서

가련한 목숨을 이어가기 위해서

신주처럼 모셔놓던 의젓한 얼굴의

그놈의 속을 창자 밑까지도 다 알고는 있었으나

타성같이 습관같이

그저 그저 쉬쉬하면서

할 말도 다 못하고

기진맥진해서

그저 그저 걸어만 두었던

흉악한 그놈의 사진을

오늘은 서슴지 않고 떼어놓아야 할 날이다

밑씻개로 하자

이번에는 우리가 의젓하게 그놈의 사진을 밑씻개로 하자

허허 웃으면서 밑씻개로 하자

껄껄 웃으면서 구공탄을 피우는 불쏘시개라도 하자

강아지장에 깐 짚이 젖었거든

그놈의 사진을 깔아주기로 하자……

— 김수영, 〈우선 그놈의 사진을 떼어서 밑씻개로 하자〉 중에서

과하다 싶을 정도가 아닌가? 자유민주주의를 구가한다는 오늘날에도 만나보기 힘든 불온한 시가 아닌가? 이것이 바로 기침과 가래로 쓴 시의 실체다. 이런 것이야말로 소위 록스피릿이요, 힙합 정신의 실천이다.

헌데 왜 하필이면 기침과 가래인가? 무엇보다 기침과 가래는 머뭇거림이나 거침이 없다. 록 음악이 그러하며, 등산가의 한숨이 그러하며, 폭포가 또한 그러하다. 그것은 타협하지 않는 양심이며 내부 깊숙이 고인 시적 욕망을 정직하게 드러내고 토해 내는, 아니 저절로 터져 나오는 시인의 살아 있는 목소리다. 생리적인 고로 그것은 더욱 생명력에 가깝다.

하지만 그 이유만으로, 생리적인 여러 현상들 가운데 굳이 기침과 가래가 선택되었다고 볼 수는 없다. 지금 나는 기침과 가래의 상징적 의미를 시, 노래, 음악 따위에서 찾고 있거니와, 이는 전혀 근거가 없는 것이 아니다. 아마도 〈관동별곡〉을 열심히 공부한 사람이면 "시션詩仙은 어데 가고 해타咳唾만 나맛나니"라는 구절을 기억하리라. 아울러 문자적 의미로는 기침과 침을, 관용적 의미로는 어른의 말씀을 뜻하는 이 해타가 바로 이태백의 '시'를 의미한다는 것도 알고 있으리라.

자, 어떠하신가? 왜 기침과 가래가 순수하고 살아 있음의 징표가 되고, 왜 "눈 위에 대고" "눈더러 보라고 마음 놓고 마음 놓고" 기침을 하자는 것인지, 그에 대한 시비가 해소되었는가? 아니면 거꾸로 이러한 해석에 도전과 반발심이 생기지는 아니하는가? 그 어느 편이든 적어도 문학에 자명한 것이 없다는 것만큼은 확실히 깨닫게 되었는가? 상식이 뒤집히고 혼동이 되며, 그리하여 평면적으로 보였던 시가 3D 영화처럼 입체적으로 당신 앞에 다가서지는 아니하는가?

그렇다면 당신도 이미 사이와 차이를 따라 떠나는 이 즐거운 여행에 동행을 시작한 것이다. 이제 다시 시가 반가운 얼굴로 성큼 다가오기 시작할 것인즉, 그러니 그만 이 책을 덮고 부디 시집을 펼치시라. 시를 잊은 그대여.

시를 잊은 그대에게

2판 1쇄 발행일 2020년 3월 16일
2판 10쇄 발행일 2024년 11월 25일

지은이 정재찬

발행인 김학원
발행처 (주)휴머니스트출판그룹
출판등록 제313-2007-000007호(2007년 1월 5일)
주소 (03991) 서울시 마포구 동교로23길 76(연남동)
전화 02-335-4422 **팩스** 02-334-3427
저자·독자 서비스 humanist@humanistbooks.com
홈페이지 www.humanistbooks.com
유튜브 youtube.com/user/humanistma **포스트** post.naver.com/hmcv
페이스북 facebook.com/hmcv2001 **인스타그램** @humanist_insta

편집주간 황서현 **편집** 김나윤 정일웅 **디자인** 김태형 **일러스트** 변영근
용지 화인페이퍼 **인쇄** 삼조인쇄 **제본** 해피문화사

ⓒ 정재찬, 2015

ISBN 978-89-5862-822-4 03810

별이 빛나는 그날 밤 나는 가장 위대한 우주의 서사시,

신의 시를 보았던 것이다.

침묵조차 모양으로 만들어 내는 것, 이것이야말로 시의 매력이다.

너를 기다리는 동안 나도 너에게 가고 있다는 것, 그것이 기다림이다.

우리는 그렇게 만난다. 아무리 오래 걸려도, 아무리 먼 데 있어도,

이런 세상에서 그래도 우리가 택해야 할 길은 사랑뿐이다.

기다림과 그리움으로 우리는 드디어 만나게 된다.

그저 자신에게 스스로 희망이 되는 사람이면 충분하다.